在路上，
也要休息五分钟

夏政浩　编著

中国华侨出版社

图书在版编目（CIP）数据

在路上，也要休息五分钟 / 夏政浩编著 . -- 北京：
中国华侨出版社 , 2015.12
ISBN 978-7-5113-5913-1

Ⅰ . ①在… Ⅱ . ①夏… Ⅲ . ①杂文集－中国－当代
Ⅳ . ① I267.1
中国版本图书馆 CIP 数据核字 (2015) 第 318729 号

● **在路上，也要休息五分钟**

编　　著 / 夏政浩
责任编辑 / 文　喆
封面设计 / 三　石
经　　销 / 新华书店
开　　本 / 710 毫米 × 1000 毫米　1/16　印张 19.25　字数 381 千字
印　　刷 / 三河市金轩印务有限公司
版　　次 / 2016 年 5 月第 1 版　2016 年 5 月第 1 次印刷
书　　号 / ISBN 978-7-5113-5913-1
定　　价 / 36.60 元

中国华侨出版社　北京市朝阳区静安里 26 号通成达大厦 3 层　　邮编 100028
法律顾问：陈鹰律师事务所
编辑部：（010）64443056　　64443979
发行部：（010）64443051　　64439708
网　址：www.oveaschin.com
E-mail: oveaschin@sina.com

前　言

　　在时光的洪流中，我们不知不觉长大。脚步刻下岁月的痕迹，记忆斑驳。青春在风中呼啸而过，年华当下，倔强到极点的心该怎样把自己安顿？回望一条条通向远处的铁轨，影子映在不同的方向，却不知道该往哪儿迈出步子……

　　遇见一些人，再离开，日子就这样重复着，谁都无法逃离。那些不太成熟的面孔涌现在记忆里。我沉默，直到天黑之前最后一列车呼啸而过，带走凝固在空气里的点点回忆，只留下铁轨上的余热供我慢慢温习。

　　那些故事，并非只是停留在时光的原处。

　　站在人海茫茫的世界里，回想曾经笑过的，错过的，全部破碎、消失。

　　风吹过四季，又是一年。

　　夜晚漫步在河边，一边的树枝伸展上天，繁茂得有点安静。一旁的矮围墙被爬山虎包裹得层次分明，雨后夜幕中传来的阵阵蛙鸣在清爽的空气里回响……

　　站在窗边，仰望星空，凝视最亮的那颗，费力看清了又慢慢地消失了。闭上眼睛，多想做一个守望者，永远珍惜这浅浅淡淡的安宁……

　　偶尔睁开双眼，有些惶恐与无措，想要逃离却发现根本无济于事。深吸了一口气，想要了解更多关于这个世界的信息，却被一连串的问号包围：还会有一个人在这里默默坚守吗？这样的坚守值得吗？铁轨的尽头会是什么？为什么我努力寻找却没有尽头？

不知道，不知道，真的不知道！

大概开始讨厌了这所谓的繁芜，日子在碌碌中风化，想的多了，做的少了，结果模糊了，而我又在等待什么？

也许，也许是我太想看清方向，所以瞪大的眼睛被偶尔的风牵出了眼泪。

在路上，也要休息五分钟。那好，就休息一下吧！看看书，做一些自己喜欢的事情吧！

目录
Contents

在路上，也要休息五分钟

第一辑

温馨的美丽人生

1

闪烁光芒的苦难

去年夏天，随一位记者朋友去乡下采访。我们所到之处是一个贫困偏僻的山村，在那里，我见到了这个村子里最穷的一户人家。

说是人家，其实只是一对父子：儿子痴呆，父亲双腿截瘫，终日躺在床上。他们的家住在牛棚里，左边卧着几头牛，右边放着父子俩的睡床，中间用一道齐腰高的土墙隔开着。

我的记者朋友问村长："村里每个月救助他们多少钱？"

村长说："他们是不需要救助。"

我们惊讶了："那么他们靠什么生活呢？"

"儿子为村里放牛，他脑子虽然不好使，但干这事还不曾出过大错；父亲编斗笠、织蓑衣，为本村人修补家具，完全可以维持两人简单的衣食。"村长说。

我走进那间牛棚，推开那扇形同虚设的大门，看见一个须发很长且已花白的中年男人，臀部以下是触目惊心的空白，他正躺在床上，修补着一件蓑衣。我在他面前停下了，我掏出一张 50 元的钞票递给他。他看了看，神色平静地说："你要买什么？斗笠？还是蓑衣？"

"我什么也不需要。"

他有些恼怒了："什么也不买那你给我钱做什么？我知道你是从城里来的，根本不会要我这些没用的东西，我也不要你的钱。"

我突然有一种吃惊，更感到一种惭愧。我发现我犯了一个不可饶恕的错误，我在向一个不需要施舍的人施舍，我忽略了一个看重尊严的人的尊严。扪心而问，

命运对这父子俩真是太不公平了。但我发现那父亲却是清醒的，而生命的大悲大痛正来自于这种清醒。

我曾经以为，苦难是一种酸性东西，它能一点点腐蚀人的自尊，毁掉人的生命力，但现在，我看见了在同一时空里，在我的附近围，有这样的人：他们本是命运的弃儿，他们对人世本可以失望，可他们依然默默无言地生存着，并在这默默无言中让那些自认为可以俯视他们的人感到另一种光芒：苦难发出的光芒。

何苦来的呢？以后我见了她也装没看见，何必呢，我又不是要求你，用咱的热脸贴你的冷脸！有一天，我去打开水，正要打开水龙头，大姐一旁说话了："你听，水箱里是不是有响声？"我细听，果然。大姐说："那是正往里续生水，你等一会儿，等水开了再打。"原来，这大姐是个地地道道的"水箱性格"，外凉内热。但她的语言还是暴露了她的善良，正如那水箱上的红灯，每当水开了它总是不由自主地打开了。

新租了一个住处，周围的老住户总是用警惕的眼睛看着我，那眼神一看就像"对走资派进行无产阶级全面专政"时代的后遗症。怎么办？细细想一想，如果想以最快的速度解脱异域的陌生感，与周围邻居保持一种友好关系是最快速的办法，让别人一步，其实是留给自己一步退路。

第二天，我下楼，看见一些一直义务维护治安的老头老太太们一齐用陌生的眼光打量我，我拿出从世界小姐选美大赛那里模仿来的最有亲和力的笑容，向他们问好。短短的惊异像破晓前的黑暗，他们多皱的脸上随即现出了晨光般的笑容。从那以后，他们一见我，就主动地向我问好。还有一位老大爷"多情"地对我说："姑娘，缺什么东西来我家拿！"我含笑点头，接受了这份真诚。

其实，每个人都是善良的，善良即纯真温厚，没有恶意，和善，心地好。中国传统文化历来追求一个"善"字：待人处事，强调心存善良、向善之美；与人交往，讲究与人为善、乐善好施；对己，则要求独善其身、善心常驻。

关键在于坚持

一日一钱，千日一千。绳锯木断，水滴石穿。

古代曾有一个没有名字的和尚，他有一个心愿，就是用募捐得来的钱在当地盖一座寺院，大家知道这件事后，都觉得这是不可能的事情，纷纷劝他放弃。但和尚觉得，这件事虽然功德无量，尽管做起来非常不容易，但只要不畏艰辛、不怕任何困难，就一定可以做到，也没有什么困难可以阻止他。是的，他就是那种"只要是认准的事情，就一定会坚持到底"的人。

在他募捐的第一天，他来到了最繁华的闹市区，想在这里向来往的行人募捐。没过多久，他见到一位文人模样的人迎面走来，便上前施礼说道："贫僧想在城外的山上为我佛盖一座寺院，希望施主能捐些善款。"

文人仿佛没有听见他的话，依然漫不经心地向前走去。和尚见文人不理会自己，赶紧追上前去，诚恳地说："只要心中有佛，捐多少佛都会保佑你的。"

文人见和尚居然追上来向自己讨钱，心中不由厌烦起来，便向他摆摆手，十分明确地拒绝道："不捐！"

和尚丝毫不在意他说的话，只是紧紧地跟在文人的身后。就这样，一直跟出了十多里的路程。那个文人见这个和尚如此诚心，不由得产生了怜悯之心，便随手拿出一文钱扔到和尚脚下。和尚退一步，俯身捡起了这珍贵的一文钱，并且恭恭敬敬地向文人表示谢意。

文人见和尚追了这么远，只拿到了一文钱，居然还对自己如此感激，非常不解，于是便收起了刚才狂傲的态度，虚心地问："大师，就这么一文钱也值得你

这样感激我吗？"

和尚回答道："今天是我立誓要为我佛建造一个栖身之地而进行化缘的第一天，如果连一文钱都没有化到，或许我就会动摇、放弃。现在施主您慷慨施舍，让我坚定了完成这个心愿的决心，所以我必须向您表达谢意。"

和尚说完，又向文人深深鞠了一躬，便按原路返回继续化缘。有了这一文钱的鼓励，他边走边自言自语道："一日一钱，千日一千。绳锯木断，水滴石穿。"

文人望着和尚的背影，听到他所说的这番话，不禁肃然起敬，心中大受感动。于是赶紧追上去，捐出了自己身上所有的钱，以表达自己的心意。

斗转星移，冬去春来，和尚在经历了无数个风风雨雨的日子后，终于筹足了善款，在当地盖起了一座规模宏大的寺院，香火百年不绝。

思绪延伸

有人以九牛一毛的方式来给予，是为了沽名钓誉，其实他们吟唱的私欲使得所给的礼物失去了价值了。

也有人尽管拥有不多，却乐于全部奉献。这样的人相信生命本省就是丰厚富足的生活，他们的钱柜永远不会被掏空。

有人用欢笑的心给予，欢笑便是他们的报酬；有人用痛苦的心给予，痛苦便是他们的洗礼。

也有人只是单纯地给予，就不觉得痛苦也不因之而欢喜，更不为彰显自己的品德。这样的人就像远处山谷里的桂花一样，让空气飘逸着淡淡的清香。

最近朋友一直在讨论关于中国人的人性问题，对此，我似是明白，却又模糊的一个概念。当朋友无数次开玩笑地提及"虚伪"两个字，我突然发现自己有足够的能力来做个虚伪的小人。

这些天，我一直在思考着萍萍姐上次所提及的那个观点：在孩子的眼中，世界是平的，他们觉得别人有的东西他们都可以拥有，同时也不会把所谓的领导放在心上。我们对于这个话题讨论了一个下午，得出了这么一个结论：当我们长大成人的时候，知道这个世界在我们还未出生时人与人之间就存在的距离，知道人与人之间的种种不同，便开始以不同的眼光看待不同的人、不同的事。朋友说，当初他还是个捡垃圾的小孩，一个小女孩看他可怜，给了他些吃的，玩得比较好的时候，对方的父母便把他打走了。

　　这让我突然想起一件事来，在零八年的冬天我与茶馆闹翻的时候，J妹妹说可以收留我一晚上的时候，忽而犹豫起来，因为她觉得她父母不会同意。结果是，她父亲觉得我得罪了小镇上的有头有脸人物，怕因收留我而招致祸端，所以J妹妹后来还是没有收留我，虽然仅仅是一个晚上，却让我哭笑不得。而在此之前古镇里的人都对我很热情，甚至现在还仍有联系。可是当时行走在古镇里的小桥流水人家，周围的寂静刻入了心里，这件事一直让我无法释怀。冬天不冷，冷的是心。人性的尴尬之一是当你觉得你可以为朋友做一切事情的时候，瞒不了自己的心，过不了家人这道坎儿。朋友之义，人情淡薄，其实是很自然的事，对人热情不代表你用了心，有些热情只是一种锦上添花的事。也许你会觉得这些人很虚伪，可换一个角度来说，这些也是后来才变的，与生活经验有关。欲求巨鱼，要到海中去，井水非不甘美，只是井水不养鱼。欲求豪杰，要看不寻常的人，非平常人不好，而是平常人出不了那个圈圈。

　　我记得小时候我跟隔壁的邻居小妹每当看到比较可怜的老人时，都会很伤心一会儿，甚至还偷偷地拿着家里的食物给他们。那时候对于物质的概念比对于金钱的概念还要强很多，那时候的我不明白为什么小摊点里买来的那些面额不大的钱，样子差不多却为什么都用不了，还天真地以为是那些钱太小，他们不收。逐渐长大后，被告诫了许多关于人与人之间的欺骗，人与人之间的目的之类的事项，对于身边经过的人习惯性地怀疑，习惯性地研究，也习惯性地把金钱的存在视为理所当然。用有价的东西换取无价的东西，这当中是否存在着一种我们目前所有国度都无法解决的问题呢？共存，平等，这些代表和平的词句，不知道你看了是否会觉得沉重？人的聪明之处是将武力战争带入了另一种文明战争中，把最初的野蛮换成了今日的文明，也就是把最初的物质为先换成了今天的金钱为先。而实际概念还是围绕着生命的存在，生存的必须性。围绕着原本单纯的目的，而衍生了种种文明与不文明。

　　为什么在孩子的眼中，世界是平的？关于爱的存在，关于生命的本质，它们是否真的可以引领我们走出这些不公平？而这些思考在我小时候是根本不会去理会的，那时候的自己似乎更明白些，不像如今思考越多，衍生的问题就越多。

　　以小论大，不管是中国人的人性，还是其他国家人的人性，从根本意义上来说是一样的，由生存延伸，吃饱了饭没事做就有了所谓的种种故事。我不知道这

样的解释是否合理，可是世界上不合理的事情很多，说它不合理，它偏就合理了也不奇怪。认为思想存在的人不断地更新思想，不断地寻找思想，认为不存在的人也不断地寻找思想，更新思想，因为他们都感觉到了思想的存在。而没有感觉到思想存在的人，多是为了生存而存在的，除此之外，我想不出任何理由。

　　一个记者去采访一个捡破烂的老人，老人无儿无女，无亲无戚，也没有钱，生活落魄无比，仅靠着一口饭维持一口气。对于这个老人来说，生活苦多于乐，前半生参与了战争，后半生孤苦伶仃，心里的寂寞比平常人不知道要重了多少倍，夜里醒来或许也是痛苦的，可是他还活着。于是有人问他：你都成这样了，你还活着为什么？！老人说，他有些弟兄是在那个烽火连天的战场上消失的，他老婆家人是因为苦守着他的家而在饥荒中死去的，倘若他真的离开了人世，还有谁为那些曾经的英雄，曾经的亲人上一炷香，清明时节，重阳时候祭奠一下呢？！虽然他老了，虽然他还活得生不如死，可是能在人间总算是有一个人还记得那些曾经的英雄。

　　听到这个故事的时候我无法不动容，是啊，人活着不仅仅是为了一口饭，还有一个信念。很多的人是因为不知道为什么活着而活着，很多的人是为了期待更美好的明天而活着，不管为了什么，有了信念，活着似乎就显得要有意思多了。这也是爱的成全，也是人性那点美丽，为了这点美丽，很多人存在。

　　人性，属于生命的本质，孩子的眼睛，有种神圣的纯洁。有些理所当然不是理应如此，真实往往令人遗憾起残缺，而虚伪是人一直习惯的平常事。

　　爱的本质除了成全自己，别无它求。

两颗钉子的帮助

每晚8点钟左右，有一位衣着褴褛然而神情坦然的老头，总会准时来到大院捡破烂，然后就默默离去，从不迟到，也从未久留。第一次见到老头时，他正在跟门卫大吵大闹。他要进来捡破烂，门卫不允许，说这是机关大院，而且又是晚上。老头子便生气地说："我靠自己的双手捡点破烂糊口，为什么不让？当我是小偷不成？！"老头儿很瘦，脖子上扯起根根青筋。他的缕缕白发在灯光下显得格外醒目。

我当时觉得他有些倚老卖老、无理取闹的意味。然而几天后，我发现自己错了。

后来也不知为什么门卫就让老头进来了。老头每天来大院垃圾箱里翻找破烂。但与别的捡破烂的不一样，他每次都在天黑以后来，白天也不进来，而且他捡垃圾就是捡垃圾，除垃圾之外的东西都不在意。这对一度饱受"顺手牵羊"之苦的大院住户来说实在是个很吃惊的发现。后来，我们知道了关于他的一段悲惨的身世：老头是某国营工厂的退休工人，由于老伴长年体弱多病，老两口没少受儿媳的气，脾气倔强的老头不甘过仰子女鼻息的日子，与老伴租了间破房子相依为命。由于原单位倒闭了，他为了凑足为妻子抓药的钱，不得不开始以捡垃圾为生。

了解了这段隐情后，大家都同情，从此看他的眼光中就多了几分同情与敬重，一次，邻居大伯担心他晚上捡不到什么破烂，便将一袋上好的桔子递给他。老头一愣，随即嘟哝了一句："我是捡破烂的，不是要饭的。"拍拍手，提着瘪瘪的蛇皮袋起身就走。接下去的好几天里他都没再过来。大伯默然。几天后，老头终于又出现在大院的垃圾堆旁。趁离去时，大伯回屋拿出铁锤子，在垃圾堆旁的木

桩上一上一下钉了两颗铁钉。第二天傍晚，大伯将一些包扎好的食品、用具挂在上面的钉子上，又将一些旧书、旧报捆扎一起挂在下面的那个钉子上。第二天，捡破烂的老头来了，他取走了挂在树上的那两个食品袋。他当那些是别人舍弃不要的垃圾了。

后来，大院里的许多人家都知道了这一秘密，于是木桩的钉子上便常常多出许多胀鼓鼓的食品袋来。门卫也很默契，晚上除了让这个老头进来外，对其他捡破烂的则一律不准进来。每天晚上，老头进来后总要先在垃圾堆里翻找一通之后，再去取那些钉子上的食品袋，据经常晚归的小王说，一次他看到老头在取那些食品袋时，竟然悲伤地流下了眼泪。

戏

她懂事起便开始做戏，对着镜子里的她自言自语，然后舞蹈。

她懂事起便开始说谎，是为了橱窗里的娃娃、口里的零食、某些小孩子能想象到的乐趣。

之后，她懂得什么叫可笑。当她看见别人笑她的时候，她同样觉得别人可笑。戏台上的戏子，等着看戏子的人都是可笑的，然后觉得自己可笑。

她有时候演戏，有时候看戏。更多的时候自己演戏引出别人的戏。台上看官笑话，台下戏子笑话。

说谎的时候，她直直看着对方的眼睛，眼里是一种透彻的水灵。

演戏多了，谎言多了，她开始分不出戏里戏外。有时候虚伪一些，便让人觉得她是坦诚了；有时候坦白，会让人觉得她造作。

导演破坏戏份，演的不过给别人看，而她，演戏只是想给自己看。

有时候她会对着镜子里的自己自言自语，并想象爱上她的男男女女，痴痴爱爱，若有若无。然后看自己的眼睛，那是一双很漂亮，甚至是美而且会说话的眼睛。她看到眼睛里似笑非笑的透明，双眼皮里一眨一眨的，非常好看。除去眼睛，她不爱自己其他的部位。她觉得眼睛是最会演戏的，也最会说话的。她眼睛有时候是看不到东西的，可是她视力很好，好得可以证明她懒惰得很可以。

她会在构思中爱上一个男子，在构思中爱上爱情，然后，继续构思故事。

现在，夜 11 点，她突然想起他。

她爱上那个他，用了一秒钟的时间；放弃那个他，用了一个星期的时间；要

忘记他，或许，得用一辈子的时间。这对于她来说，并没有什么可以值得哭天喊地的。他知道她悲伤，但无法预知那种悲伤穿越了时空，穿越了疼痛。她笑着说，这个是彼此的教训，时间可以冲淡的教训。说着这些话的时候，她心像是撕裂的碎片，散开了。不觉得疼痛，只知道昨天还握着她的手，在某一天，某一个时辰里，已经天各一方。

事实上，他并没有跟她说分手。她要他放弃的时候，忍心不去想自己的不舍，倔强而任性，那是她的习惯。他说，他只是要时间，需要考虑些事情而已，并非要伤害她的意思。他不知道，女子自有她的第六感，有时候，置身事内仍隐约知道某些改变。尽管，他什么也没有说，只是从他握住她的手，她便可知道，眼前这个人，开始失去刺激感，这样下去，终有一天会厌倦她。他不开心，她也不开心。两个人的不开心，让这看起来像是爱情的东西，突然而又很自然地变了质。他说，他并不是不喜欢她，只是感觉仍未够深，仍未够可以确定的深度。她不知道，时间会让这些感觉变深，或是变淡，这是一场没有把握的仗，谁输谁赢，都是一种彻底的伤害。她习惯让时间解决这些难题，与其说是放弃，倒不如说是一种逃避。他与她，关于爱情，关于谁对不起谁，不过是两个人的个人记忆，是他们个人的事，若论爱情，各自占有罢。爱是缠绵的，尤其在失去以后。这种缠绵，会在某些时候突然出现，撕心裂肺，若有若无的疼痛。

他说，时间或许可以让他真正爱上她。他并不知道，所谓爱情，有时候需要坚持乏味。无法坚持乏味，感觉就会失去。他或许不想这样，她也不想这样，所谓的可以爱上，也仅仅是个假设。有时候，你爱上的他，他不爱你，当你不爱他的时候，他或许又爱上了你。爱得太早，爱得太迟，是人经常碰到的事。无法坚持，也是再正常不过的。往往，人在自己的圈圈里走，很容易便走脱离了当初的圈圈。没有人知道，以后的道路上谁又爱上了谁，谁牵着谁的手，相约到来生。那些可以一起终老的双双对对，并不能算是他们的爱情维持了一辈子，而是他们坚持了爱。他不懂，她亦无从可懂。他假装牵着她的手，假装爱上了她，最后不得不向命运低头。她抽开握住她的手，用自己的左手覆盖右手，这是海市蜃楼的哀伤，看见了却无法置身其中。看是她先放开的手，谁都知道，其实是他不爱她。放手，是她对于爱情的逃避。情愿失去，也不愿意争取。

她说，离开后，即使假装，也要坚强，也要快乐。相信一个人的爱情会有明

天，这个明天不是他。

　　假装坚强，是因为不得不坚强。无数次，她告诉自己，缠绵可忘，情可死去，至此，也仅仅只是假设。他不知道，亦无从知道。自她放手一刻，所有的记忆，快乐悲伤，笑过哭过，瞬间的事，被构思在若有若无的爱情故事。她其实可以不去烦他，亦可以在记忆里忽略他的存在。对于她来说，这是个很简单的过程。用她的话说，是因为她从未得到过。或许，她放手并不是为了彼此快乐，只是构思到了离。所谓的爱情，等同她的个人玩具。她对着她的玩具哭笑闹骂，对着她的玩具落泪，但她的玩具，并不会回复她等同的待遇。爱情，有时候只是一个人的事情。一个人唱两个人的戏，一个人当两个主角，可以说，最后，她会爱上爱情而非爱上他。

　　然而假装快乐，会比假装坚强更为疼痛，越是假装，便越不快乐。

　　是谁说，爱一个人是幸福的事情，又是谁说，被爱也是一件值得幸福的事情。对于她来说，这些幸福死在了缠绵里，然后缠绵会死在记忆里。愿意幸福的时候，她微笑落泪，但幸福会突然转弯。谁都意想不到，谁都无法拦截，这不过一个小小玩笑。

朋友那只鞋的力量

有一个叫德诺的男孩，10岁那年，他因输血不幸患上了艾滋病，伙伴们都远远躲着他，只有大他4岁的爱笛依旧像从前一样喜欢跟他玩耍。

一个偶然的机会，爱笛在报纸上看见一则消息，说新奥尔良的费医生找到了能治疗艾滋病的药，这让他兴奋不已。于是，在一个晴朗的夜晚，他带着德诺，悄悄地踏上了去新奥尔良的路上。

为了省钱，他们晚上就睡在随身带的自己的帐篷里，德诺的咳嗽多起来，从家里带来的药也快要吃完了。这天夜里，德诺冻得直发抖，他用微弱的声音告诉爱笛，他梦见200亿年前的宇宙了，星星的光是那么不亮，他一个人呆在那里，找不到回家的路。爱笛把自己的鞋塞到德诺的手上："以后睡觉，就抱着我的鞋，想想爱笛的臭鞋还在你身边，爱笛肯定就在附近。"

孩子们身上的钱差不多没有了，可离新奥尔良的路还很远。德诺的身体越来越坏了，爱笛不得不放弃了开始的计划，带着德诺又回到了家乡。爱笛依旧常常去病房看看德诺，他们有时还会玩装死的游戏吓吓医院的护士。

秋天的傍晚，阳光照着德诺瘦弱发白的脸，爱笛问他想不想再玩装死的游戏，德诺点点头，然而这一次，德诺却没有在医生为他摸脉时忽然睁开眼笑起来，他

真的走了。

　　那天，爱笛陪着德诺的妈妈回家。俩人一路没有说话，直到分手的时候，爱笛才抽泣着说："我很悲伤，没能为德诺找到治病的药。"

　　德诺的妈妈泪如泉涌，她说："不，爱笛，你帮他找到了。"她紧紧搂着爱笛："你带给他快乐，给了他友情，给了他一只鞋，他一直为有你这个朋友而快乐。"

打开心灵的钥匙——爱的钥匙

沙莲娜是美国加州大学的最年轻的老师，比尔是加州一位年轻有为的律师，新婚还不到一年的他们已经开始察觉到了爱情被婚姻包围住以后的枯燥和无奈，但他们都还记得他们浪漫的新婚夜晚。

他们是第一批报名在加州大酒店举行新创意集体婚礼的新人。在集体婚礼的舞会上，比尔和沙莲娜的舞蹈得到了大家的赞美和祝福。那天晚上，当他们要求回他们的新房时，主持婚礼的司仪给了他们每人一把钥匙，这让他们感到莫名其妙。晚上当比尔和沙莲娜一起赶到属于他们的房间时，发现那个用两颗心叠在一起的锁看起来好别致，他掏出自己的那枚钥匙插在左面的锁孔里，门锁不动，右面也不打开。比尔让沙莲娜试一下也不行，沙莲娜建议两个一起来，于是比尔把自己的钥匙又一起插了进去，同时转动钥匙，门开了。在房间里等待着的有蜡烛、美妙的音乐，还有几个时尚杂志的记者，他们把陶醉在爱情中的比尔和沙莲娜拍得像明星一样，还上了杂志封面。

婚后的生活一直被这种快乐的浪漫包围着，他们都认真地经营自己的感情。养育着爱情的土壤和花。然后，时间把一切有香味的东西都逐渐淡忘，渐渐地他们有了争吵。迟到的雨伞和被淋病了的沙莲娜，偶尔放错调料的咖啡和比尔的愤怒，慢慢地，比尔开始嫌弃沙莲娜不懂得爱情的细节，不懂得在他的咖啡里多加一些方糖，而沙莲娜也发现比尔一直不注意她新换了一条裙子，她还发现比尔开始有说话不自然的电话，甚至有时候借口公司加班不回家吃晚饭，直到比尔提出了两人分居。

　　沙莲娜实在受不了这种不自然的生活，同意了比尔的要求，在收拾她自己的东西的时候，她发现那把钥匙，不是钥匙，是一个和钥匙一样的纪念品。原来是他们新婚之夜酒店赠送给他们用玉石打制的两把钥匙的纪念品，酒店里给起的名字叫"幸福钥匙"，可以凭这一对钥匙免费消费一个晚上的房间。两个人同时打开一扇门，幸福的钥匙打开幸福的门。沙莲娜忽然想到了这样的主意。

　　比尔也不明白沙莲娜为什么心血来潮非要去加州大酒店里住一个晚上然后才同意分居。他们又一次被分配到了新婚之房，不知为什么，当比尔把钥匙插进锁孔，看了一眼沙莲娜，他一下子好像回到了一年前的那个晚上，那一双温柔的眼睛里不是满是关心吗？一二三，门开了。令比尔意外的是和他们新婚时一样的设计，蜡烛和音乐。那一刻，一切琐碎的细节都显得好笑，而真正的爱情并没有离他们多远。

　　第二天，比尔郑重地向沙莲娜道歉，婚后的恋爱开始了，我能再一次请你出去吃饭吗？看着比尔的那个样子，沙莲娜一下子笑出了声。幸福原来是这样的让人感到突然。

为爱失去双手的父亲

很久以前，中原一户农家有个玩世不恭的子弟，读书不成，反倒把老师的胡子一根根都揪下来；种田也不行，一时兴起，又把家里的麦田都砍得乱七八糟。每天只跟着狐朋狗发打架惹事，偷鸡摸狗。

他的父亲，一位忠厚的农民，忍不住骂了他几句。儿子不服，反而破口大骂。父亲气不过，操起菜刀吓唬他。没想到儿子冲过来抢过刀，一刀砍下去。

老人捧着受伤的右手跌倒在地上，鲜血淋漓，痛苦地呻吟着。造成这一切的儿子，竟连看都不看一眼，就走了。不知为什么，儿子再回来的时候，已经是将军了。盖豪宅，娶美妾，多少算有身份的人，要讲点面子，就把父亲安置在后院，却一直很冷淡，开口闭口"老狗奴"，自己却夜夜笙歌，

父亲连要一口水喝，也得自己用残缺的手掌拎着水桶去井边打水。

邻人都道："这样的不孝子，雷怎么不劈了他？"

也许是真有天报应吧。一天晚上，将军的仇家寻仇而来，直杀入内室。大宅里，那么多的幕僚、护卫都逃得光光的，眼看将军就要死在仇人的刀下。突然，老人从后院冲了进来，用唯一完好的左手死死地挡住了刀。他的苍苍白发，他不顾命的悍猛连刺客都吓了一下，他便趁这一刻的间隙大喊："儿子，快跑，快跑！"

自此，老人就变得双手俱废。

三天后，逃亡的儿子回家了。他径直走到三天不眠不休、翘首期盼的父亲面前，深深地磕了个响头，含泪叫了一声："爹——"

一刀为他，另一刀还是为他，只因他是自己的儿子。

繁华褪尽之后

梦想需要更高的境界去实现它。

一

曾经很喜欢这么一句话：一切繁华皆是背景，这段情只对你我有意义。

也曾跟许多人提及这么一句话，那时候，所有的繁华，对于我所认为的道理，属于点缀。有或者没有，不是生活最重要的。站一小格，坐一张椅，卧一张床，衣食住行不过如此。那时候在我心里，所谓的自我，是很重要的。甚至很多时候会认为这么些年来的奔波是为了寻求一个可以让我自由自在生活的地方，可以让我真实感到自己存在的地方。安静，朴实，山清水秀，人烟不多，却已足矣。于是，为此迷失，为此执着，为此反复。

我说，我喜欢某一段时间在某一个地方，四五个人，五六道菜，牛肉，花生，酒，还有茶。老的，少的，男的，女的，无所顾忌地谈及古今，谈及人生，有时候也淘气地开开玩笑。躲在繁华背后，我们尽情自娱自乐。我觉得这样是好的，可是忘记了自己是为了能好好地，一个人安静生活着。尽管不是应酬，可是超出我最初的意愿。芳芳认为，那时候的我搭了个戏台，给别人机会演了许多的戏，也让自己在上面演了一回。有人认为我太任性冲动，也太骄傲自大，所以戏没演完，人先离场。亦有人认为我这样做是对的，毕竟我容忍了那么久。后来的人们说，那样的生活是不可能的，人怎么可以这么轻松地活着？那我自己呢？我自己

又是如何认为的呢？我原本是去看戏的，结果陪他们演了一场戏。但我毕竟不能为了自己所喜欢的生活牺牲真实的自己，我的惰性，我的不安，让我最终还是离开了那个地方。至今，我仍是很感谢许多人，为走以后的路给了我那么一段生活。我知道，至今，他们仍在为他们理想中的生活在不断地演着生活，演着西游记，也知道，我们从此不会再像以前般相聚。他们，处于另一种繁华当中，不断地要改造他人，成全自己，然后，又被身边的人看了无数次，研究了无数次。事实上，这是与我原本想要写的没什么关系，是我突然想起的。

二

人的这一辈子很短暂，我们从小听身边的老人提起。看着他们白发苍苍，自己颜面稚嫩，童年里一次又一次地对着墙上刻画身高，我们总以为长大了，时间过了，还有很长一段路要走。无法想象自己年老后的样子，感叹时间飞逝的样子，怀念从前。所以，我们总对生活有许多的要求，要求它要过得很好，为享受而追求，学习，工作，在名利圈里争斗。有谁会问自己，到底什么才是最重要的呢？

老人家们常为了年轻一代的生活所感到烦扰，担心吃不好，住不好，穿不好，过得不好。于是，经常给年轻一代灌输那种思想：为自己能吃好住好穿好过好，钱与利益，是这些条件的最大辅助。当中，又属过得好是最重要的。而如何过得好，似乎又与金钱名利有着莫大的关系。我不知道事实是否如此，几年来，我在社会闯荡，跌倒，爬起，哭过，痛过，笑过，幸福过后，我仍然不知道自己真正想要的是什么。比如金钱，比如权力，比如梦想。我可以选择哪一样？我无法选择金钱，无法选择权力，那么，我只剩下梦想。然而，我又想不清梦想该是什么。

又比如，我喜欢胡乱写些什么，可不想为了写作而写作。我想为自己的心情做一份档案，等到年老的时候看一看。然后，某一天，或许某一时候，突然觉得那些作品不是真实的自己时，又开始删除。这些，能算是我的梦想么？应当不算，虚名，我需要么？我经常翻看自己曾经写的东西，当中某些言语很是喜欢。也经常删除掉一些不喜欢的文字，或者觉得泛滥了，也删除掉。曾经是为了写作，后来，则为了突然而至，不想开口的话，也怕自己忘记。

也曾一度高估自己，觉得自己应该做些有意义的事情，比如，去帮助别人，

比如，去做些与慈善有关的事情。后来，并没有在这方面有多大的成就，或者说，没有成就。再后来明白自己并无多少爱心，也无多少活力。善应当是由内而外，我无法让自己的内心存着大善，自然无法去为与自己无关的悲伤做牺牲。但有那么样的机会让我去做有意义的事情，我自然会去做。只是不算梦想。

我想，我的梦想存在，因为繁华存在。

三

我不是繁华中人，也曾向往繁华中人，什么锦衣玉食，挥金如土，公主般的生活，年少时也是非常羡慕的。当我在外面行走中的旅行时，不管是什么样的生活，什么样的人，都开始让我觉得无比厌倦。那些借来的繁华，朝不保夕。一不小心迷离，一不小心摔倒，又到处是陷阱。人与人的相处，简单跟简单的变得单纯，却极有可能掉下陷阱，复杂跟复杂的更复杂了最后都疯了，简单跟复杂的就像一部戏，简单的看不穿复杂的，复杂的看不透简单的。每天忙着算计，被算计，挣钱，花钱，终究没有时间好好静下来。有些人明白自己不喜欢这样的生活，可是他无可奈何。

为了那借来的繁华，看那一台戏，寻求所谓梦想的答案，我蹦了许多地方。无数次问陌生的人，无数次得到同样的答案，同样的敷衍，同样的失望。繁华褪尽，我们还剩下什么？繁华存在，不代表我的梦想存在。

梦想存在，不代表我清楚它是什么。

四

听到窗外的鸟语了，天开始亮了。繁华如泡沫，拥挤后散去。

平淡的土豆

文来自农村，家境清贫，但他长得很高很帅气，才华出众，运动场上的英姿不知迷倒了多少女孩，被誉为师院的"白马一号"。

可是面对众多才女美女的追求，文却迟迟没有表态，对谁都不远不近，还一直说自己毕业后要去贵州贫困山区支援教学。

大四那年的圣诞夜，文邀请了所有对他有意思的女孩和几位要好的男同学，提议大家来一个特别聚会，要求每个赴宴的人必须自己备料做一道菜。

到了聚餐这天，女同学们各显本事，各显神通，有的端出一盘油焖大虾，有的做了鲤鱼生熟两吃，有的海陆空会聚一盘，有的各种颜色七彩纷呈。最奇怪的是，有个女生一口气端出五个叠在一起的盘子，每盘都是土豆：炸薯条、烙薯片、红烧土豆、咖喱土豆、土豆沙拉。大家一齐笑了："这样的盛会，怎么会有人做这样过时的东西？"

但是那五道土豆菜肴却颇受大家的喜爱，人们边吃边夸。临走，给那位做土豆的女孩取了个有意思的绰号：土豆。

转眼毕业时间到了，毕业典礼后，文再次邀请同学吃饭，是因为他和"土豆"订婚。吃饭的时候，有人问他面对众多佳丽却最终选择毫不起眼的"土豆"的原因。文笑了笑，说那次聚餐是让他选择"土豆"的绝对原因。他深情地望着自己未婚妻说："我将来要过的，可能是清贫的日子，不可能有太多机会去吃大鱼大肉。只有一个能将最便宜最普通的土豆做得那么好吃可口的人，才可以把清贫的日子调理得色彩斑斓。"

从此不再轻易说爱

有人说它最终的归宿是男男女女步入婚姻的殿堂，开始柴米油盐酱醋的日子。似乎爱情是永恒不变的话题，从古至今。

曾经很喜欢在这个词上作文章，构思故事，感怀生活，像是看穿情场一样穿插文字的左右，给予爱情一个浪漫的定义。一味地以为忧伤也是幸福的一种，然后某一天发现自己可以以年轻人去称呼自己的时候，16岁，20岁，这两个经典的青春故事已被浪费完毕了。似乎没有太多值得回忆及高兴地事情。16岁的时候，我以为爱情是童话里白马王子与灰姑娘的故事，20岁时，我以为爱情是麻雀变凤凰的故事，到了现在，对于爱情，已经没有了构思故事的欲望。在合适的时间碰不上那个合适的人，碰上合适的人不在合适的时间里，合适的时候，合适的人都碰上了，却没有合适的感觉。很多时候我会怀疑，那些步入了婚姻殿堂的男男女女，是否真的两相情愿。因为这个故事里，那么多的巧合，还有那么多的不巧合。即使两相情愿，还有很多的因素不可能在一起的可能。每每想起这些，会觉得能白头到老的两个人很伟大，那份感情很伟大。爱情面前还有许多过不去的坎，例如人的劣根性。

我不是个习惯孤独的人，也不是个爱享受寂寞的人，可是更多的时候因为太多的可能与不可能的事，让我选择一个人过。这种想法，如今已演变成一种根深蒂固的念头。或许，在以后的以后，我都会继续自己的独身主义。他们说，这样是极为不可能的。女儿家最终的归宿是相夫教子，这种道德理论在目前的中国来说，还是根深蒂固的。

也会时常想是否可以去出家，那样是否便可以抛下凡尘俗事，清清静静。却很明白自己不会真的跑去深山里隐居起来，或者是每天敲木鱼念经，那样子想起来都有些好笑。或许老的时候很难说，但到老的时候，以现在这社会的变化来看，似乎也是没有什么可能的。当然，这不仅仅是因为爱情，或许是与懒惰有关。只是后来，这样的想法也被其他的所代替。习惯忧伤，未必要逃离俗世。

如同在想应该起个什么网名的时候，突然看到"左岸"两个字，于是，我写下右岸。我知道，右岸象征物质化的文化，而左岸是精神化的。当然，我这样起这个网名，并非这层意思。只是觉得右岸听起来又要比左岸好听些。

在写下这些的时候，我任性地删除某人在我空间某个帖子里的回复，然后把帖子隐藏起来。仅仅是因为我不想让任何人打扰关于那个帖子的构思，也因为一时意气。至于故事的结局，一如以往。也许，再也不会有以后了。纷争烦扰，尘埃至此落定。有时候我很明白，却故意不去理会；有时候我很愚蠢，因为我自作聪明。这一次，彼此都无话想说。

已经不会再因为某些事情而悲伤不止了，也不能如此，只是，抹不去那淡然忧伤。我不想问自己这样子对了，还是错了，应该，还是不应该。有些路，我要一个人走。有些心情，要说给懂得人听。有些时候，要学着更沉默些。如同某些人跟我说，再见，永远都不要再见的时候。我选择沉默。或许没有绝对的不再会面，只是从此陌路。选择沉默，的确是没有什么想说的，我一向习惯自己的孩子气，尽管它可能伤害到很多的人。然而对于这些永远不要再见的话题来说，孩子气似乎没有多大用处。我知道对方是很认真地说这些话，也明白为何而说。也许因为有了免疫力，所以变得麻木起来。是我明知不可为而为之，才导致今天如此局面。感谢曾经故事里出现过你，我想，这些事存在我脑子里的、不管如何，岁月虽过去，总有些事留在了记忆深处。不提起，不想起，并不代表忘记了。

似乎该伤感些，并为此而长篇大论一通，才像自己，可当我手停止在键盘想要为此而纪念些时，我突然发现自己无比地疲倦。并不想为此而说什么，至少现在是这样。只是想起一个故事，与此无关的故事。

故事没有开始，也没有结束，关于爱情，似乎也与爱情无关。是好几年前的一个故事，男孩与女孩因为寂寞而错过，最后女孩死了。直至今天，我才很深刻地理解了一个道理。就是得到的，与没有得到的阴谋。很多时候，我们要学着风轻云淡。

爱

孔子有一天来到郊区，看见有个妇人悲伤哭泣，就叫弟子去询问为什么。

弟子来到妇人跟前，问道："我的老师孔夫子问你，为什么哭得如此难过呢？"

妇人回答："我刚刚割草的时候，把丈夫送给我的那个用蓍草编的簪子弄丢了，怎么找都找不到，所以很悲伤。"

弟子不明白："不过是一根蓍草编的簪子，太一般了，也不值钱，你用得着那么悲伤吗？"

妇人说："那是死去的丈夫送给我的定情之物，不是普通的簪子呀，所以我才会那样难过。"

孔子听过以后，对弟子们说："真心真情，哪怕是一根草做的簪子，也比金和玉的簪子还更值钱。"

礼物的价值不在于贵重，更让人感动的是送礼人的真心情意。

曾经有个女孩收过很贵重的生日礼物——一栋双层独立式洋楼。许多认识她的朋友听说了都很羡慕。可惜送她礼物的人过两年就不在她身边了，对他眷恋不舍的她一个人流泪问："是不是可以用这栋房子交换他的心？"

人心的价值值多少钱呢？如果他的心是可以以物质来互换，你还想要拥有吗？

乔在回家的路上遇到一位老妇人。老妇人的汽车在路上抛锚了，乔帮她修好车子，老妇人想要回报他。但他说，如果她真想答谢他，就请她下次遇到也需要帮助的人，也同样提供帮助，并且"想起我"。

他看着老太太发动汽车上路了。天气寒冷且令人抑郁，但他在回家的路上却很高兴，开着车消失在夜色中。

沿着这条路行了几英里，老太太看到一家小咖啡馆。她想进去吃点东西，驱驱寒气，再继续开车赶路回家。

服务员走过来，给她一个干净的毛巾擦干她湿嗒嗒的头发。她面带甜甜的微笑，是那种虽然站了一天却也抹不去的微笑。老太太发现服务员已有很明显的身孕，但她的服务态度没有因为自己过度的劳累和疼痛而有所改变。

老太太吃完饭，拿出100美元付账的时候，服务员拿着钱准备去找零钱。而老太太却悄悄离开了，当服务员拿着零钱回来时，正奇怪老太太哪儿去了，这时她注意到餐巾上有字。老太太写的，上面这样写着："你不欠我什么，我曾经跟你一样。有人也帮助我，就像我现在帮助你一样。如果你真想回报我，就请不要让爱的链条在你这儿中断。"

虽然还要打扫桌子，服侍客人，但这一天服务员又坚持下来了。晚上，下班回到家，躺在床上，她心里还在想着那钱和老太太留给自己的话，老太太怎么知道她和丈夫那么需要这笔钱呢？孩子马上要出生了，生活会很艰难，她知道她的丈夫是多么着急。当他躺到她旁边时，她给了他一个温柔的吻，轻声说："一切都会慢慢好起来。我爱你，乔。"

牵住爱人的手

　　和女友一块儿去逛街，买了一大堆东西，由我拎着，女友专心地挑选。回家的时候，在路口看到一个卖西瓜的小摊，询问价钱，还挺合理，女友想买，我说不要买了吧，你看我都快拎不动了。女友说，没关系，我来帮助拎一点。

　　一个西瓜重量有七八斤，我用左手拎着，其他所有买来的东西加在一起也有四五斤重，女友用右手拎着，那时我们都没有想到由我用两只手来拎。当两个人很自然地把空着的手拉在一起的时候，我们才开始意识到，我们让一只手承受全部的重量，原来是为了腾出另一只手来拉着另一半！

　　听过这样一个故事，一个住在国外的男人，到邮局去给他的妻子拍电报，全文是："亲爱的老婆，我在国外很想你，祝你圣诞节快乐！"当他掏钱付款时，发现身上带的钱少一点。于是他对邮局的小姐说，为了省钱，我可不可以除掉几个不必要的字？小姐说可以。但当她接过那删改过的电文时，发现去掉了"亲爱的"三个字。于是邮局那个小姐说："先生，你还是把'亲爱的'三个字加上吧，钱由我来付。你不知道，这三个字对一个女孩来说有多重要！"

　　我一直深深感动在这个故事的平淡和深情。当我每天都用腾出的那只手牵住爱人的手时，我并没有感到自己身上加了什么，但当我那只手骤然抓空时，我会觉得失去了很多很多东西……

日子

　　越长大，越是对"选择"这一词了解更加深刻。人生的每一次选择，都将面临对"选择"的"负责"。说白点就是，要对自己所做的决定负责。

　　最近突然降临的压力，心脏像压了块大铅块，黑压压的又剧沉无比。对于像我们这种的"拼二代"，买房是生活不可承受之重。买房置业本就是自古以来人生大事，更何况是在房价疯长的现如今，更更何况是在房价高到令人咂舌的上海。

　　那么，就要来说说我的第一个选择——上海，在众多城市中我选择了上海。

　　喜欢这座城市的格调，习惯了这个城市的节奏，还有它相对公平的生存竞争空间。所以，享受这一切美好的同时，我理所应当的要去承受竞争带来的压力，快节奏失去的慢生活，一颗不断学习不敢松懈的心，永远前进从不停歇的脚步。我努力生存，就是对选择了这座城市人生的负责。

　　再来说说第二个选择，扎根上海。

　　我理解为这是对上一个选择负责到底，更是对第一个选择的坚定。选择上海，很多人都会感觉自讨苦吃，的确，我完全可以挣点小钱回老家过闲适平淡的日子。每天一日三餐都可以在家吃，骑个自行车十几分钟就到单位那种舒适的小城慢生活。

　　也许是心里藏着一股对某个信仰的执拗，也许是心存"很傻很天真"的美好梦想，那种要在上海扎根的热情从未减弱，而且与日俱增。

　　在上海生活很难，外地人尤甚，大概有四座"大山"：买房，户口，生孩子，上学。

要在这儿生存，这些山头得一个个攻克，只有更努力才能买得起房，只有买了房，才有可能成为上海户口，孩子才有可能是上海户口，孩子才有可能在上海上学……是的，这真真是拼出的一条血路，所谓过五关斩六将，大概也就这个意思了。想到这里，脑子里突然浮现一小段影像：我和先生人手拿把大砍刀，脑袋上绑了写着"生活"字样的头带，一路杀红了眼头也不回地往前冲，踏着那些叫作"困难"的尸体，豪气万丈地跨进理想的生活。

买房，也面临选择，钱当然是选择的硬性条件，附近有没有好学校？会不会升值？会不会贬值？交通方不方便？周边配套设施健不健全？这个区以后有没有发展？就算这些都没有问题或问题不大，可以接受，接下来，就要承担起选择的后果，还房贷日子怎样精打细算？怎样谋划更好的个人发展？

我跟先生说："这是我们遇到的人生的一个大坎儿，我有种泰山压顶的感觉。"

先生说："这是早晚要经历的。"我笑笑说："以前平淡安适的日子算是截止了，经历了这样的艰难，我想我们可以面对接下来的任何挑战了，跨过去了，一切都会好起来了。"

未来很远，我们要一起经历风雨，一起迎接彩虹。

前进道路很坎坷，我们相互搀扶，互舔伤口；前进路上也有花红柳绿，我们一起笑谈。

不管未来怎样，相信只要我们手牵手，一切皆风景。

看得见的盲人

要懂得这样看待生活：在生活的跋涉中，太阳是永远不落的。

安德鲁从北极区移居首都奥斯陆已有很多年，但对那段极地岁月仍然很想念。

最令安德鲁忘不了的是极地的一位盲人。他只身蛰居在海滨的一间小屋里，在常人看来他实在是十分可怜的——唯有一根拐杖可以相依为命，甚至连一条作伴的狗也没有。而他最大的不幸就是他的失明了，因为他不能够亲身去看到光阴的变幻和季节的交替了。

然而，这恐怕只是人们好心的猜想。说到人与自然的交替，安德鲁认为自己还不曾发现有哪位明眼人能够比得上这位盲人的。当极夜将尽，太阳快要在地平线上重新绽开笑脸的日子里，人们都会看到他的背影：信步经过大街旁的人行道，而后径直走上小山，再沿着山脊，在赤杨林中找到一条通往山峰的小路。然后，他找到一处四季一无遮蔽的所在，面向着南方凝神而望，浑然忘情于对初阳的期待。个把小时之后，他又会准确地循原路归来。

要是在一场新雪之后，人们就更容易肯定他是否去过山上了。因为这位盲人尽管在个人的生活享受上十分节约，但他穿的胶皮套鞋总是新的，所以，只要一发现他的套鞋印在雪地上的足迹，人们就完全可以相信：温暖的太阳即将来临。

这位老人绝非在追求时髦以要面子——他只是个深深地渴望着能体味那初阳灵趣的人，虽然在他的脑海中那也许只是一抹紫红的阳光。

许多人虽然双目有神，却反而看不透极夜之后的辉煌，而难以摆脱漫长的不安的折磨，全然没有盲人那种沉着坚定的信心。

希望的动力

在亚马逊的热带丛林里，荆棘密布，蔓草丛生，行路异常艰难，有时还会遇到野兽的袭击。

此时，两个瘦骨嶙峋、衣服破破烂烂的男人正行走在这里。他们受了不少苦，但让人意外的是，两人手里居然抬着一个沉重的箱子，一步一步地往前艰难地走着。

这两个人名叫阿尔贝和戈林，他们当初是跟着他们的老板迪亚斯来丛林探险的，但是途中迪亚斯被毒蛇咬伤，不幸去世了。这个大箱子是迪亚斯交给他们的，临死前，他再三叮嘱阿尔贝和戈林："你们一定要看好这个箱子，要把它全送到我的朋友罗伯特手里。箱子里的东西对你们来说没有什么用，但是对罗伯特来说是无价之宝。如果你们两个人能把这个箱子安全送到，那么罗伯特将会给你们丰厚到想象不到的报酬。"

迪亚斯去世后，阿尔贝和戈林两个人抬着箱子继续上路了。丛林里寸步难行，他们走得非常缓慢。不久，他们吃完了仅剩的一点儿食物。由于箱子十分沉重，再加上没有食物来补充能量，他们走得越来越慢，那个箱子也似乎变得越来越沉了。后来，他们感到自己的胳膊都麻木了。

偶尔，他们一想到不知道猴年马月才能走出这可怕的丛林，心里就充满了绝望。有几次，他们甚至想扔掉这个沉重的箱子，或是在短暂的休息后，再也不想站起来继续前进了，但是一想到罗伯特给的丰厚的报酬，他们就像被注射了兴奋剂一样，继续打起精神，小心翼翼地抬着箱子继续前行。

就这样，怀着对报酬的渴望，他们终于走出了丛林。找到了罗伯特先生后，他们把箱子交给他，并让罗伯特先生付给他们报酬。罗伯特先生惊讶地说："什么？我给你们报酬？这怎么可能呢？我是个穷光蛋，哪里付得起什么报酬？"

阿尔贝和戈林听了这话，一下子瘫坐在地上。

不过，罗伯特接着说："或许，迪亚斯在这箱子里放了什么值钱的东西吧。"

这话让阿尔贝和戈林重新燃起希望，于是，罗伯特当着两人的面打开了箱子。可眼前的情景却让三人大吃一惊：箱子里竟然装着满满一箱石头！失望之极的戈林大声骂着迪亚斯："这个混蛋，不但不给我们报酬，还骗我们抬着一箱子石头走了那么远的路程，差点儿没把我们累死！"

然而，阿尔贝却一声不吭，从箱子里拿起了一张纸条，上面是迪亚斯的字迹："朋友们，别怪我，我骗了你们。但是，如果你们心里没有希望，那么迟早会饿死或者累死在丛林里。这个箱子和我空口许下的承诺，就是我给你们希望。永别了。祝你们好运，伙计们。"

阿尔贝不由得想起穿过丛林的时候看到的累累白骨，一刹那，他明白了迪亚斯的苦心：当初如果不是这只箱子在鼓励着他们，他们可能也已经倒在丛林里了。于是，他对戈林说道："其实我们都应该感谢迪亚斯，感谢他让我们得到了比金子还要宝贵的东西，那就是我们的生命！"

利用空闲时间

要明白时间的真正作用。要获取、抓住并享受它的每一刻。

那时爱尔斯金可能只有 14 岁，年幼疏忽，对于卡尔·华尔德先生那天告诉他的一个真理没有注意，但后来回想起来真是有理有据，尔后他就从中得到了不可限量的益处。

卡尔·华尔德是爱尔斯金的钢琴老师。有一天，华尔德给他授课的时候，忽然问他每天要花多少时间练习。爱尔斯金说大约三四个小时。

"你每次练习，时间都很久吗？"

"我想这样才好。"爱尔斯金答道。

"不，不要这样，"他说，"你将来长大之后，每天不会有长时间的空闲。你可以养成习惯，利用几分钟的空闲时间进行练习。"

"比如在你上学之前，或在午饭以后，或在休息余暇，五分、十分钟地去练习。把大块的练习时间分散在一天里面，如此弹钢琴就成为你日常生活的一部分了。"

当爱尔斯金在哥伦比亚大学教书的时候，他想兼职来创作，可是上课、看卷子、开会等事情把他白天晚上的时间完全占满了，差不多有两年他一字未动，他的借口是没有时间。这时，他才明白了卡尔·华尔德先生告诉他的话。

到了下一个星期，爱尔斯金就把他的话实践起来了。只要有五分钟的空闲时间，他就坐下来写作一百字或短短几行。

出乎他意料之外，在那个星期的结束了，他竟积累有相当多的稿子了。

后来爱尔斯金用同样的方法积少成多，写了长篇小说。他的授课工作虽然十

分繁重，但是每天仍有很多可自己利用的短短余闲。他同时还练习钢琴，发现每天小小的间歇时间，足够他进行创作与弹琴两项工作。

利用短时间，其中有一个秘诀，就是要把工作进行得迅速。事前思想上要有所准备，到了工作时间到来的时候，立即把心神集中在工作上。

卡尔，华尔德先生对于爱尔斯金的一生有着十分重大的影响。由于他，爱尔斯金发现了如果能毫不拖延地充分使用极短的时间，就能积少成多地供给你所要的长时间。

父亲的鼾声

　　爸爸最近萎靡不振，一上床鼾声如雷，白天、晚上都如此，这很影响我的睡眠。我提议带他去医院看看，他这个年龄嗜睡，没准是老年痴呆症的前兆。父亲不愿意，说他没病。

　　父亲在农村过了一辈子，我把他接到城里和我一起生活，没让他为柴米油盐操一点心。为买房子，我欠了很多债，这都靠我拼死拼活去挣稿费慢慢还。我还不到 30 岁，头发就开始掉了，这都是用脑过度、睡眠不足造成的啊！作为儿子，我对父亲唯一的要求就是他不打鼾该有多好。

　　父亲每天给我做饭，吃完后让我好好休息，就出去。有天，我随口问父亲，最近在做什么？父亲一愣，支吾说，没干啥。我突然发现父亲皮肤比原先白了，人却变瘦了，我夹些肉放进父亲碗里，让他加强营养。父亲说，他是"贴骨膘"，身体还好着呢。

　　一晃到年底，我应邀到朋友厂里专访。朋友请我吃晚饭，饭毕，随他们到街上浴室洗澡。雾气缭绕的浴池边，两个搓澡工正在一个肥硕躯体上刚柔并济地运作。与雪域高原般的浴池相比，搓澡工更像一只瘦弱虾米。就在他结束程序，转身去更衣室取报酬时，我们目光碰在一起。"啊！爸爸！"我失声叫出来，惊得所有浴客都把目光投向我们父子，包括我的朋友。

　　朋友惊讶地问："真是你爸爸吗？"

　　我说是。我回答得很大声，因为我没有一刻比现在更理解父亲了，我明白父亲为什么在白天睡觉，他与我一样昼伏夜出啊！可我深夜沉迷于写作，竟未留意

父亲房间没有鼾声！

我随父亲来更衣室。父亲从那浴客手里接过三块钱，喜滋滋地告诉我，这里是闹市区，浴室整夜开放，生意很好，他已积攒一千多块，想帮我早点把债还上。一旁递毛巾的老大爷对我说："你就是小尤吗？你爸为你写好文章，能睡个好觉，白天就在这些客座上休息一下，唉，都是为儿为女的……"

我心情沉重地回到浴池。父亲撇下老大爷，不放心地走出来。父亲问："孩子，怎么了？"

"我想，让我帮您擦一次背……"

"好吧，咱爷俩互相擦擦。你小时也常帮我擦背呢！"

父亲以享受的表情趴了下来。我双手朝圣般拂过父亲瘦削的后背，如走过一道爱的山峰。父爱是一种深沉的爱，是不可缺少的一份责任。父爱没有体贴的温馨话语，没有耳边不停地唠叨，没有日夜陪我度过的温柔。但是父亲一直给我一种山一般的依靠，给我一种时时刻刻的心安。谁也不能替代谁在各自生命中的角色，即使我长大了，即使我有了共度一生的爱人，即使我有了宝贝的儿子，即使……但是谁也无法再我生命中替代父亲的爱，谁也无法给我父亲所给的心安。

美妙的琴声

　　学习任何技术，都不能只满足于简单操作和表面上的熟练，而是要花大力气，下苦功，追究其理，矢志不渝。只有这样，才有可能达到炉火纯青的境界。

　　古时候有个善于弹琴的乐师叫作师襄，据说在他弹琴的时候，鸟儿能随着节拍飞舞，鱼儿也会跟着韵律跳跃。

　　郑国的师文听说了这件事后，十分激动，于是离家出走，来到鲁国拜师襄为师。师襄手把手地教他调弦定音，可是他的手指太不灵活，学了3年，竟弹不成一个乐章。师襄无话可说，只好说："你太缺乏悟性，恐怕很难学会弹琴，你还是回家吧。"

　　师文放下琴后，叹了口气，说："我并不是不会调好弦、定准音，也不是不会弹奏完整的乐章，然而我所关注的并不只是调弦，我所向往的也不仅仅是音调节律。我的真正追求是用琴声来表达我内心复杂而难以表达的情感啊，在我尚不能准确地把握情感，并且用琴声与之相呼应的时候，我目前还不敢放手去拨弄琴弦。因此，请老师再给我一些时间，看是否能有长进！"

　　果然，过了一段日子后，师文又去求见他的老师师襄。师襄问："你的琴现在弹得怎样啦？"

　　师文胸有成竹地说："稍微找到了一点门道，请让我试弹一曲吧。"

　　于是，师文开始拨弄琴弦。他首先奏响了金音的商弦，使之奏出代表八月的南吕乐律，只觉琴声伴着凉爽的秋风拂面，似乎草木都要成熟结果了。

　　他又拨动了属于木音的角弦，使之奏出代表二月的夹钟乐律，随之又好像有

温暖的春风在耳畔回荡，忽然花红柳绿，好一派春意盎然的景色。

接着，师文奏响了属于水音的羽弦，使之发出代表十一月的黄钟乐律，不一会儿，竟使人感到霜雪交加，江河封冻，一派肃杀景象如在眼前。

再往下，他弹响了属于火音的徵弦，使之发出代表五月的蕤宾乐律，又使人仿佛看到了骄阳似火，坚冰消释。

在乐曲将终的时候，师文又奏响了五音之首的宫弦，使之与商、角、徵、羽四弦产生和鸣，顿时在周围便有南风轻拂，祥云缭绕，恰似甘露从天而降，清泉于地喷涌。

这时，早已听得如痴如醉的师襄忍不住双手环抱，兴奋异常，当面称赞师文说："你的琴真是演奏得太美妙了！即使是晋国的师旷演奏的清角之曲，齐国的邹衍吹奏的律管之音，也无法与你这让人着迷的琴声相媲美呀！他们如果能来此地，我想他们一定会带上自己的琴瑟管箫，跟在你的后面做学生的！"

我们都要学着长大

我们都要学着长大，直到某一天可以勇敢面对伤害。

我们都会学着老去，直到某一天可以对曾经很痛苦的回忆微笑。

也许忧伤很美，也许寂寞很凉，也许这样的夜色很透彻，也许在想到某些人的时候还是会被曾经的伤害隐约作痛，太多的可能，太多的不可能，日子依旧地过，依旧地带走了该带走的，不该带走的。看，天空很美，太阳很好，风雨过了，空气更清新了。黑夜再漫长，一觉醒来又是白天。再痛苦的回忆，也已经过去了。

在一个表妹的空间看了看她的日记和照片，关于爱情，关于受伤。突然想起自己似乎也是这样过来的，懵懂，追求，以为失去，然后受伤。在表妹这个空间里，我看见一组关于手腕的照片，似乎是一个故事，也似乎是无数个故事。这让我突然有种心疼。我知道许多的孩子都有那样的经历，在手腕、手臂上，用一些锐器割伤自己，也有用烟头烙下印记，或是刺青的，以此纪念那些伤害。也有很多的人指责这样的自我伤害，并为此而不耻。可是我倒是觉得如果一个人没有经历过那么深刻的感觉，他就没有指责的权利；如果一个人经历了这么深刻的感觉，也不应该以此为辱。

现在我还会偶尔看着左手的疤痕，想一想自己是怎么过来的那些日子。又似乎没有什么大不了，又觉得有点忧伤。我还怀念许多的感觉，可我不怀念某些人。如果你知道这饭菜已经馊了，你还会吃么？我不会，因为我还不是非吃不可。我想，人的感觉也有保质期，如果过了保质期故事也就结束了。

事实上，我并不会刻意去隐藏左手的伤痕。他们总认为，这个疤痕有个

故事，我也总说，这个疤痕开始了一个故事结束了一个故事。不管如何开始与结束，都不是人们所想象中的美好。如果要我为此做一个总结，我现在大概也只能引用一个朋友的话：天啊，现在这是什么世道了？人长得丑就算了，心灵却更丑！所以后来，觉得没有必要再谈及这个故事。免去这样的解释，不愿意解释自己错看了人，不愿意解释自己已经不留情意，记不得那些事，于是在腕上套了个白色电子表。初到北京的时候，他们就很奇怪，为什么我时时刻刻都戴着这个表，直至某一天，被他们看到我手腕上的疤痕，才隐约明白这些，问我是否曾经自杀过，大概也是以为我为情而选择伤害自己。可是我明白，自己只是暂时失去活下去的勇气，与爱情无关，与亲情也无关。现在我更愿意活着，人终究要死的，但我希望是老死。人面对死亡都会恐惧，我也如是，不能因为我曾情愿死去而不去恐惧。如果一个人能克服这种恐惧，那么，活着又有什么可怕呢？斗不过的悲伤？过不去的坎？走不了的路？有时候我们太过于执着。有时候就算我们明白某些道理，也不一定能按照对的路去走。

　　直至在表妹的空间里看见那些文字、那些照片。我知道她不快乐，对于人的快乐我还未能很确定，但对于人的不快乐却是能有那么一丝比常人更为神经质的嗅觉。只是对于女子，我无法找出扣人心弦的句子来，也无法代替她去不开心。

　　相对来说，男人比女人更为虚伪些。他们可以这一秒钟跟你说很爱很爱你，下一秒就会说分手。原因是觉得彼此不合适，或者感觉淡了。事实上，只是他们觉得吃腻了这个菜，想点下一个菜了。

　　女人太笨了也不行，太聪明了也不行，太痴情不行，太无情也不行。而这个度，要不停地周旋于不同的人、不同的阶层，慢慢地找出最为接近的斤两。该聪明时候聪明，该笨的时候笨。

　　有人说，穿过童鞋、运动鞋、皮靴、平底鞋，最正经的事是穿高跟鞋。因为大多男人的审美观是一样的，高跟鞋，锁骨，身材，脸蛋。光有这些还不够，你还得在他跟你说谎的时候不去拆穿他，即便你明知那不是事实；在他厌倦时变出一个新的自己，变相地委曲求全，聪明之余还要懂得情趣，还要单纯等等。若不想让对方成为你的毒药，那你就要成为对方的毒药。这，便是爱情的预谋。通常男人在30岁之后才会明白女人的爱情建立在柴米油盐酱醋茶上，而女人在20岁过后就已经明白，男人的爱情建立在他对某些女人的身体上。男人喜欢说，我在

爱你的时候确实是爱的，换一句话说，也就是我不爱你的时候就是不爱的。他们还喜欢说：我那时说的话都是真的，同样，换一句话说，那些所谓真实的话，到如今已经是空言。

花开好了未必有人赏，采花的人也未必懂得欣赏。等你泡好了一壶茶，想要他陪你慢慢品的时候，他可能一下子就喝完了，连茶的味道都不知道。茶喝完了，人也走了。人走了，就剩下你一个人去品那杯凉茶。

刚开始的时候，这样的遗憾是经常的事情，直到后来，我们学会了一个人品，不需要人陪。曾经的那些遍地哀伤，终究成了点缀。

活在当下

　　若是爱昨天，应该爱现在。昨日不能再回来，明天还是不实在，能确有把握的，只有今日的当下。是，不由得感叹了一声。

　　忽然，有人说："先生，你叹什么呀？"

　　他四下里看了看，却没有人，他疑惑起来。那声音又响起来，端详那个石雕，原来那是一尊"双面神"神像。

　　他没见过"双面神"，所以就奇怪地问："你为什么会有两张面孔呢？"

　　双面神回答说："有了两副面孔，我才能一面看到过去，牢牢地记取曾经的教训；另一面又可以看到未来，去憧憬无限美好的蓝图啊。"

　　哲学家说："过去的只能是当下的逝去，再也无法留住，而未来又是现在的延续，是你现在没法得到的。你不把现在放在眼里，即使你能对过去了如指掌，对将来洞察先知，又有什么有用的实在意义呢？"

　　双面神听了哲学家的话，不由得大哭起来，他说："先生啊，听了你的话，我至今才明白，我今天落得如此下场的原因。"

　　哲学家问："为什么？"

　　双面神说："很久以前，我驻守这座城时，吹嘘能够一面察看过去，一面又能展望未来，却唯独没有好好地把握住现在，结果，这座城池被敌人占领了，美丽的辉煌却都化为过眼云烟，我也被人们丢于废墟中了。"

舍不得的两巴掌

有一个人，老婆怀孕了。随着胎儿的慢慢长大，他休息越来越不好了。因为睡觉时妻子总是把他挤到一边，他也不敢翻身动动，生怕碰到妻子的肚子而伤害到胎儿，所以很多时候他的半个身子都是空着的，有一次睡到半夜他甚至掉到了床下。

更为不舒服的是妻子：她几乎每夜都难以入眠，她要几百次地翻身，怎么也找不到舒适的位置；因为胎儿的压迫，妻子一夜要上很多次厕所，妻子的被窝怎么也暖不热。

有一天深夜，他和妻子都睡不着。他抚摸着妻子的肚子恨恨地说："等这个小家伙出世后，我一定要狠狠地打他两巴掌——你打一巴掌，我打一巴掌！"

终于，孩子出世了。他们看着这个鲜活的小生命，疼都疼不过来，怎么狠得下心来打呢？而且，孩子出生之后，麻烦更多了，白天黑夜，两人忙得焦头烂额，随着孩子一天天长大，他们一天天瘦了下去。

他们决定，等孩子长大点了，再打不迟。

再后来，自己的孩子也结婚了。再再后来，孩子的妻子也怀孕了。

当他知道孩子的妻子怀孕了时候，他叫来了孩子。他对孩子说："你跪下，我要打你两巴掌。"

孩子惊讶地说："爸爸，我没犯什么错呀，打我干什么？"

他就把那天夜里和妻子的约定说给孩子听，孩子感到很可笑。当他神情郑重地高高举起巴掌，轻轻落在孩子的屁股上时，孩子忍不住偷笑了出来。孩子的父亲心里轻轻叹息了一下：孩子小时不舍得，长大了仍然舍不得啊！

　　孩子回去了，孩子把这件事告诉了老婆，妻子听了也觉得好笑。

　　后来，有一个晚上，孩子突然发现自己摔在了床底下，不由得哭了起来，因为他突然想起了父亲的话和父亲永远舍不得打他的巴掌。

融入生活

　　朋友说，他希望自己可以普通一点，起码可以像我这样，融入周围人群。听到这话的时候，我正为了工作里的一些事情烦扰，因而苦笑了一下，什么叫融入生活里了呢？那什么又可算作融入了人群？有时候我会走在街道上，想起几句儿时听到的歌，比如月光光，照地堂，心里会有种莫名其妙的忧伤。有时候我跟人说着说着笑话，突然会沉默了起来，徘徊在自己的空白里，偶尔的热闹竟是像烦嚣，我笑，我哭，我闹，我静，都仅仅只是一种状态罢，极少与别人有关。

　　我算是融入了人群吧，可融不入人群的人也不少啊，什么可称为普通，什么可称为不普通呢？他们总是说，希望像是普通人一样过着生活，心里却也因为自己认为的特殊而暗自骄傲着。就如我，也会那样子，有时候觉得自己不是个普通的人，希望平淡地生活，没有太多的悲伤、太多的快乐，小小的事情却可满足幸福，总觉得自己生活过于暗淡，有太多不愉快的事情。很长一段时间，觉得没有必要爱谁，甚至包括自己。因为我在哭的时候别人在笑，我曾赋予热情的人冷漠待我。我于他之犹如你于我之，多为自己而烦。可普通与不普通，并非自己定义的　。

　　许多年后，我走在人潮里，发现自己渺小如眼下的沙，周围的人，多是不说话的，他们不看我，我也不看他们，这，就是普通了。人生不是个华丽舞台，能表演的也并非一定要是神话，等待的相遇换来下一刻的分离，其实谁跟谁，谁平凡，谁普通，都不重要罢。自然便是好的，强求太多，必定使至物极必反。融不入人群，若换来自己的寂寞难过，过错总是在于自己而非别人。倘若真的很努力都融不进去，那么，也无须跟别人一样，学着安静，也是一种收获，何必事事都要求那么

热闹？大概，人都那样吧，过着热闹的生活，就喊着要宁静些，希望可以怎么样。过着宁静的生活，便总是怨自己跟别人不一样，可认真想下来，并无什么特别的。

许多人的生活是一样的，只是，在不同的地方，什么人聚多了便是普通平常不过了，什么人少了，越少就越特别。可必定会有那么一两处相同，我们昨天走过的路，有别的人在走，我们今天走着的路，也是别人先走的。道路平坦与否，已无可追究了，我们要是整天想着别人过着怎么样的生活，努力学习跟别人的生活一样，连时间，在那样迅速地过去都不知道，周围的景色又是错过了的，我们终究只会说，原来，生活不过如此而已。对，生活不过如此而已。

想着这些的时候，抬起头来习惯性地看了看天空，其实，自己也是那样的罢。重复地希望明天会跟今天不一样，却发现今天跟昨天没什么大不了的不同。我们期盼时间过去，可以到达我们想要的成就，就那样荒废着年华，一年又是一年，我想，我大概还是跟自己承认自己只是个普通的孩子，只是我按着自己的路走下去而已，这样的想法，会让我好受些。从我知道自己不是公主的那一刻起，我就应该学着相信，自己是个普通人，生命里有不可承受之重。但不管怎么样，什么都会过去。

很多时候，我更愿意说着废话，毫无用处的道理，也不希望自己每说一句话，都要深思熟虑。而到底，深思熟虑的话没有说出口，开始觉得可笑，本来我才是个有问题的孩子，该是别人来安慰我的，结果，变成我去安慰着别人了。转念一想，这大概会有它自己的意义吧。

走进玻璃门的时候，想起几米的那部漫画，《向左走，向右走》。那时候很沉迷于那种属于城市特有的寂寞方式，后来，自己终于走出小山村里，在曾是自己梦想中最低限度的天堂里默默无闻地生活，觉得枯燥乏味，便要想延续某些故事，期盼有些遇见会发生，而似乎，遇见便要各奔东西，来不及看一眼，第二眼已经没了人影，接着下来，是满天地的忧伤。这样可算浪漫，但没有交会。不记得哪个女子说过，在这个城市里，某些遇见，是过于奢侈的。

还是去看童话里公主、王子的相爱，然后幸福地生活。但已经不相信童话了，那么多的公主，那么多的王子，他们不接着写一起之后的事情，大概也知道，即使公主及王子，接着下去生活，也不如初见般那么浪漫。

然后，看些俗气的爱情小说，发现许多相遇及相爱，都是一瞬间的事情，仿

佛相爱，是很简单的事情。我开始思考，要怎么才算是相爱的状态？这过程，又要多久？对于自己不心动的东西要看多长的时间才会发现心动？我相信一见钟情是件浪漫的事，也相信爱情需要时间才会显得穷其一世的气力，为之做鬼也是值得的？我无法得到答案，也无法去问及别人，因为相爱，本来是件简单的事情，相爱中的人不明白，相爱外的人，也无从明白。想起几年前看过的琼瑶小说，那催人泪下的种种爱恨，如今，年轻一辈的那些极其浪漫的故事，我想，那都不是属于我们的爱情吧。

想起这个与那个尝试的可能，笑了一笑，看着窗外高速公路的灯光，闪闪发亮的，让眼睛都晃动了起来。故事里传说着占老的城市，埋没在漫无边际的沙漠，似乎有点清凄，提醒着仿佛某些故事也最终会如此地发生，然后过去，接着别的故事，又是另外的意外。可那些意外，却在生活之中，不可或缺。

思乡

　　很长一段时间在外地漂泊，对故乡和亲人的思念在时间的流逝中似乎渐渐淡了，每天总有那么多人要去见，总有那么多事要勤恳地去做，除去一日三餐和那些永远忙不完的事情，剩下的时间总是那么有限，全部用来睡觉都不够，哪里还有时间去牵挂故乡和乡下的父母？

　　为了能心安理得地在城市比乡下父母受用无数倍地活着，曾给自己找了个忘记的理由：什么故乡，所有的故乡原来不都是异乡吗？所谓故乡只不过是父辈闯荡的最后一站。父母？不也是好好地活着吗？在外面少让他们操心，每月寄点钱回去，让他们自己去多买点菜改善一下生活，这似乎就是许多漂泊者对故乡和亲人所有的付出，从不涉及一点情感的因素。

　　上个月我寄回家1000块钱，是想让生病卧床的母亲每天买点肉熬汤补补身体。前两天晚上房东喊我接电话，拿起话筒一听就是母亲慈爱的声音———一种令我魂牵梦绕的乡音。她慢慢地对我说，那1000块钱他们没有舍得吃肉，本打算存起来，后来村上安装电话，就装了一部，只是为了能经常听到我的声音，她说，十分想我。

　　我其实一直也在心底想她们，但从来没有像母亲想我那么"很"。我对故乡和他们的想念常常因为自己生活中的琐事和烦恼而中断，甚至有时会完全忘记在自己生活的城市之外，还有自己的故乡和家人存在，忘了他们在劳累着，在渐渐地老去，老到每天用大部分时间来思念我，而我呢？

　　挂上电话很久之后，泪水还涩涩地留在嘴边，母亲关心的话语仿佛一直在耳

边温温地萦绕。电话可以听到我的声音，却永远传递不了我的感情；而我听到母亲的声音，全身分明是被家的暖流包围。她不知道我为什么会哭，我真的很惭愧，以为每月多寄点钱就可以使父母幸福地度过每一天，我时常还骄傲能每月寄点钱回家，不像身边的许多朋友伸手向家里要钱。其实，我欠他们的太多太多。

那天，内心发现的我请朋友写了一张条幅挂在房中，上面清晰又明白地写着：你的碗里有肉，父母的碗里是否有菜？

我想看破红尘，却被红尘看透

在北京鼓楼旧大街行走的时候，那儿已经拆掉不少的旧式胡同，建起了崭新的别墅，让我突然想起江南的小桥流水人家。那刻突然涌起对北京陌生的情绪，恍惚而淡漠。但是，我开始喜欢北京，喜欢这个干燥到令我开始长痘痘的北京。我只是不喜欢鸟巢，不喜欢水立方，不喜欢王府井。

他们担心我在这边耐不住寂寞，但事实上我并非如此。也许是一只觉得一个人生活很好，也是独行太久，对于这一切已然很习惯。其实有时候很奇怪，自己怎么会走到如今这样子，不是个爱热闹的人，却在走了许多热闹的地方，又继续寻找安静之地。现在终于可借得几年安静停留，却害怕别人的好。

是我太幸运吧。我跟许多的人说我是有梦想的一个人，然后许多次想不起自己的梦想是什么。我说，我不喜欢乱跑，没有人相信，一个从南至北的人会不喜欢跑。可是，我确实不喜欢外出，因为最近心情不好的时候比以往少了，更多的是忧伤所代替，而忧伤，又被干燥的天气给蒸发不少。因为是个懒惰的人，总喜欢待在家里而懒于出去。有时候仅仅是因为要走楼梯而不愿意外出，可想而知，我确实又懒惰了不少。更多的时候是对着玻璃外面花花草草的人家发呆，远望，而又不知道想着什么。

剪了个新头发，将刘海染成绿色，似乎这是个习惯，染斜斜的刘海，一年来头发剪了许多次，总不是很满意，但又总想留住长发飘扬的感觉。看到那镜子里反射出来的自己，额头上隐约的绿，突然有些感动。说不出莫名感觉，很是新奇，像是自己的宝贝。

　　7 月，某天。在转了数趟公汽之后，坐了一层的电车，两层的汽车，又转了好几趟地铁，迷了几次路，原本要去首都图书馆的计划宣布作废。去了西站，去了德胜门，去了三元桥，无一所得，终于傍晚坐着公交车归回。经过机场，夜色朦胧，看见静止不动的飞机还有干净的高速公路，旁边的树木，桥斜对面的河水，经过许多的站台，兜兜转转走了一条以往不曾走过的路线，感觉陌生而又熟悉。这个城市不知道是大，还是被很多的高楼覆盖了，让人陌生了感觉，熟悉了寂寞。但幸好，我是个习惯了陌生的，也喜欢淡然忧伤的人。

　　反而觉得跟人之间的相处，有些时候是让自己很不自然的。我想，这与最近越来越不爱说话开始。说话的时候经常想不起要说的话，说出来的话连自己都不知道什么意思。思想漫游得太远，像是平静了太多，更迷糊了罢。

　　最近，很多朋友都逐步顺理成章地步入婚姻的殿堂，生儿育女。那些过去一起幼稚的岁月，已经远去很长的一段时间。不愿意长大，却又不得不面对如今的局面。得而不得，失而未失。

　　当初失恋的时候，我跟朋友说，我想我失去些东西了。朋友告诉我，失去便失去，并没有什么大不了的，要我相信在下一站会有更好的。如果真的失去了，那么一定不要留下关于某人的足迹。从生活，到文字，然后到记忆。已经失去的，我确实是忘记了。失恋没有什么大不了，再恋便是。再后来，我知道那样的感情其实并非真情，只是预演好的一场戏，落幕了，也就完结了。适不适合，久了便知道。

　　逐渐地，形成现在某些观念上彻底的改变。那个我一直想要的洋娃娃在我还很小的时候就死在了记忆里，而今虚拟出的娃娃模样，我并不想让它成形。zl 说，我这样久了会很累。嗯，也许吧。我想看破红尘，却被红尘看透。我告诉 zl，我说我早有预感会如此。事实上这样比起明目张胆要更为幸福些，因为在心里的那个洋娃娃总比你手里真正拥有的洋娃娃美好些。倘若儿女私情让您如此脆弱，那么，就找个懂得疼惜你的人。

　　但是，我不想做那个不断错过的人了，故而，守株待兔罢。我终究不是那个兔子，没有力气再去撞见适合自己而自己又适合他的那个人，那么多的巧合不巧合，过去的，未过去的，得到又能如何呢？未能拥有实物，我还可以拥有自己的感觉，那个虚拟的洋娃娃。走不来梦境，就暂留在梦里。

一封信的鼓励

有个大学三年级的女孩，不漂亮，甚至还多少有点丑，她见同班的女同学都有了男朋友，唯自己形单影吊，就自卑了，还常常悄悄地掉泪。

教心理学的老师发现了这件事，就假冒一个男生的名义，给她写了封匿名的情书。

尊敬的××：

冒昧地给您写这封信，您不会红颜大怒吧！

很久了，很久了，我一直在默默地注视着您！您是个极有特色的好女孩儿——当您的女同胞接二连三地有了朋友，您却一如既往地保持着女性的庄重，与您的女同胞比，您显然比她们更有气质，更有古典色彩，更有分量！因此，在我的心目中，您格外美丽、格外圣洁！自然，也正是因为您格外庄重、格外严谨，我才不敢放肆失礼——请恕我暂时不说出我的姓名，但我肯定会天天关注着您，在得到您的答应之前，就让我从一个遥远的地方，小心翼翼地、满怀希冀地看着您吧！

没有您，我将失望到极点！

我坚信，在未来的期末考试中，您将是第一名！

那时，请准许我真诚地为您高兴，行吗？您那美丽的天使般的笑，将使我变得格外欢欣鼓舞！

一个盼望着得到您的青睐的、很善良的男同胞

×月×日

果然，就这么一封信，也就改变了一个人。

那原本自卑的女孩子自从收到了这封信，就恢复了勇气和信心——她高高地抬起了自己的头，她的步伐从此充满了自信，她不再暗自垂泪，她努力上进，她的拼搏使人感动。到了年终，她果然以全优的成绩得到了全班同学的一致赞美！

陌生人的帮助

周末在"卡拉 OK"里唱歌，看到一个 20 岁的女孩走上台去唱。可能心理准备不够充分，旋律响起后，她才唱了开头一句：

"雨潇潇……"

这个女孩跟不上调子，非常尴尬，不知所措，再也唱不下去了。

有一个大胆的男孩，从座位上站起，大步走到台上，拿起另一支麦克风，站在女孩的身旁，待乐曲重又过渡到开头的时候，跟女孩一起唱："雨潇潇，恩爱断姻缘……"唱了这开头的一句后，他放下麦克风，大方地走到自己的座位上。那个女孩在他的"启动"下，有了信心，拉开了嗓子，大声唱到完。

当时我的心不由得很感动。

那一年冬天，我独自走在广州的大街上。经过公园前的马路，我正想着心事。忽然听到一声响亮的"喂！"接着被一个小伙子拉了一把。一辆红色"的士"飞快地从我面前经过。我被吓了一大跳。当我定下神来想说声"谢谢你"的时候，那小伙子早已跨上自行车走得没有踪影了。后来独自逛街过马路，我总会想起这位面容都未曾看清的陌路人。

从前有一个不快乐的老头儿，他常来看我。他的老伴几年前过世了，唯一的女儿也嫁到了美国。他不习惯美国的日子，不愿意去女儿家住。他说："我已是快入土的人了，还企望什么呢？"

这位孤独的老头儿没有任何期望，他非常地节俭，不喝酒也不抽烟，只是喜欢喝咖啡。当我把一块白色方糖投入他的杯子中，用小汤匙不断搅动的时候，他

竟感动得流出眼泪来。

　　以后每每他来看我，我都细心地为他煮一杯咖啡，并且把一块白色方糖放进他的杯中，为他慢慢、慢慢地搅动。我不知道，在这个世界上，在这淡淡的苦味的咖啡中，他是否能获得一点甜意和安慰、一丝温暖？

第二辑

风雨过后的彩虹

2

鹅卵石的奥妙——鹅卵石也会变成钻石

有天晚上，一群牧民正想搭帐篷休息时，忽然被一束强光所笼罩。他们知道神要出现了，带着热切的期盼，他们等待着来自上天的重要的信息。

最后，神开始说话了："尽力收集鹅卵石，把它们放在你们的鞍袋里。再旅行一天，明晚你们会感到幸福，同时也会感到愧悔。"

神离开后，这些牧民都感到失望与气愤。他们对神的期待很高，但却被吩咐去做这件卑贱而没有意义的事。但不管怎样，来访的亮光仍促使他们各自捡拾了一些鹅卵石，放在他们的自己鞍袋里，虽然他们并不怎么高兴。

他们又走了一天路，当夜晚来临，开始扎营时，他们发现自己鞍袋里的每一颗鹅卵石都变成了钻石。他们因得到钻石而幸福极了，却也因没有收集更多的鹅卵石而懊悔。

我在很早从事教学时曾有一个学生，名叫阿伦，印证了这则传奇的真理。

阿伦念 8 年级，在被退学的边缘摇摆，因为他喜欢制造麻烦，他专门欺凌弱小，更是个偷窃能手。

每天我都会叫我的学生背一则伟大思想家的名言。在我点名时，我会用一则格言来点名，学生必须说完这则格言才能算出席上课。

"艾丽丝·亚当斯——没有所谓失败，除非……"

"你不再尝试。我到了，许拉特先生。"

所以，在等到今年结束时，我的学生们已经背了 150 则伟大的思想格言。

"认为你能，或认为你不能——总有一个对。"

"如果你看到了阻挡物，你的眼睛就已远离了目标。"

"所谓犬儒学派，就是指那些知道每一件东西的价格而不懂它们的价值的人。"

当然，还有拿破伦·奚尔斯的："如果你能拥有它，相信它，你就能达到它。"

没有人比阿伦更爱讨厌这个每日的例行作业——直到他被退了学。我有 5 年没看到他，但有一天，他打电话告诉我。他假释出狱后，在附近的某一所学院修习一门专业技术的课程。

他告诉我，在他被送进少年法庭后，后被转到加州青少年法院监狱服刑，他变得对自己非常失望，拿了一把刮胡刀试图割腕自杀。

他说："你知道，许拉特先生，当我躺在那儿，生命一滴一滴地失去时，我忽然想到有一天你让我写 20 次的那句无聊格言：'没有所谓失败，除非你不再尝试。'忽然它对我起了作用。只要我活着，我就不算失败，但如果我让自己死掉，我绝对是个失败的死人，所以我用仅有的力气求救，此后，我开始了新生活。"

在他听到这句格言时候，它是鹅卵石。当他身处危机需要指引的那一刻，它变成了钻石。所以我想对你说，尽量积累鹅卵石，你就可以期待一个充满钻石的未来。

不要害怕去做那些"做不了的事情"

　　一个想象力丰富，有观察力，有进取心，刻苦努力，敢想敢做的人，不管在什么环境下，都容易获得自己想要的一切。

　　斯帕克是一位年轻的艺术家，美国经济大萧条最厉害时住在多伦多，全家靠救济过日子，那段时间他急着需要用钱。斯帕克精于木炭画。他画得虽好，但时局太坏了，他怎样才能发挥自己的能力呢？在那种艰苦的日子里，哪有人肯买一个无名小卒的画呢？

　　斯帕克可以画他的邻居和朋友，但他们同样身无分文。唯一可能的市场是在有钱人那里，但哪个人是有钱人呢？他怎样才能接近他们呢？

　　斯帕克对此苦苦思考，最后他来到多伦多《环球邮政》报社资料室，从那里借了一份画册，其中有加拿大的一家银行老总的肖像。斯帕克灵机一动，决定在这上面"做点文章"。回到家里，他开始画起来。

　　斯帕克画完了像，然后放在相框里。他自认为画得很好，对此他很自信，但怎样才能交给对方呢？

　　他在商界没有朋友，所以想得到引见是不可能的。他也明白，如果想办法与他约会，肯定会被拒绝。写信去求见他，但这种信可能通不过这位大人物秘书的那一关。斯帕克对人性略知一二，他知道，要想穿过总裁周围的层层阻碍，他必须投其对名利的爱好。

　　他决定另辟蹊径，采用特殊的方法去试一试。他想：即使失败也比主动放弃强！

　　斯帕克梳好头发，穿上自己最好的衣服，走进了总裁的办公室。

　　斯帕克提出要面见总裁的要求，秘书告诉他：事先如果没有约好，想见总裁不太可能。

　　"真糟糕，"斯帕克说，同时把画的保护纸揭开，"我只是想拿这个给他瞧瞧。"秘书看了看画，把它拿了过去，她犹豫了一会儿后说道："坐下等会儿，我去通知一声总裁。"

　　她马上就回来了。"他想见你。"她说。

　　当斯帕克进去时，总裁正在看着那幅画。

　　"你画得棒极了，"他说，"这张画你想要多少钱？"斯帕克倒吸了一口气，告诉他要 50 美元，结果成交了——那时的 50 美元约相当于现在的 1000 美元。

救助灵魂

　　一个流浪汉来到一个庭院，向女主人乞讨。这个流浪汉很可怜，他的右袖管里空荡荡的，原来整条手臂都断掉了，让人看了很揪心，任谁谁会慷慨施舍的。

　　然而，女主人出人意料地指着门前一口大缸和一只水桶对流浪的人说："看到院子里那口井了吧？你帮我把这口缸灌满水吧！"

　　流浪汉生气地说："我只有一只手，你还忍心叫我提水。不愿给就不给，何必戏弄我呢？"

　　女主人并不生气，俯身拿起水桶。她故意只用一只手提了一桶水倒进缸里说："你看，谁说非要两只手才能干活。我能干，你就干不了吗？"

　　流浪汉怔住了，他用异样的目光看着妇人，尖突的喉结上下滑动了两下，终于他俯下身子，用他那唯一的一只手开始提水，或许许久不干活的缘故，开始一次只能提半桶，后来越提越多。他整整提了一个小时，才把缸灌满，累得气喘吁吁，脸上有很多汗珠，几绺乱发也被汗水濡湿了，歪贴在额头上。

　　女主人递给流浪汉一条雪白的毛巾。流浪汉接过去，很仔细地把脸上和脖子擦一遍，白毛巾变成了黑毛巾。

　　女主人又递给流浪汉 50 元钱。流浪汉接过钱，很感激地说："谢谢您。"

　　女主人说："你不用谢我，这是你自己凭力气挣的工钱。"

　　流浪汉说："我不会忘记您的，这条毛巾也留给我作纪念吧。"说完他深深地鞠一躬，就上路了。

　　过了很多天，又有一个流浪汉来到这庭院。女主人把他也引到院子里，指着

大缸对他说："把缸里的水淘出来，再浇到屋后的菜地里就给你 20 元钱。"这位双手健全的流浪汉却像看着怪人似的鄙夷地哼了一声，不知是不屑那 20 元还是别的什么，然后离开了。

孩子不解地问他的妈妈："这口缸我们早就不用了，你叫流浪汉把水倒进去又淘出来，是什么意思呢？"

他的妈妈笑笑说："这个缸是满是空对我们都一样，可对那些流浪的人来说，劳动与否可就不一样了。"

此后还来过几个流浪汉，那口缸里的水却始终没有人愿意把它淘出来。

很多年后，一个很体面的人来到这个庭院。他开着高级轿车，西装革履，气度不凡，跟那些自信、自重的成功人士一模一样。唯一的不同是，这人只有一只左手，后边是一条空空的衣袖，一荡一荡的。

他俯下身用那一只左手拉住已经显出老态的女主人说："谢谢您。如果没有您，我还是个流浪的人，可是现在，我已经是一家上市公司的老板。您让我知道了什么叫人，什么是人格，我要给您应得的报酬！"

女主人想了半天，笑了，却只是淡淡地说："这是你自己努力的结果。"

那个人坚持要把母亲连同她一家人迁到城里去住，做城市人，过好日子，并说"一切都安排好了"。

女主人摇摇头说："谢谢，但我们不能接受你的照顾。"

"为什么？"

"因为我们一家人人都有两只手。如果你坚持要报答，那你就回报给连那些一只手都没有的人吧。"

101 岁成名

我认识哈里·莱伯曼先生的那会儿，他已经是一位百岁老人了。

那一天，天气又热又闷，就连不见没有光的阴凉处也达到40℃的高温。来到他在长岛的住处，我还以为这位老画家一定坐在舒服的空调室里等我。然而出乎我的意料之外，他正在树荫下专心致志地画一幅油画。他告诉我，他刚刚同一个日历出版商签署一项七年的合同，画架上的作品即是其中之一。

老人身材颀长，脸上皱纹很深，下巴留着一撮胡须，头发花白，但却精神焕发，穿着也很讲究，看上去最多不过80岁。80岁！这正是他开始学习作画时的年纪。

莱伯曼是在一年前老人俱乐部里和绘画结下缘分的。那时，老人歇业已有六年。他常到城里的俱乐部去下棋，用这个消磨时间。一天，女办事员告诉他，往常那位棋友因身体不舒服，不能前来作陪。看到老人的失望神情，这位热情的办事员就建议他到画室去转一下，还可以试画几下。

"您说什么，让我画画？"老人哈哈大笑，"我从来没有拿过画笔。"

"那不要紧，试试一下嘛！说不定你会觉得很有意思呢，"

在女办事员的邀请下，莱伯曼来到了画室，平生第一次摆弄起画笔和颜料，但他很快就喜欢上了绘画，周围的人也都认为这位80岁的老翁简直就是一个天生的画家。81岁那年，老人去上绘画课，开始学习绘画知识。

1977年11月，洛杉矶一家颇有名望的艺术陈列馆开办了其第22届绘画展览，题为：哈里·莱伯曼101岁画展。这位百岁老人直直地站在入口处，迎接参加开

幕仪式的众多来宾，其中有不少收藏家、评论家和新闻记者。作品中体现出来的活力赢得许多参观者的赞赏。

老人说道："我不说我有101岁的年纪，而是说有101年的成熟。我要向那些到了60、70、80或90岁就自认为上了年纪的老年人表示，这还不是生活暮年。不要总去想还能活几年，而要想还能做些什么。着手做些事，这才是生活！"

在101岁成为一个著名画家确实有许多偶然的成分，但生命的质量以你所做的事情而不是以你所度过的光阴来衡量，这确是必然。人最宝贵的是生命，生命属于人们只有一次。人的一生应当这样度过：当他回首往事时，他不因虚度年华而悔恨，也不因碌碌无为而羞耻。

做好本职工作

　　现在，有一个广为传颂着动人的小故事：很多年前，一个妙龄少女来到东京帝国酒店当服务员。这是她的第一份工作，也就是说她将在这里正式步入社会，迈开她人生第一步。因此她很激动，暗下决心：一定要好好干！她想不到：上司安排她洗厕所！

　　洗厕所！实话实说没人喜欢干，何况她从未干过粗重的活儿，喜爱干净，干得了吗？洗厕所时在视觉上、嗅觉上以及身体上都会使她难以承受，心理暗示的作用更是使她无法忍受。当她用自己白皙细嫩的手拿着抹布靠近马桶时，胃里立马"造反"，翻江倒海，恶心得几乎呕吐却又吐不出来，这令她十分难受。而上司对她的工作质量要求特高，高得骇人：一定把马桶抹洗得光洁如新！

　　她当然明白"光洁如新"的意思是什么，她当然更知道自己不适应洗厕所这一工作，真的难以做到"光洁如新"这一高标准的质量要求。因此，她走进困惑、苦恼之中，也哭过鼻子。这时，她面对着这人生第一步怎样走下去的抉择：是继续做下去，还是另谋职业？继续干下去——太难了！另谋职业——遇到困难就退缩？人生之路岂有退堂鼓可打？她不甘心就这样败下阵来，因为她想起了自己最初来时曾下过的决心：人生第一步一定要走好，马虎不得！

　　正在这个关键时刻，同单位一位前辈及时地出现在她面前，他帮她摆脱了困惑、困苦，帮她迈好这人生第一步，更重要的是帮她认清了人生道路应该如何走。但他并没有用空洞理论去说道，只是亲自做个样子给她看了一遍。

首先，他一遍遍地擦洗着马桶，直到抹洗得光洁如新；然后，他从马桶里舀了一杯水，竟然喝了下去！而且一点也不为难。实际行动胜过万语千言，他不用一言一语就让少女明白一个极为朴素、极为简单的真理：光洁如新，要点在于"新"，新则不脏，因为不会有人觉得新马桶脏，也因为背后马桶中的水是不脏的，是能喝的；反过来讲，只有马桶中的水达到可以喝的洁净程序，才算得上把马桶抹洗得"光洁如新"了，而这一点已被证明可以办得到。

同时，他送给她一个温柔的、富有深意的微笑，送给她一束关注的、鼓励的目光。这已经够用了，因为她早已激动得几乎不能控制自己了，从身体到灵魂都在震颤。她一言不发，热泪盈眶，恍然大悟，如梦初醒！她痛下决心：

"就算一生打扫厕所，也要做一名最出色的洗厕所的人！"

从此，她成为一个新的、振奋的人；从此，她的工作质量也达到了那位前辈的最高水平，当然她也多次喝过厕水，为了检验自己的自信心，为了证实自己的工作质量，也为了强化自己的责任心；从此，她很漂亮地迈好了人生第一步；从此，她踏上了成功的道路，开始了她的不断走向成功的人生历程。

几十年光阴转瞬而过，如今她早就是日本政府的主要官员——邮政大臣。她的叫野田圣子。

野田圣子坚定不移的人生观念，表现为她强烈的敬业心："就算一生洗厕所，也要做一名出色的洗厕所的人。"这一点就是她成功的并不神秘的奥秘之所在；这一点使她几十年来一直前进在成功路上；这一点使她拥有了不凡的人生，使她成为幸运的成功者、成功的幸运者。

孟子说过："故天将降大任于是人也，必先苦其心志，劳其筋骨，饿其体肤，空乏其身，行拂乱其所为，所以动心忍性，曾益其所不能。"

坚持梦想

男孩子的父母期望自己的儿子能成为一位体面的医生，可是男孩读到高中便被电脑迷住了，整天鼓捣着一台现在十分落后的苹果电脑，他把计算机的主板拆下又安装上。

男孩的父母很痛心，告诉他，他应该用功上学，否则压根无法立足社会。可是，男孩说："有朝一日我会开一家公司。"父母一点也不相信，还是千方百计按自己的意愿教育男孩，希望他能成为一位医生。

不久，男孩最后按照父母的意愿考入了一所大学的医科，可是他只对电脑感兴趣。在第一学期，他从当时零售商处买来低价处理的个人电脑，在宿舍里改装升级后卖给自己同学。他组装的电脑性能优良，而且价格低。他的电脑不但在学校里卖得好，而且连附近的法律事务所和许多小企业也纷纷来买。

第一个学期快要结束的时候，他告诉父母，他想退学。父母坚决不同意，只允许他利用假期卖电脑，并且承诺，如果一个夏季销售不好，那么，就不许卖电脑。可是，男孩电脑生意就在这个夏季突飞猛进，仅用了一个月的时间，他就完成了18万美元的业绩。

他的计划成功了，父母很遗憾地答应他退学。

他组建了自己的公司，打出了自己的牌子。在很短的时间内，他良好的业绩引起投资家的关注。第二年，公司顺利地发行了公司股票，他拥有了1800万美元的资金，那年他只有23岁。

10年后，他创下了像比尔·盖茨般的神话，拥有资产达43亿美元。他就是

美国戴尔公司老板迈克尔·戴尔。

比尔·盖茨曾经亲自飞赴他的住所向他恭喜，比尔·盖茨对他说："我们都坚守自己的信念，并且对这一行业富有激情。"

每项奇迹的开始时总是始于一种伟大的思想。或许没有人知道今天的一个想法将会坚持多久，但是，我们不要质疑，只要沉下心来，努力去做，让心中的杂音寂静，你就会听见它们就在不远处，而且触手可及。

比尔·盖茨和迈克尔·戴尔是新经济时代的两个传奇"神话"：他们都中途退学，都成为世界上顶尖的大富翁。也许他们的传奇经历并没有普遍意义，但至少可以让我们明白一点：

做你真正喜欢的事业，不要让传统观念束缚住你。

不曾醉倒，怎知酒浓

已经很长一段时间没有喝这么多酒了，自来到北京以后，就鲜少喝酒。

2007 年的这个时候，我整天泡在酒吧里，重复着一样的故事，跟陌生的人喝酒，然后突然消失。而 2008 年的这个时候，我已在江南的一个小地方里，奔波于工厂的各个车间，不知道自己忙些什么，想要做些什么。那么，零六年呢？零六年的这个时候，我在做什么呢？也许，也依旧是泡在酒吧里没日没夜地胡闹。

其实我酒量真的不好，不好到什么程度我自己其实很清楚，只是，每次一喝酒就不愿意停止。尽管它很苦涩，也许，只有那样我才会将某些感觉更为深刻些，更为疼痛些，也更为麻木些。在很久之前，混酒吧，混吃喝，是生存的必须，那种必须，延续了无数个漫长的日子，漫长得让我忘记了自己是谁。再后来，学会了无止休地工作，不停地换地方，一心想要流浪，一心要找到自己心里的天堂，也因此不停地伤害周围的人，被别人伤害，已然习惯。成就了缠绵。

你知道吗？天空跟我记忆里的颜色已经相差很远，我也好长好长时间没有见过星星了。有时候连自己都怀疑自己的存在，怀疑这个时间只是一个过去，发生过的故事重演，所以我会显得如此忧伤不止。谁伤害过我，我又伤害过谁，我是否还能记得。

其实我知道，所有的开心不开心都是自找的，不是别人给的，我无法控制它，我又能怎样？连根抽除么？把感觉都抽空，空的日子一天一天地过，却全然不觉。是这样的吗？可以吗？我有答案，请允许我这一刻无可抑制地哀伤。我只是空，空得不知道发生了什么，将要发生什么，正在发生什么，还有，我是谁。

手指甲长了，在电脑的荧光下显然苍白，透明得不像是属于我身体的一部分。

今天出去转了一圈，太阳还是很毒辣，脱下丑丑鞋的时候，发现自己脚面印出了一个个红心，是丑丑鞋镂空的图案，一模一样，黑黑的。

行走在高速公路旁，看着边上矮矮的平楼，又是突然的一空。

有很多小小的花儿，紫色的，白色的，拥挤在矮小的树上，甚是好看。

今天没什么异常，也不为什么事情特别悲伤，只是突然想流泪。不难过，只是忧伤。

北京这边还是很干燥，天气也很怪。这两天时不时会突然倾盆大雨，还有打雷。皮肤依旧很干，脱皮，我鲜少出去。跑去图书馆借了两本书，却一再发现自己连书都懒得阅读。大家都觉得我去锻炼身体是个明智的选择，勉强坚持了几天，没有放弃，也没有强烈的要坚持。不知道有否效果。

有时候感觉自己与外界是毫无瓜葛的，似乎没有什么纷争可以牵扯到我头上。甚至更多的时候就想着，就这样子吧，哪怕一辈子都行。朋友说我这样子很无聊，每天只会出现在网上。我想了想，并不觉得这样有什么不对。所以，锻炼身体的事是这两个月来最大的意外了。因为我一直很讨厌运动，懒得运动。只是我可以狂逛一天街，然后什么都不买。

但是这边连街道都没什么好逛的，要转几趟公交车，要晒太阳。我经常考虑是否该出去走走，结果没等我考虑完，一天就已经结束了。就像今天，这会儿，快过去了。下一段，已经隔了一天。

不可替代的岗位

公司要裁员，名单公布了，有内勤部员工的小灿和小燕。规定一个月之后离岗。那天，大伙儿见到她俩都小心翼翼，更不敢和她们多说一句话。因为，她俩的眼圈都红红的。这事摊到谁身上都不好受。

第二天上班，这是小灿和小燕在单位的最后一个月的时间。小灿的情绪仍很激动，谁跟她说话，她都像灌了一肚子的火药，遇到谁就向谁开火。裁员名单是老总定的，跟其他人一点也没关系，甚至跟内勤部都没关系。小灿也知道，可心里生气得很，又不敢找老总去发脾气，只好找杯子、文件夹、抽屉撒气。"砰砰""咚咚"，大伙儿的心被她提上来又摔下去，空气都快结冰了。

人之将走，其行也哀，谁忍心去责怪她呢？

小灿仍旧不能解气，又去找主任诉冤，找同事哭诉。"凭什么把我裁掉？我做得好好的……"眼珠一转，滚下泪来。旁边的人心里不好受，恨不得一时冲动让自己替下小灿。之后，办公室订盒饭、传送文件、收发信件，原来属小灿做的，现在都无人过问。

不久后听说，小灿找了一些人到老总那儿求情，都是重量级的人物，小灿着实高兴了好几天。但是又听说，这次是"一刀切"，谁也通融不了。小灿再次受到刺激，气鼓的，异样的目光在每个人脸上扫来扫去，仿佛有谁在背后捣鬼，她要把那人用眼钩子拽出来。许多人怕她，都躲着她。

小灿原来很让人喜欢，但后来，她人未走，大家却有点不喜欢她了。

小燕也很讨人喜欢。同事之间早已习惯了这样对她："小燕，把这个打一下，

快点儿！""小燕，快把这个拿出去！"小燕总是连声答应，手指像她的舌头一样乖巧。

裁员名单公布后，小燕哭了一晚上，第二天上班也没精神，可打开电脑，拉开键盘，她就和以往一样地干活了。小燕见大伙不好意思再吩咐她做什么，便特地跟大家说话，主动揽活。她说：是福跑不了，是祸躲不了，反正就这样了，不如干好最后一个月，以后想干恐怕都没机会了。

小燕心里渐渐平静了，仍然勤快地打字复印，随叫随到，坚守在她的岗位上。

一个月满，小灿如期下岗，而小燕却被从裁员名单中抹去了，留了下来。主任当众传达了老总的话：

"小燕的岗位，没有人可以替代；小燕这样的员工，公司永远不会嫌多！"

人定胜天

　　坚强的意志，可以造就奇迹。对于一个遭遇不幸的人，首先要战胜的就是内心的阴影，这个过程是艰难的。

　　有一所位于偏远地区的小学校因为设备不足，每到冬季便要利用老式的烧煤锅炉来取暖。有个小男孩每天很早来到学校，将锅炉打开，好让老师和同学们一进教室就能感受到暖气。

　　但有一天老师和同学们来到学校时，发现有火苗从教室里冒出来。他们急忙将这个小男孩救出去，但他的下半身已被严重烧伤，整个人完全失去了意识，只剩下一口气了。

　　送到医院抢救后，小男孩稍微恢复了知觉。他躺在病床上迷迷糊糊地听到医生对妈妈说："这孩子的下半身被火烧得太严重了，能活下去的希望实在很渺茫。"

　　但这勇敢的小男孩不愿这样就被死神带走，他下定决心要活下去。果然，出乎医生的意料，他熬过了最关键的那段时日。但等到危险期过后，他又听到医生在跟妈妈窃窃私语："其实保住性命对这孩子而言不一定是好事，他的下半身受到严重伤害，就算活下去，下半辈子也注定是个残废。"

　　这时小男孩心中又暗暗发誓，他不要做个残废，他一定要站起来走路，但不幸的是他的下半身毫无行动能力，两只细小的腿垂在那里，没有任何知觉。

　　出院之后，他妈妈每天为他按摩双脚，从不停歇，但仍是没有任何好转的迹象。即使如此，他要走路的决心也未曾动摇。平时他都以轮椅代步，有一天天气十分晴好，妈妈推着他到院子里呼吸新鲜空气。温暖阳光照耀着草地，他望着

这美景，心中突然有了一个想法，他奋力将身体移开轮椅，然后拖着没力的双脚在草地上匍匐前进。

一步一步，他终于爬到篱笆墙边，接着他使尽全身力气，努力地扶着篱笆站了起来。抱着坚定的决心，他每天都扶着篱笆学习走路，一直走到篱笆墙边出现了一条小路。他心中只有一个目标：努力锻炼双脚。凭着钢铁般的意志，以及每日持续的按摩，他终于能用自己的双脚站起来。然后能走路，甚至能跑步。他后来不但走路上课，还能和同学们一起享受跑步的乐趣，到了大学时，他还被选入田径队。

一个被火烧伤下半身的孩子，原本一辈子都没法走路跑步，但凭着他坚强的意志，葛林·康宁汉博士，跑出了全世界最优异的成绩。

在每个人的一生中，走的路不可能总是平坦的，每个人一定会遇到困难和挫折。当你面对困难和挫折时，你千万不要胆怯，千万不能退缩，一定要勇敢地面对它们，想办法战胜困难，并且克服困难，这样你就等于战胜了你自己。

同学们，请相信，虽然前面的路更加艰险，更加坎坷不平，但是只要你认真地对待和认真地去做每一件事，以细心开头，以认真结尾，就没有你做不好的事，只要自己拥有"认真"二字，那么你就可以战胜一切困难，克服一切困难，打败一切人生路上的拦路虎，使你的一生更加有意义。

保时捷和奔驰

最近，每当埃伦驾驶着白色的奔驰回到公寓的地下停车场时，总能看见紧贴着他的泊位停放着一辆红色的保时捷。为了避免撞到这辆保时捷和旁边的水泥柱，埃伦不得不来来回回地倒几趟车，才能勉强挤进他的停车位。

"为什么不能多给我留些地方？！"埃伦气愤地想。

一天，埃伦驾着他的车比那辆红色的保时捷早回到停车场，当他正要熄火时，那辆保时捷冲了进来。它的主人像往常一样，把它停在紧贴埃伦的泊位处。埃伦十分恼火，再加上他正患着感冒，头疼得厉害，又刚刚收到税务局的催款通知，于是便恶狠狠地冲着那位保时捷的女主人吼道："嘿，瞧你，为什么不多给我留些地方？你离我远点！"

红色保时捷的主人也恶狠狠地回敬道："说话小心点！你以为你是谁，首相吗？"说完，便不屑一顾地走开了。

埃伦气得咬牙切齿，心想：我一定要让你吃点苦头！第二天，埃伦回到停车场时，正好红色的保时捷还没有回来：埃伦把车子紧贴着她的泊车位停下，这样她开车进来后，便会因为水泥柱离得太近而打不开车门。

可是，接下来一连几天，那辆红色的保时捷每天都比埃伦早回到停车场，弄得埃伦为停车吃尽了苦头。

有一天，埃伦在调整车的反光镜以免被水泥柱撞坏时，真想找个机会好好教训她一下，可转念想到：这样冤冤相报下去，什么时候是尽头呢？到底该怎么办呢？突然，埃伦灵光一闪，马上有了一个好主意。

第二天早上，红色保时捷的女主人刚坐进她的车子，就在挡风玻璃上发现了一个信封打开信，信上写道：

> 亲爱的红色保时捷：那天我家的男主人向你家的女主人怒吼咆哮，显得很无礼，对此，我十分抱歉。您知道，人们的行为有时难免会不理智。不过，您也许不知道，从那天以后，他一直觉得很不安，他并不是有意向人发泄不满。这也不是他一贯的作风，只是很不凑巧，那天他收到了带来坏消息的信件。我多么希望您和您家的女主人能够原谅他。
>
> 您的邻居：白色奔驰

第二天早上，当埃伦来到停车场时，也在车子的挡风玻璃上发现了一个信封，打开信，他迫不及待地读了起来：

> 亲爱的白色奔驰：最近，我家的女主人也很不安，因为她刚学会驾驶汽车，停车的技术还不到位。今后，我们会尝试着停得离你们远一些。我很高兴，我们可以成为朋友了，我家女主人看到您写的便条，也很高兴，相信她也会成为你们的朋友的。
>
> 您的邻居：红色保时捷

当埃伦发动汽车时，忍不住笑了。从此，白色奔驰和红色保时捷相遇时，它们的主人都会微笑着彼此打招呼。

一年后，埃伦在城郊买了别墅，车库里经常停着两辆车：一辆红色保时捷、一辆白色奔驰，而那个红色保时捷的车主，成了别墅的女主人。

一株最洒脱的背影

夏日的雨总是来得急走得也快，一场夏雨虽然只有一阵凉，但带来的思绪却任意流淌。听那声声闷雷，看那老树在风中絮语：再见，再见了，糟糕的季节！

湿漉漉的空气，那样任性地压制着一束束欢快的音符，不容分说地为这个季节注入激情的血液，那里有属于它自己的温度。

从窗口俯瞰，张望着那形形色色的穿梭……夏日，夏风，夏雨，窗口的世界依旧逃脱不了此季此刻的气息。看那烈日中行走的人，急躁总是在空气里，呼吸着清爽的期待；期待总是在，编织着或许的虚幻；虚幻总是在静默中，寄托着零落的祝愿。吐尽心肠，终还是烦闷，走不进的世界，只能假装豁达说再见，然后用那深切婉转的文字刻画无谓的幻想，不是真想说再见，只因为路已被夏雨冲断！

离别的季节，与寂寞有染，于尘世无缘。大多时候，我们的痛苦都是相似的或者重复的。我们对现在或者将来都无法改变的事情总是有着深深的无奈，因为我们曾无数次地企盼过那些渺茫的光辉，希冀着或许在某一天它会突然降临。于是我们为之投入了无穷无尽的感情，却不知其实自己才是空虚的本身，是个无底洞。结局如同大家都知晓的，或失望，或绝望。

所以说，如果一开始就不卑不亢，不奢求那些无谓的结果，只回味品尝的过程，那么伤心的事从哪里来呢？何谓痛苦，所谓执念。

我是一个恪守陈规的人，喜欢坐看云卷云舒，追求天马行空。这样直接的思维至少让我免去了许多不必要的烦恼。我对于我渴望的一切深信不疑，并一腔热血地去追寻。然而无法度量的事情我既不好奇，也不过分探求。抗争什么，和谁

争夺？是我的无法改变，不是我的无力强求。

我所热切怀念的，一如我怀念那般的坦然知心，而我真心实意向往的，绝对有更梦寐以求的真实。

我信命，我一直在意缘分。我相信前世的五百次回眸可以换来今生的擦肩而过，正如我相信我虔诚的信仰可以在必要的时候解救我于苦海是一样的。所以我不卑不亢，坦然自若。

我不知道许多人对于过去或将来的看法，更不晓得他们是不是也悔恨着或者憧憬着。我只知道世界上任何人的青春相同、苦楚雷同。每一扇门需要合适的人来升启，每一段路总会成就一个人的一生。对于我们不安的年轻的命运，其他的一切无关紧要，能够将生命坦然安放就好。

童话故事里，谁都可以伟大，睁开双眼，穿透眼眸的仍是那沧桑的执着，执着中满是幽蓝的散射，只能寻觅着一个独处的世界，放声释怀，何悲，何苦，何如此，潇洒的话我们都会说，歇斯底里之后还是做不到潇洒地转身。

风息雨停，炙热依旧，却物是人非。总有一天，会用穿透生命的力量，把一切释怀，不再期待，不再徘徊。勇敢地说：无需再见！别让心累，学着释怀。再看那夏雨汇聚成的水城，释怀的只剩印迹，一切都成了曾经的谜底！

留给自己的，是那一抹最洒脱的背影……

轻松地摆一下

一只新安装好的小钟放在了两只旧钟当中。两只旧钟"滴答""滴答"一分一秒地滴答着。其中一只旧钟对小钟说："来吧，你也该工作了。可是我有点害怕，你走完三千二百万次后，恐怕便吃不消了。"

"天啊！三千二百万次。"小钟惊吓不已，"要我做这么大的事？办不到，办不到。"

另一只旧钟说："别听他乱说。不用害怕，你只要每秒钟滴答一声摆一下就行了。"

"天下哪有这样容易的事？"小钟将信将疑，"如果这样，我就试试吧。"

小钟很轻易地每秒钟"滴答"摆一下，不知不觉中，一年过去了，它摆了三千二百万次。

每个人都希望梦想成真，成功似乎远在天边遥不可及，倦怠和不自信让我们怀疑自己的能力，不去努力。其实，我们不必想以后的事，一年甚至一月之后的事，只要想着今天我要做些哪些，明天我该做些什么，然后努力去完成，就像那只钟一样，每秒"滴答"摆一下，成功的喜悦就会慢慢出现在我们的生命。

我们常常不知道自己该做什么。小时候的梦想越来越远，风霜的磨砺和肩上的重担时时让我们不知道怎么办，我们不知道接下来该怎么办。读了这个故事，我们会恍然大悟。

信心让你看见彩虹

冬天从江上漂泊来。北方，雪夹风声向南推进。一只孤飞的鸟击破长空。

在念乡村小学时，因家境贫寒，买不起稿纸，只好到卫生院捡些废弃的处方笺装订成册，利用背面那片空白的纸。当时的学习成绩虽然名列前茅却不能阻止我向生活空白处的滑落：兄弟几个，就我最大，这注定得去学祖传的雕刻，开始那吃百家饭，做百家事的营生。

那年冬天我跟着父亲在后山，寒潮来了，雪就来了，单薄的衣物，在外怕熬不过严冬，父亲命我就着大雪还未封住太白山先行回家，他留下继续做东家的活儿。

孤身上路，雪远比人跑得快，它已在半道上等待良久。北风狂啸大雪漫天，上下一派迷蒙，道路渐渐被封住，进退都很难。

雪愈积愈厚，深度可没膝。眼前一片孤寂茫茫。四顾无人，万物坠入白色的纯粹，找不到道路和方向。一个衣服单薄的少年，就这样落入了雪的核心，不知所措的一种迷茫的空白。

北风不停地吹着，掀起无情的雪粒，漫无目标地打击。啸声奔驰回旋在荒凉的雪野，极为悲惨，如同鬼哭狼嚎。我不由想起惯于雪中出没的饥饿的狼。恐惧，胜过了寒冷，吹得我背脊发麻，周身汗毛倒竖，手颤抖着从怀中摸出那把雕刀，攥得掌心渗汗。那刀虽然比我现在使用的笔大不了多少，却是唯一可用于抵抗的武器。

跌倒又爬起，深深浅浅，雪不关爱眼泪，它无动于衷地抹去我划在雪地的痕

迹，高高的太白山被深深地埋住……

雪野没有昼夜，只有迷茫、寒冷、饥饿、恐惧和悲伤……它们让我想起了在向阳山坡上的家，逼迫双脚不停地走出那悬生死于一线的、没有脚印的空白。

那场雪中的苦难，或许是被当时只是年少的我夸大了，但被夸大的苦难却成了砥砺心灵的恰当的磨石。

此后，我不断地重遇生命的空白，不断地从雪样的空白围困中走出，但等到面对一份份等待我写出答案的试卷，这才真正认识到它的含义。面对试卷虽然心有担心，但仍须去填充它。对或错，上升或下降，结果只有两种，谁甘于平淡？我获得的全部经验是：

除了挺住和在挺住中行动，没有任何方式可以帮到你自己。正是空白教会我存在者去存在。

多年以后的冬天，我坐在城市的一间房子里沉思、写作，眼前又出现一片巨大的空白。雪正从窗外飘着过，我想起寒冷的雪原上，那个手持雕刀的孤独少年，他一直在我体内行走。

一个人只要精神不倒，就能顽强地活下去，战斗下去。信心就是相信自己的愿望或预料一定能够实现的心理。信心是我们的一种不可缺少的心理，生了重病的人没有信心的支柱是活不下来的，一个胆小鬼如果没有信心是不可能走出一个黑漆漆森林的。信心是我们心中的一团圣火，如果你把圣火熄灭了，你就会失去你的所有。

玫瑰带来的感动

如果这是一枝玫瑰——它总会开花的。

维尔玛在杂货店里随意地瞎逛着。她的肚子不饿，也并不想买什么东西。失去丈夫的伤痛仍然锥心刺骨，到杂货店来只是想回顾他们在一起时的美好记忆。

以前丈夫卢迪常常会与维尔玛到这里来，而且几乎每一次他都在她挑选东西的时候走开片刻，再回来时手中会拿着三枝黄色的玫瑰。丈夫知道她喜欢黄玫瑰。

本以为来这里寻找一些旧时的记忆会使自己略感宽慰，谁知心中的伤感却愈加弥漫开来。因此维尔玛只想给自己拿点吃的东西，就快快离开这个珍藏着自己太多往事的地方。

站在肉类食品的冰柜前，维尔玛想找一块小些的牛排，心中不禁又记起卢迪生前是那样喜欢吃牛排。接着一位女人走到她身边，金黄色的头发，苗条的身材，穿着一身合体的绿色套装。维尔玛看到她拿起一大包排骨放到了购物车里，犹豫了一下，又将排骨放回了冰柜中。转身走出了几步，她又回过头来看看冰柜中的那包排骨，同时也看到了维尔玛注视她的眼神。她笑了笑，说："我丈夫特别爱吃排骨，可说实话这价钱有点贵。"维尔玛尽力平静自己的心绪，望着她淡蓝色的眼睛说："八天前我丈夫死了，他才刚刚 37 岁。"抑制了一下自己颤抖的声音，维尔玛继续说道："把排骨买回去吧，好好享受你们共度的时光。"

她摇了摇头，还是推着购物车走了，但那一刻维尔玛可以看到她眼中的激动。

接着维尔玛又拿了一些乳制品，便向付款台走去。那一身合体的绿色套装又映入她的眼帘，她意识到是那位美丽的女士正朝自己走来。维尔玛注意到她的购物车中放上了那一大包排骨，同时手中还拿着一包东西，脸上带着阳光般的笑容。而当她走近，维尔玛看清她手中所拿的东西时，泪水充满了维尔玛的双眼。

"这是送给你的。"她说着，将三支美丽的黄玫瑰送到了维尔玛的手中，并在她的脸颊上轻吻了一下。

维尔玛想要告诉她这玫瑰对自己的重要意义，想要感谢她的馈赠，然而还没有等她的话说出口，她便在维尔玛泪眼蒙眬的视线中失去了。低头看着自己手中在绿色包装纸衬托下娇艳欲滴的玫瑰，感觉自己好似在梦境中一样，她怎么正好会送黄色的玫瑰给自己呢？

突然之间，维尔玛找到了问题的答案，丈夫卢迪并没有离开她，他一直在自己的身边，而那位美丽的女士就是他的玫瑰天使。

遗忘

　　我不知道人生是否就是一场意外，可我知道人生有很多的意外。今天的天气很好，我又忘记了给花浇水，也忘记了要把从图书馆借来的书啃完。似乎连日来都在忙乎着，可并不是忙着正事。那些迫切想知道的事，打破了内心里的宁静，把某一些潜藏给牵扯出来，有时候会觉得这样的气氛有些恐怖，有时候会觉得有些可笑。然后又继续着自己的生活，没有多大的起起落落。

　　房间窗户对面，是一户四合院人家，似乎每天晚上都很晚睡觉，因为只要天还没亮，我拉窗帘时总能看到他们房间里的昏黄色灯光，还有彩色变换的电视光。偶尔会有人走出来，然后进去，没有声响。也有一小段时间我会望着他们的灯火发呆，想起幼儿时存在记忆里的昏黄色灯光，还有那盏火水盏。一幕幕画面又再次传入脑海，似乎只是昨天的事。那时候，外婆经常在缝纫机前裁剪着大大小小的帽子、鞋垫，还有衣服。在我儿时的衣服里，大多都是外婆缝制的，的确良、白色碎花布、彩色格子布，外婆喜欢把这些布当成宝贝，时不时给我们做成衣服，剩下的小碎布拼接成百家布的枕头，还有被套正面。在昏黄色的灯光下，她带着老花镜，用口水轻轻沾湿线头，拇指与食指轻轻把线头的小绒毛捻在一起，眼睛凑近缝纫机的针眼处，小心翼翼地穿针引线。那时候的她眼睛已经不太好使，我一直以为着我们会永远不变。我还记得，在缝纫机旁边的衣柜里，钉了一块白色塑料泡沫，那上面插着大小不一的绣花针。那些绣花针是外婆带着我，从老市场的最里面一个老奶奶的摊档上买的，五毛钱一盒。缝纫机的抽屉装着各种扣子，各种颜色的画粉片儿。

　　还有另外一个场景，在昏黄色灯光下，父亲在忙，母亲在隔壁打牌，我们在做作业，嬉戏，吵闹。偶尔停电，感觉熟悉，那是对忧伤深刻的时候，没有灯火，没有光，我们找来蜡烛，点燃了它，微弱的火光隐隐约约照亮着一个厅。我们住的还是泥砖房，有阁楼，屋顶是尖尖的，三角形。房子两层，门是木头做的，包括楼上的窗户都是木头制作。简易的楼梯是用两块木板直直地从地面延伸至二楼，呈平行线。平行线中间用木板造成阶梯，于是，儿时的乐园清晰了起来，那时候我大概还不到十岁。

　　仿佛耳边又传来了外婆那时候的问句：你是否会记得我一辈子，将来是否还会记得要探望？

　　还有父亲谆谆教导：你们要好好读书，将来出人头地。

　　然而这些，从我开始知道夜晚不一定要睡觉，白天不一定要早起的时候开始，年少的心被外面的花花世界所迷惑，拒绝家里的一切，迫切想要长大，没有人能再管我，没有人能再说我。从第一次远行，到后来的无数次分离，经历了人生该经历的，也正在经历着其他的悲欢离合。我便开始怀念那些小幸福，至少，我还可以听到外婆的歌声，还可以听到哥哥姐姐弟弟的吵闹声。可如今，我们都朝着自己的归路走去，谁偶尔记得一下，生活又在继续。

　　我们都会遗忘彼此，只是这种遗忘不同人们对于明星的遗忘，对于若干年未联系的那些人的遗忘。明星就是人们心里的流星，美是美，可终究会陨落。也许你今天是无数个喊着爱你的影迷、歌迷，也可能一转眼，就被人忘记了。你出镜率不够，逐渐地就被人忘记了你曾经的花容月貌，所作所为。而朋友，刚开始或许都很踊跃地联系，可是久了，总有一方会疲累，然后逐渐没有言语，没有问候，又仿佛不认识般。这些都是没有为什么的，只有亲情，你无法忘却。

　　或许偶尔能忘一会儿，但终归会想起的。那已然习惯，即便分开。没有人能永远拥有一切，包括聚散。我想，有一句话，对于家的描述极为动人：人才是家的根本，而家是国的根本。为什么我们都不能像当时一样单纯呢？有什么真的那么重要？

爱的作用

母亲不是可以依靠的人，而是使依靠成为不必要的人。

晚饭后丽贝卡在厨房洗碗，双手泡在洗碗水里。7岁大的儿子罗勃在浴室里喊她。他在浴缸里，跪在水龙头前，在冒泡的瀑布下摇动他的塑胶蛙人。水从水龙头汩汩地流出，整个屋子都是充满肥皂香的蒸气。

"有什么事吗？"丽贝卡在门口问他。

"没什么，"他说，一边把水龙头关掉，"我只是想让你来跟我聊一会儿。"他笑笑，张开脱落了两颗门牙的小嘴，那真挚的微笑使丽贝卡动容。

他小心翼翼地把瘦削的身躯、四肢和圆球般的膝头滑下水里。罗勃喜欢浸在热肥皂水里的感觉，把一般男孩子通常会有的想法和幻想向她尽情倾诉。

他平常不喜欢说话，人很沉静。他是那种会把在街上遇到的小生物——特别是那些需要照顾的——统统带回去的男孩；那种会花上整个下午去画印第安人、金字塔、蛇神和战士的男孩。如果有人给他最后一块蛋糕，他会抬起头来老实地看着对方，说出叫人难以明白的话："我已吃了我那一份。"他就是那种男孩。

丽贝卡把浴室内唯一的座椅的上盖放下，坐下来，等他开口。

"你知道为什么我们能站在地球上吗？"他眼睛发光地问着，一边咧嘴笑，一边用毛巾擦手臂。

"那你知道吗？"丽贝卡假装很惊讶地问他。

"那是由于地心引力，"他解释说，"那是一种力量，把东西吸到地球来，但那是很难说清楚的。"

他像只小水獭般动作优美地滑进水里，头发漂浮在水面，随水波漂动，只露出双眼、鼻子和嘴巴。"没有地心吸力，"他看着天花板说道，"我们就会飘来飘去，食物不能好好地放在盘子里，连盘子也会跑到天花板上……星球会在太空里乱窜，互相碰撞。"罗勃眼睛睁得大大的，对于自己制造的混乱景象也感到十分惊奇。

他坐起来，把洗头水涂到头发上，同时，告诉丽贝卡，太空人在太空如何吃东西、睡觉和上厕所。"老师在学校里有一本关于太空人的书。"他说，然后又滑进水里，冲洗最后一遍。

丽贝卡张开浴巾等他，然后把他裹好，这是个老习惯，他还是婴儿的时候她就已经开始了。即使隔着很厚的浴巾，丽贝卡仍可感到他那薄薄的肩胛骨，她取笑他背后凸出一对天使的翅膀，但她只是轻轻一拥他就放开了，他不再让丽贝卡像以前那样把他紧搂在怀里，那时一条浴巾就可把他整个儿地裹起来。

在那一刻，丽贝卡联想到浴帘拉上，浴室门紧锁的一天。他的世界会不断变大，不再以家庭和家人为中心，逐渐向外发展。但现在，就在这一刻，在肥皂和洗头水、温暖湿润的皮肤和干爽湿发的香气中，另一股无须多加解释的力量正把她俩紧紧地连在一起。

平淡地微笑

　　楼下的空地上不久前新开了一家小吃摊，经营煎饼、馒头、稀饭等小吃。摊主是一位40岁以上的中年男人，虽然神情很是疲倦，但他脸上始终挂着一种平淡而又温暖的微笑。因地段偏僻，小吃摊的生意较冷清，而他脸上的笑容并未因为这个而收敛片刻，依然笑对着时间的流逝和人来人往，淡定如云。

　　因他客居异乡，生活没有规律，早餐或晚餐常在他的小吃摊上将就，久而久之，便也与他混得半熟了。

　　后来从他的口中了解，他妻子前年遭遇了车祸，至今仍然躺在床上，儿子读高中毕业班，正是需要在他身上花钱的时候，不巧的是今年他也下岗了，贫困的生活就更艰难了，没办法，只好来张罗小吃摊，赚多少算多少，只求能把家支撑下来……令我惊讶的是，当他叙说这些常人不敢想象的不幸时，脸上温和的微笑仍然没有丝毫的改变。

　　一天在他摊上吃过晚餐正准备回家时，他叫住了我，笑着对我说："师傅，今天我搬家的板车坏了，你能不能帮我搬点东西回去？"我爽快地答应了。

　　刚走进他拥挤的家，我就被半埋于枕头上的一张笑脸感动了——这是他的妻子，躺在床上侧过脸对着他微笑着，正如他待人的微笑——平和而又温暖。从这张微笑着的脸上，根本找不到一丝一毫重残在身、卧床已久、生活贫困的人所体现出的烦躁、孤僻、茫然、忌恨、厌世等神情。这张脸虽然苍白、清瘦，但表现出来的微笑，却如花般明媚、灿烂，使得简陋的房间温暖如春。他们好像没看见我这个外人的存在，他坐在她身边，问她的身体情况；她用手摸摸他的脸，询问

他累不累，那温柔的声音和悦耳的笑声，像空气一样在房间里流淌。更加令人受感染的是，他们放学回来的儿子，脸上的微笑一如他的父母，在平淡、温暖之中，还透出一种希望。

最后的生者

不信任朋友比被朋友欺骗更可怕。

饿到第三天的晚上，诺尼想到了尼玛克。在这座漂浮着的冰山上面，除了他们两个以外，再也没有别的有生命的生灵了。

冰块裂开时，诺尼丢掉了他的雪橇、食物和皮大衣，也失去了他的小刀。冰山上只留下他和他那忠实的雪橇犬——尼玛克。现在，他们两个躺在冰上，睁大眼睛注视着对方——双方保持着一定的距离。

诺尼对尼玛克的爱是正确的——就像这又饿又冷的夜晚和他伤腿上的阵痛一样真实。但是，村里的人在食物不够的时候，难道不会毫不迟疑地杀犬充饥吗？

"尼玛克饿久了也会寻觅食物的，我们当中的一个很快就要被另一个吃掉。"诺尼想。

空着手的他可能杀不死尼玛克，这狗身强体壮，现在又比他有劲，所以，他需要武器。

诺尼脱掉手套，解下了伤腿的绷带。在几个星期以前，他摔伤了腿，用两块小铁片和绷带捆扎固定。

他跪在冰上，把一块小铁片插进冰块的裂缝中，把另一块铁片紧贴在上面，慢慢地磨。尼玛克看着他，诺尼觉得犬的两眼似乎闪着奇怪的光。

诺尼仍然磨着铁片，尽量不去想磨铁片干什么。铁片的边磨得薄了，天亮时分，小刀也磨好了。

诺尼从冰块中拿出小刀，用拇指轻轻试着刀锋。太阳光照射在小刀上，折射

到他眼里，使他一时看不见东西。诺尼硬起心肠来。

"来，尼玛克。"他轻声叫狗。

尼玛克迟疑地看着他。

"过来。"诺尼喊道。

尼玛克上前来，诺尼从那畜生盯着自己的眼神里看到了害怕，从它的喘气声中和缩头缩脑的样子里感觉到了饥饿和难过。他的心在流泪，他痛恨自己，又竭力压制这种感情。

尼玛克越走越近，它已经感受到了诺尼的意图。诺尼感到喉咙梗塞，他看到犬的眼里充满了悲伤。

好！这是动手的时候了！

一声痛苦的抽咽使诺尼跪立着的身体一阵颤抖。他诅咒小刀，紧闭两眼，摇摇晃晃地把刀子扔得老远。然后，他打开空空的双手，蹒跚着扑向尼玛克，他倒下去了。

犬围着诺尼的身体打转，嚎叫着。这使诺尼感到十分恐惧。

他已经扔掉了小刀，放下了武装。他太虚弱了，再也不能爬过去取刀子。现在只有听任尼玛克的摆布了，而且尼玛克也非常饥饿。

狗围着他转，然后从后面扑了上来。诺尼可以听到这畜生喉咙里的呜咽声。

诺尼闭上眼睛，祈祷犬的攻击快一点结束。他感觉到犬的爪子踩着他的大腿，犬呼吸时喷出的热气冲击着他的脖子。他随时都要放声尖叫。

然而，他感觉到狗滚烫的舌头直舔他的脸。

诺尼睁开眼睛张开手，抱住尼玛克的头。头靠着头在一起，他无声地哭了……

一小时后，一架直升飞机出现在北边天空。飞机上有一个海洋巡逻队的小伙子，他看着下面，他看到了漂移着的冰山，发现冰山上有什么东西在发光。

这是太阳光折射在什么东西上面，而且一闪一亮地在动。他让飞行员降低飞机的高度，看到冰峰的阴影下，有一个不动的像人一样的黑影。怎么，还有两个黑影？

他把飞机降落在一块较平的冰面上，然后上了冰山，黑影是两个——一个小男孩和一条爱斯基摩雪橇犬。小男孩已经昏睡过去，但仍活着。那条犬无力地哀叫着，已经衰弱得一动也不能动了。吸引了飞机上巡逻队员注意力的闪光物质像一把粗糙的小刀，刀尖向下插在不远的冰上，在风中抖动着。

苦难成就了天才

上帝像聪明的生意人，给你一份几倍于人的聪明，就搭配几倍人的苦难。

世界超级小提琴家帕格尼尼就是一位同时接受两种馈赠又善于用苦难的琴弦把天才演奏到极致的天下第一奇人。

他首先是一位可怜人。4岁时一场麻疹和强直昏厥症，已使他白布裹尸装入棺材。7岁又差点死于猩红热。13岁患上严重肺炎，不得不大量放血治疗。40岁牙床突然长满脓疮，只好拔掉几乎所有牙。牙病刚愈，又染上了可怕的眼疾，小小的儿子成了手中拐杖。50岁后，关节炎、肠道炎、喉结核等各种疾病吞噬着他的肌体。后来声带也坏了，靠儿子按口型翻译他的思想。他只活到57岁，就口吐鲜血而亡。死后尸体也备受磨难，先后搬家了八次。

上帝给他的苦难实在太残酷无情了。

但他似乎觉得这还不够可怜，又给生活设置了各种障碍和旋涡。他长期把自己紧闭起来，每天练琴十至十二小时，忘记了饥饿和死亡。13岁起，他就周游各地，过着流浪生活。他一生和五个女人有过感情纠葛，其中有拿破仑的遗孀和他的两个妹妹。姑嫂间为他开始激烈争夺。但他不齿于上流社会生活，认定命该受苦受难。在他心中这也不是爱情，而只是他练琴的教场和获得唯一一个儿子的公平交易。除了儿子和小提琴，他几乎没有一个家和其他亲人。

他其次才是一位天才音乐家。3岁学琴，12岁举办音乐会，并一举成功，轰动舆论界。后来他的琴声遍及法、意、奥、德、英、捷等国。他的演奏使帕尔马首席提琴家罗拉惊异得从病榻上跳下来，木然而立，无颜收他为徒。他的琴声让

卢卡观众欣喜若狂，宣布他为共和国首席小提琴家。

在意大利巡回演出产生神奇效果，人们到处传说他的琴弦是用情妇肠子制作的，魔鬼又暗授妖术，所以他的琴声才魅力无穷。歌德评价他"在琴弦上展现了火一样的灵魂"。李斯特大喊："天啊，在这四根琴弦中包含着多少痛苦、痛苦和受到残害的生灵啊！"

人们不禁问：是苦难成就了天才，还是天才特别喜爱苦难？

激情融化冰雪

心由境造，境由心生。心里冷了，太阳都不再温暖；心热了，冰雪也会化没了。

经历了黑色七月，他并没有获得自己梦想中的好成绩，尽管分数上还说得过去，但只能上一所不起眼的大学。

经过半个年头，他终于放了寒假。在家里的时候，父亲向他问起了大学生活，他说："其实十分没劲。"

他的父亲是个铁匠。听了他说的话后，脸上一直很惊愕，沉默了半晌之后，父亲转过身用他那十分粗糙的手操起了一把大铁钳，从火炉中夹起一块被烧得通红通红的铁块，放在铁垫上狠狠地敲了几下，随之丢入了身边的冷水中。

"嗞"的一声响，水沸腾了，一缕缕白气向空气中飘散。

父亲说："你看，水是冰的，然而铁却是热的。当把热的铁块丢进水中之后，水和铁就开始了较量——它们都有自己的目标，水想使铁冷却，同时铁也想使水沸腾。现实中，又何尝不是这样呢？生活好比是冷水，你就是热铁，如果你不想自己被水冷却，就得让水沸腾。"听后，他十分感动朴实的父亲竟说出了这么有哲理的话，让他真的深受感动。

第二学期开始了，他告诉自己，不停地努力，学习终于有了一点起色，内心也开始一天天地丰富充实起来。

他曾经幻想，如果人生没有挫折那该多好。但换一个角度想一想，如果真的没有挫折，永远风平浪静，永远都是完美的结局，那生活将会变得索然无味。其实，挫折带给我们的不仅仅是遗憾，它可以激发一个人的斗志，向着挫折继续

挑战。它可以锻炼一个人的意志，不向困难低头。

任何事物都是双面的，真的，就连挫折也一样，只是看你怎样看待它。有人把挫折当作障碍，在挫折面前气馁了、退缩了，那他就是一个失败的人；有人把挫折当成自己前进的动力，克服困难、汲取教训，朝着自己原定的目标不懈的努力，那等待着他的将是成功。

挫折并不可怕，可怕的是失去了挑战的心，有句话说得好：在哪儿跌倒，就在哪儿爬起来，把挫折当作对自己的考验，用挫折鞭策自己，最后达到自己理想的目标。没有任何一条成功的道路是平坦的，挫折就是摆在路中间的大石头，只有当你跨过这些石头时，才会成功。

不要害怕挫折，把挫折当作一扇登堂入室的门，打开这扇门，你才会看到宜人的风景。记住：假如你吃了一百次闭门羹，那希望就在第一百零一扇门里。

艰难的选择

互相理解和尊重是良好交际的原则。

在一次交战中，年轻的亚瑟国王被邻国的士兵抓住。邻国的国王十分欣赏亚瑟的勇敢和才华，没有杀死他，并承诺只要亚瑟能回答一个非常难的问题，就还亚瑟自由。亚瑟有一年的时间来想想这个问题，如果一年的时间还不能给出答案，亚瑟就会被处死。

这个问题是：女人真正想要的是什么呢？

回答问题，总比死亡要好得多，亚瑟接受了国王的问题——在一年的最后一天给他答案。

亚瑟回到自己的国家，开始向每个人寻求答案。公主、妓女、牧师、智者、宫廷小丑……他问了所有的人，但没有人可以给他一个很好的回答。人们告诉他去请教一个老女巫，只有她才能知道答案。但是他们告诉他，女巫的收费非常高，她昂贵的收费在这里是出名的。

一年的最后一天到了，亚瑟仍没有回答出正确答案，只好去找女巫。女巫答应回答他的问题，但他必须首先接受她的交换条件：和亚瑟王最高贵的圆桌武士之一，他最好的朋友——加温结婚。亚瑟王惊骇极了，看看女巫驼背，丑陋不堪，她满口只有一颗牙齿，身上发出臭水沟般难闻的气味，而且经常制造出猥亵的噪音。他从没有见过如此恶心的怪物。他拒绝了，他不能强迫他的朋友娶这样的女人而让自己背着沉重的精神包袱。加温知道这个消息后，对亚瑟说："我同意和女巫结婚，没有比拯救亚瑟王的性命和保存圆桌会议更重要的事了。"于是婚礼

宣布了，女巫回答了亚瑟的题目："女人真正想要的是主宰自己的命运。"于是，亚瑟便得救了。

来看看加温和女巫的婚礼吧，这是怎样的婚礼呢！亚瑟为此而深感痛苦与自责。然而加温却一如既往地温和，而女巫却在庆典上表现出她最坏的行为，让所有的人都感到讨厌和恶心。

新婚的晚上来临了，加温依然坚强地面对可怕的夜晚，走进新房。是怎样的景象在等待着他呀！一个他从没见过的美丽少女睡在婚床上！加温惊呆了，问她到底是怎么回事。美女回答说，因为当她是个恶心的女巫时加温对她非常好，于是决定一天的一半是美丽的，那么，是在白天呈现她美丽的一面，还是夜晚展现她美丽的一面？她让加温选择。

那么，加温想要她在白天和夜晚的哪一面目呢？

多么残酷的题目呀！加温开始思考他的困境：在白天向朋友们展现一个美丽的女人，而在夜晚，在他自己的晚上里，面对的是一个又老又丑如幽灵般的女巫呢？还是选择白天拥有一个丑陋的女巫妻子，但在晚上与一个美丽的女人共度夜晚？

最后，加温没有做什么选择，只是对他的妻子说："既然女人最想要的是主宰自己的命运，那么就由你自己选择吧。"于是，女巫选择白天、夜晚都是美丽的女人。

在生活中，有很多人喜欢别人按着自己的意愿去生活，而不管别人愿不愿意。事实上，当你在交往中试着多为别人考虑，理解并尊重别人的意愿时，你将得到更多。

第三辑

浪漫轻松的休息时光

3

一个人的旅行

翻看很多的旅行杂志，那些精致的发硬的纸质，放在手里有充溢的满足感。偶尔遇到特别喜欢的景观照片，会毫不留情地用剪刀剪下，贴在经常翻动的笔记本上，仔细地注上地点，内心非常欢喜。

有时会和周围的人一块出游，大家相互约了朋友，三三两两地带着，去附近的景区玩。有次居然十个人一起去了开封，从河大借了七辆车，有女生被男友载着，很是得意，眉眼欢笑。我自己骑了一辆，看身边呼啸而去的风刮得衣衫呼呼啦啦，走在宽阔的柏油路上，那种自由自在，似天地间只剩下自己。

而我，即便和那么多人一起，一路欣喜，嘻嘻哈哈，还是觉得有许多难以忍受的事情。比如女生要补妆，要撑起遮阳伞，不爬太陡峭的山，嫌景区的食物太脏，且遇到一个长凳就不再动弹。于是往往找个借口便离开她们，自娱自乐。

身边的人一直在换，去长城时被父母带着，租了一辆车，一路畅通，不用顶了烈日去找公交车站。去故宫则是一个人，买完回家的火车票后，立刻跳上开往天安门西的公交车。忍受着身边的人流上上下下，**挤挤攘攘**，努力保持自己的一席之地，紧抓扶手，保护背包。这都需自己留心来做，才免得出了差错。

是非常炎热的夏季，在这样的天气里出去在父母眼中已是不可思议，然而我拒绝了他们的好意，背上包，带了很多东西在里面，钱包、伞、衣服、帽子、带小梳子的化妆镜、矿泉水和数码相机，还有大量的纸巾和几个水果，已经清洗干净，可以随时拿来吃。

出去游玩时很少吃到像样的饭菜，也舍不得在昂贵的景区餐饮店里买东西吃。

水果是最喜欢带的东西，解渴解饿，对女生是最好不过的必需品。

　　一个人撑了伞排队买票时，只觉得炙热难挨，中午11点的阳光叫人无处躲藏。四周是喧嚣闷热的人群，焦躁不安的，忍耐的。我一直盯着站在我前面的一个女人的背影看，烫过的蜷曲的短发，有些油腻，体型看去已是四十多岁的样子，很瘦，穿重色的套装，偶尔回头看后面的队伍，面容憔悴，没有妆容。我暗暗猜测着她的身份来历，也许是中学的物理老师，抑或是某百货大楼的销售员，不一而足。

　　某些独处的时候我便能从中找出一些独特的乐趣，并不觉得很无聊，也从未觉得一个人出行是孤独的，只觉得那是一种呼啸的自由，带着凛冽的风声。你的衣衫和皮肤沾染着陌生地方的气息，你呼吸自在，不再蜗居在那熟悉狭小的空间，你是你一个人的，一个人拎沉重的背包，一个人走在崎岖狭窄的山路，蹲在随处可见的大石头上啃干面包，一个人混在嘈杂的人群中前进后退上车下车，一个人去读忧伤的石刻碑文，爬长长的阶梯看庙宇。那个时候的心情，全然是对自己不负责任的自恋，内心欢喜而淡淡悲哀。

　　又喜欢去老家附近的大石岭爬山，遍山的松树和栗子树散发出淡淡的若有若无的清香，站在凸凹粗糙的大石头上，内心突如湖水般激滟清澈。我时常去那庙里喝水，说来奇怪，这山上的一口井从未干涸过，且水质清冽甘醇，大家说这是有神佛保佑的缘故。

　　有时站在山顶古老的阁楼栏杆旁俯视，微微眯起眼睛，张开双臂，任大风哗哗吹在耳畔。彼时年幼，心还是柔软缱绻的，为喜欢的人，微笑时也会流下泪来。

　　想起那次的测试题来，大家闲来无事测算性格。最后只有我一个人是孤独感最强的，感情受伤后会什么也不想，背起行囊独自旅行。

　　想起来也不无道理。

　　不是不想找个能照顾自己的人，只是怕他会厌倦，漫长的硬座火车，抑或公交车，毫无保障的饮食，酷热的天气，如果没有兴趣，他未必甘愿。

　　想想，还是一个人好，不必对谁有所亏欠，两人各自风轻云淡，岂不更好。

　　而旅行，早已成了生活不可缺失的一部分，血液中的贲张孤独一直在作祟，它时刻在催促我，去吧，去吧，于是，我便追随了它，我成了它的影子。也许，等看尽人世风景，才可以静下心看细水长流，不然，总是不甘心。

宽容的心

　　人的心胸应该开阔，走出狭隘的自我，超越睚眦必报的狭小心理，以宽容和怜爱的心情对待世界，这体现出了人们的光辉和伟大。

　　丹尼一家是牧民，依靠放羊为生。最近他家的羊被什么东西咬死了许多，丹尼和爸爸都很伤心。

　　一天半夜，丹尼被什么声音吓醒了，他跑出屋去，看见他爸爸手抓步枪正站在台阶上。

　　"孩子，是一种澳大利亚野狗，一定是它一直在吃我们的羊。"

　　夜晚的安静被野狗又长又尖的嚎叫声划破了。嚎叫声是从离屋子大约四分之一英里远的悬崖上传来的。

　　丹尼的父亲拿起步枪，朝悬崖的方向开了几枪。"这应该把它吓跑了。"他说。

　　第二天大早，孩子骑马出去，沿着旧石崖慢慢骑着，一边寻找着野狗的足迹。

　　突然，他发现了它，它正躺在从峭壁上伸长出去的一棵树的分枝上。它一定是在夜晚的追逐中从悬崖边跌坐下来的，当它摔下来时正好掉在分枝上，树下是60英尺深的悬崖，这只野狗跑不掉了，丹尼跑回去告诉他的爸爸。

　　"爸爸，你准备开枪打死它吗？"当他们返回悬崖时丹尼问道。

　　"我想如此，它在那儿只能饿死。"爸爸举起步枪瞄准，丹尼等待着射击声。但枪没有响起来，爸爸已把枪放了下来。

　　"你打算打死它吗？"丹尼又问道。

　　"现在不，儿子。"

第二天，他们骑马出去，野狗还在那儿。它似乎在预测树和悬崖顶的距离，也许它会跳上来。丹尼的爸爸仍没有开枪。

到第三天，野狗开始看上去又瘦又小。丹尼的爸爸伤感地慢慢举起步枪，他射击了。丹尼首先看看地面，期待着看到野狗的死尸。当他发现地上什么也没有后，他抬头朝树上望去。

野狗还在那儿，他爸爸之前从未在这么容易的射击中失手过。

受到惊吓的野狗看着地面，然后挪回了它的两条腿。

"爸爸，看，它要开始跳了，快，开枪！"

突然，野狗一跳而起。丹尼看着，等着它摔到地上；相反，他看到它停在悬崖外墙上，并在滑动的岩石上发疯似的挣扎着，它的后腿在往上踢。

"爸爸，快，"丹尼催促道，"否则它要跑了。"

爸爸并没有动。

野狗微弱地爬上悬崖顶上。爸爸仍没有举起枪。野狗沿着悬崖边跑走了——慢慢地跑出了他们的视线。

"你放了它？"丹尼叫道。

"是的，我放了它。"他爸爸答道。

"为什么？"

"我心肠变软了。"

"但让一只野狗跑了！在它吃了我们的羊之后？"

爸爸望着在微风中摇动的空荡荡的树枝说道："儿子，有些事人们似乎就是不该那么做。"

不要以貌取人

14岁那年，我乘车离开得克萨斯的休斯敦，我在追寻着我的梦想，头顶艳阳，到处漂泊，置身在江湖风波的浪尖，先到加州，后又来到夏威夷。

快到爱坡索地区的时候，我在街道拐角遇见一个老头，是个乞丐。他看我行色匆匆，就叫我停下来问我怎么了。他问我是不是从家里偷跑出来的。我告诉他说不是的，我是爸爸开车把我送到休斯敦的高速公路上，爸爸还为我祈祷说："儿子，追逐你的梦想和未来是非常重要的。"

那个乞丐说要为我买杯咖啡，我说："不，先生，我想买点苏打水。"我们走到拐角处的啤酒店，坐在一对转椅上，喝着饮料谈了几分钟之后，这个友善的乞丐要我跟着他，他说有重要的东西要给我看并与我一起分享。我们穿过几个街区来到爱坡索市立图书馆。

老乞丐先把我领到一个座椅旁，让我休息片刻，他要在书架中找到那些特别的东西。不一会儿，他怀里抱着几本旧书回来了。他把旧书放在桌上，在我身边坐下来开始说话了。起头的几句意义非凡的话改变了我的生活。他说道："我要教你两件事，小伙子，他们是：第一，切记不要从书的封面来判断一本书的好坏，因为封面会骗人的。"

他接着说："我敢打赌你认为我是个要饭的，是不是，小伙子？"

我说："是的，我觉得你是的，先生。"

"小伙子，我想你会惊讶的，我是世界上最有钱的人。人们想要的东西我都有。但一年前，我的老婆死了，自那之后我开始沉思反省生活的意义。我认识到

104

生活中的许多东西我都还没有享受过，比如做一个沿街乞讨的叫花子。我于是决定做上一年叫花子。所以，嘿，不要以貌取人，那会被骗的。"

"第二是学会怎么读书，小伙子。因为只有一种东西别人无法从你身上拿去，那就是智慧。"

说到这，他伸出手握住我的手，把刚从架上抽出的书放在我的手上。那是柏拉图和亚里士多德的著作——从古到现在的不朽经典。

我会将此事永远铭记心中。

为什么大家不找我看诊

　　越成熟的谷穗，越会弯腰。千万不要在不经意间摆出盛气凌人的姿态，而让别人觉得你高高在上，产生无法交流的距离感。

　　有位刚刚退休的高端医生，医术非常高明，许多年轻的医生都前来求教，要求投靠在他门下。资深医生选了其中一位年轻的医生，帮助看诊，两人以师徒相称。应诊时，年轻医生成为得力助手，资深医生无可厚非是年轻医生的导师。

　　由于两人配合很好，诊所的病患者越来越多，诊所声名远播。为了分担门诊时越来越多的工作量，避免患者等得太久，医生师徒决定分开来进行看诊。

　　病情比较轻的患者，由年轻医生诊断；病情较严重的，由师父出马。过一段时间之后，指明挂号医生徒弟看诊的病患者，比例明显增加。起初，医生师父不以为意，心中也高兴："小病都医好了，当然不会拖延成为大病，病患越来越少，我也乐得轻松。"

　　直到有一天，医生师父发现，有几位病人的病情很严重；但在挂号时仍坚持要让医生徒弟看诊，对此现象他实在不明白。

　　还好，医生师徒两人互相信赖，相处时没有心结，收入的分配，也有一套双方都能接受的标准制度，所以医生师父并没有往坏处想，也就不会怀疑医生徒弟从中搞鬼、故意抢病人。

　　"可是，为什么呢？"师父问一位学者，"为什么病人不找我看诊？难道他们以为我的医术不高明吗？我刚刚才得到一项由医学会颁发的'杰出成就奖'，登在新闻报纸的版面也很大，很多人都看能看到啊！"

　　为了解开心中的疑问，学者来到徒弟的诊所深入观察。本来学者想假装成患者，后来因为感冒，也就顺便到他的诊所就医，顺便看看问题出在哪里。

　　开始挂号时，负责挂号的小姐很客气，并没有刻意让病人要挂哪一位医生的号。

　　复诊挂号时，就有点学问了，学者发现很多病患都从师父那边，转到医生徒弟的诊室。问题就出在所谓的"口碑效果"，医生徒弟的门诊挂号人数增多，等候诊断的时间也较长，有些病人在等候区聊天，交换彼此的坐诊经验，呈现出"门庭若市"的场面，让一些对自己病情都没有信心的病患趋之若鹜。

　　更有趣的是，医生徒弟的经验虽然不够丰富，但就是因为他有自知之明，所以问诊时非常仔细，慢慢探究推敲，跟病人的沟通很多、也较深入，而且很亲切、客气，也常给病人加油打气："不用担心啦！回去多喝开水，睡眠要够，很快就会好起来的"类似的心灵鼓励，让他开出的药方更有加倍的疗效。

　　回过来瞧瞧医生师父这边，情况正好相反。经验丰富的他，看诊速度太快，往往病患者无须开口多说，他就找出了问题在哪里，资深加上专业，使得他的表情显得冷酷，仿佛对病人的苦痛越来越麻痹，缺少同情心。

　　整个看诊的流程，明明是很专业认真的，却容易使病患者产生"漫不经心、草草了事"的误会。当学者向医生师父说出这些观点时，他惊讶地张大了嘴巴："对呀！我自己却没有发现！"

跟自己说，"情人节快乐！"

　　今天是七夕，情人节。我是突然想起来要写点什么的，在这之前，我已经躺在床上一个多小时而未能入睡了。是的，现在是夜晚，天还没有亮。刚开始了新的一天。

　　今年的情人节，又是我一个人的事情。不管是情人节，还是七夕。当然，这也已经让我很习惯了。谈不上什么失望或者期待，仿佛又是一天很平常的日子。我想，当我回想起某年某月某日某人的时候，这一天也过去了。

　　朋友发来信息问我，现在是否还是一个人的时候，我突然有些惆怅，并非因为爱情的离席或者缺席，而是，我已经对于爱情这个词相当陌生了。我渴望一个人的自由，渴望着孤独的旅行，那些忧伤、那些淡然，都让我觉得熟悉。若是突然多出一个人来，我想我也是不习惯的陌生。即便过去那几次无疾而终的恋爱，也是让我措手不及，即便我已经准备好。可是，结局还是不能让我突破自己的障碍。

　　我时常对别人说，婚姻也不过一张纸，得到法律的认可，顶多是分开的时候多一些手续，从已婚变成离婚而已，只是一个形式问题。正因为婚姻也不过一张纸而已，一个形式，那么男女之间的关系更不可靠。今天谁跟谁在一起，明天是谁跟谁分手。倘若只是因为寂寞，而需要一个伴的话，那么，我情愿这个人是我自己。一人饰两角，比起那些所谓的男女关系更为可靠些。当然这些也不是说我对爱情，对于男女关系的绝望之至，目前还不至于。只是，已心生疲累。所谓的爱情，一场你追我逐的游戏，朦胧到期待，期待落空到失望，越来越少的人能修成正果了。因为，当你买了你手里的橘子时，你会突然发现自己更想吃的是苹果。

朋友说的，我在喜欢你的时候是喜欢你的。换句话说，爱情也不是永恒的。

所以，谁都不能轻易给谁誓言，没有人会一辈子不分离，没有人会一直在原地看着你。你也许最终选择了橘子，不代表你一直不动摇。而爱情，最后所面临的，是生与死的分离。由有形而化无形，从有到无，如此反复循环。

我有很多的梦想，说不清是这些梦想让我选择一个人，还是因为一个人的继续而让我选择了梦想，但是，这些梦想从未死去。比如说，我想去西藏看纯净的天空，想去云南看所谓的香格里拉，还想去大兴安岭去看森林，我想继续流浪。我不希望重复地走过这些地方，也不想仅仅只是路过。而事实上，我鲜少为自己过去所遇见过的美丽景色用文字写出来，给自己做一份纪念册，为自己写忧伤的，关于景色的句子，只是每当我会想起那些美丽而又自然的形象时，脑海里开始清晰的图案，会让我备感忧伤。

于是，我开始喜欢一个人。这喜欢是莫名其妙的，不是没有理由，只是想不起理由。喜欢一个人发呆，喜欢一个人对着镜子自言自语，喜欢对着天空做鬼脸。还喜欢在睡前构思一场关于生死穿梭的故事，爱也轰烈，恨也轰烈。还会在码这些字的时候，嘴巴不停地上下左右，说着自己都听不懂的话。没有声音，没有悲伤。再后来，习惯了用平静如水的调调读任何的文章，没有惊喜，没有情绪。也许你会说我这样活在了幻想里，事实上，我连幻想，都不知道什么感觉。

我不断地问问题，不断地找答案，不断地淘汰标准，然后不断地转弯，得出了新的问题。其实一张试卷，最好的答案是你明明知道了一切，那些是标准的答案，却交了白卷。于是你说生命没有标准答案，可是，谁又能说明呢？

如同爱情，也是此般，没有标准答案。

即便是白头到老仍共走的一对，也未必全然是爱情。事实上，我更觉得前面是爱情促使他们走到一起，而后面则是亲情与爱情的混合。

他们说，爱情其实很简单。

是的，爱情是简单的，可人不是。因为有思想，因为我们永远无法代替别人生活，因为三维效果。

金钱之外的东西

一个欧洲观光团来到非洲的亚米亚尼的原始部落。部落里有位老者，穿着白袍盘着腿安静地在一棵菩提树下编制草编。草编非常精致，它吸引了一位法国商人。他想：要是将这些草编卖到法国，巴黎的女人戴着这种小圆帽和挎着这种草编的花篮，将是多么时尚多么漂亮啊！想到这里，商人激动地问：这些草编多少钱一件？

"10比索。"老者笑着回答。

天哪！这会让我发大财的，商人高兴极了。

"假如我买10万件一模一样的草篮，那你打算给我优惠多少？"

"那样的话，就得要20比索一件草篮。"

"什么？"商人简直不敢相信自己的耳朵！他惊讶大喊着问："为什么？"

"为什么？"老者十分生气了，"做10万件一模一样的草帽和10万个一模一样的草篮，它会让我乏味死的。"

商人还是不能明白，因为在追逐财富的过程中，许多现代人忘了生命里金钱之外的许多东西。或许，那位荒诞的亚米亚尼老者才真正参悟了人生的道理。

钱，不能买到幸福，这是众所周知的道理。虽然这是绝对正确的，但是贫穷同样也不能换来幸福。有些人很有钱，然而还是苦于得不到幸福；相反，另一些人只有很少的钱却也满意地度过了一生，那是因为他们懂得最大限度地享受他们所拥有的。

仅此而已

不，其实我不懂，也不需要懂。

白杨说，在他记忆力似乎没有见我真正地笑过，特别是无拘无束的笑。事实上我一直笑容满面，只是那笑容让自己都知道是假的。我知道怎么笑，也知道怎么给自己找乐子，可是，我忘记了该如何让自己从内心发出笑容。所以当白杨无数次问了这些话的时候，我选择沉默。我知道他是真心关心我，也是希望我快快乐乐的。可是，我已经没有力气去解释为什么不想笑了，那是自然而然地到达一个阶段，自然而然地选择了一种淡然。允许我经过别人的生命，路过别人的思想，就像来时一样，悄然而退。不需要大笑，不需要大哭，不需要大悲，也不需要大喜。在此，我想我应该跟他说声对不起，虽然知道他这是为我好。但毕竟是不同两个世界的人，有些事不需要太多的语言。

我跟他们说，我无法想象那些孩子如何吃玉米糊、土豆，熬过一天天权当生存的日子时，小六跟我说：你懂的，你以前不是都一样熬过么？有那么难以想象么？自欺欺人罢了，给自己渲染他们的悲惨，然后感觉自己的伟大或者给自我安慰……看这些话时，我心突然很沉重。我还可以说什么，还可以做什么？

我很想说，不，不是这样的。最后只能无力地打出一句：你要这样想我也没办法。是我在对自己撒谎吗？还是我被人欺骗了？都不是，我知道我自己在做什么，也知道自己在想什么，可是，我再也无法融入大部分人的圈子里。我不难过，不生气，不觉得可笑，只是惋惜。可是，对于这些，我已经无力再解释什么、再说什么。我开始越来越明白那些之前只是在构思里的感觉，我没有要改变的意愿，

反而更为坚持了一些事。

我还是会淡淡地开心，淡淡地忧伤，淡淡地无助，也依旧像刺猬一样保护着自己，不让自己受伤，包括我情愿相信这个世界上，所有的人都不会存心欺骗我，不会存心去进行什么阴谋。有时候我甚至不允许别人去破坏这份美好，不愿意听别人跟我说你这样子帮不了谁。我知道，我帮不了谁，我的选择不是为了去帮助无数的人，甚至可以说不是为了帮助任何一个人，我只是在成全我自己，够了，我都知道，我都明白，无需太多的言语，我知道自己有多脆弱，有多虚伪。我甚至也熬过饱一顿饿一顿的日子，如今也同样轻轻松松地谈笑风生。正因为这样，我才能更加明白，在生存面前，人类有多渺小。可是，我还是无法想象那些人如何过来，如何坚持。是的，我熬过来了，并不代表我能看得开，能把这一切视而不见、听而不闻，理所当然。虽然曾也熬过日子，可我的童年无忧无虑过，冷不着，饿不了。这样说也不是为了炫耀，我没有洋娃娃，没有公主床，没有好皮囊，没有好家庭，没有什么值得我去炫耀的东西，也不是存心渲染别人的悲惨，我只是想让自己的心存灵气。或许我做不了什么，或许我什么也没做，可是，那不是同情。我很清楚。我不懂的，只是对我说这些话的人。你有你的权利麻木，我有我的权利不去麻木。就算那份劝告我知道是为了我好，可是请允许我一点点的善良，给心灵留一点点的纯净。我不是不懂如何防人，也不是老是被人欺骗，我会保护自己，别再问为什么，别再说什么。你懂，我都不懂。我只是，想走自己的路。虽然天气炎热，也不需要别人给我泼冷水。

我仍在网络里显得很嚣张，偶尔胡乱地说着一些话，似乎本性的话。可是，不管我如何嚣张，如何胡乱说话，我知道，我已经不是当日雀跃要飞的孩子。有些歌，只唱给懂的人听，不懂的人看。有些话，只说给懂的人听，不懂的人笑。我不看了，也不笑了，我只是突然孤立了所有。

生亦何欢，死亦何哀，生死很重要么？我不知道，或许我今天活着，明天就不在了。或许我以为活不过某月某日，却活着过了数十年。也或许这生死是别人的事，比如你以为会一辈子在你身边的人，只是一秒钟，那人就永远只能活在你的记忆里。不管是自己，还是别人的生死，都是匆匆的，无法预料。

我还有心，有些人，连去想自己的心的权利都没有，因为他们要想的，仅仅只是如何生存，如何让自己过了今天。

8 月 19 日，下了一场小雨。天色还是灰暗，发现自己胃隐约疼了一小会儿。然后起床，刷牙，发呆。突然想起他们说的话、问的题目。其实不是很难明白，只是我一开始走进的圈子不是属于我的。或许，还会有遗憾。

有人留言说我空间的人气不多，我想，我这里缺的不是人气，而是一个知己。我一直在等。

也许有人懂，也许不懂。

漂亮鱼的美梦

一条鱼，生活在大海里，总感到毫无意思，一心想找个机会离开大海。一天，它被渔夫打捞上来，高兴得在网里摇头摆尾，"这回可好啦！总算逃得了苦海，可以自由呼吸了。"它乐得蹦得很高……

它蹦得真的很高。当听到渔夫与他儿子谈论着用什么方法将它烹饪的时候，它重重地摔了下来，很严重，它昏了。

醒来时，发现自己仍在水中。一口破水缸，它那身漂亮的斑纹救了它。渔夫决定将它养下，少吃一条鱼真的无所谓，何况它是一条那么美丽的鱼哇！

鱼快乐地游来游去，在那口破水缸里。缸很小，太小了，可它仍不停下。一口水缸和一条漂亮的鱼、幸福的鱼。

每天，渔夫总会往水缸里放些鱼食，鱼很高兴，不停晃动身子，展示漂亮的服饰，讨渔夫欢喜。渔夫真的高兴，又撒下一大把鱼虫，鱼大口地吃着，累了则可以停下，打个盹。鱼儿开始庆幸自己的幸福命运，庆幸现在的生活，庆幸自己一身漂亮的衣服。想到当初在海中，每天不得不自己出去寻找食物，还得时时提防天敌的偷袭。那些朋友可能已几天没吃过东西，也可能已成了他人腹中之物。

想到这里，它大口地吞咽下一群鱼虫，自言自语道：这才是生活。

在它眼中，这分明是一条漂亮鱼就应该得到的待遇。

日子一天一天地过，鱼儿一天一天地过着。似乎有些厌倦，但再也不愿回到海了。"我是一条漂亮鱼"，它总这么告诉自己说。

渔夫要出海了，这次可是出远门，十天半月才能回家。留下儿子一人。第一

次，鱼没按时吃到鱼食；第二天，依然没有吃的，他开始抱怨渔夫儿子这样怠慢一条漂亮鱼；第三天，他渐渐坚持不了，饿得发慌。想到在海中，十天找不到食物，它依然行动敏捷，现在身子是变胖了，游水的本领已大不如前了；第四天，终于有吃的了，不是鱼食，而是渔夫儿子吃剩的残羹，顾不上嫌弃，鱼大口吃起来，它饿得实在不行了。渔夫儿子总是隔三岔五地送些残羹。鱼儿抱怨起来。

终于，消息传来，渔夫在海上遇难了。渔夫儿子收拾了东西搬走了。什么都带上，只忘了那条漂亮鱼。鱼在缸里大喊："嗨！带上我，别丢下我！"没人理那只鱼。

四周静悄悄，只剩下一口破水缸，破水缸里有那条漂亮鱼。

鱼很悲伤。想到昔日渔夫待它实在很好，现在却遇难身亡，它十分悲伤。想到自己今后，无人照顾，困于水缸。

鱼抱怨，抱怨水缸太小，抱怨伙食太差，抱怨渔夫儿子对它不好，抱怨渔夫轻易出海，甚至抱怨它准备离开大海时伙伴们为何不加劝阻，抱怨它所认识的一切，只忘了抱怨它自己。

它又开始幻想。一个富商走过此处，发现一条漂亮鱼，于是把它小心地收好，养在家中的大水塘，每天都有可口的鱼虫……

太阳升起来了，四周安静，只剩下一口破水缸，一条漂亮的鱼，死鱼。

真的，很漂亮。

又一场离别

　　北京的夜晚很美，天安门广场上的琉璃灯火，还未撤去的花车，音乐喷泉，人潮涌至。从前门大街上的五块钱一根的烤肠，到王府井的工艺品店，天安门上夜景总算是完了我们一个心愿，不至于让人太失望。匆忙掠过天安门广场东西两边，我们坐在52路汽车准备去西站，然后一场离别。我左，她右，中间隔了通道，我们并不言语。似乎离别是悄然而来的，有些伤感，有些无奈。不知道什么时候起，我们开始为所谓必须的分分合合略显忧伤起来，不像小的时候，每每离开家都会兴奋一段时间，完全不觉得那是一种感伤。也许，是我们确实已经开始了漂泊，开始了独立。

　　此刻，再多的繁华抵不过离别时的一抹忧伤。

　　终于还是送姐进了站，从22到10号，十多天的日子里已经让我习惯了彼此的存在，虽然我还是老在走神，不知道想些什么，可是有些人就那样自然地让你习惯，无须言语，无须动作，习惯的无须招呼，但是她离开的时候，会有一两天的时间回不过神来，还觉得昨天的昨天还在一起，昨天昨天说过的话，留下的遗憾。不过人终究还是习惯了这样的聚散离合，将来还是如此。

　　跟姐招招手，我离开了车站，坐在公交车上，给她发了个信息。姐说，看完我的信息，那末句明年再见竟让她有些伤感起来。是啊，一年又过去了。人生的一年不是无数的，也并非无限的，过了一年就少了一年了，过了一天也就少了一天。有些事，有些人，非要等上好些天，你才知道那些事、那些人，是你曾经最大的幸福。

116

　　坐在公交车上有些恍然，路上飞驰而过的景色是北京最繁华的地带，霓虹灯亮，彩色点缀了这原本平凡的楼房以及树木花草，来北京四五个月，还是首次这么仔细看北京的夜，人真的很渺小，高楼大厦，繁花拥挤，人在这里似乎不算什么，无数的人，略过无数的人。这个背景会让多少人多少次恍然呢？小时候觉得那么遥远的一个城市，首都，荣誉的象征，突然有那么一天，发现自己站在这个城市的最繁华处，天安门广场上，一下子失落起来，原来心里的梦又碎了一个，心里说不清是该高兴北京的平凡，还是该失望北京的平凡。于是后来，我对于长城的向往反而不深，去与不去都不会在意。那种气势磅礴，那种孟姜女哭倒长城的传说，那种祖国的荣誉，我想，还是让它留在我心里好了。有些事，无需追根问底。

　　想到这些的时候，关于离别的愁绪似乎淡了很多，也是经过一晚上的恍然而冲淡了，是啊，人终究是要习惯新的生活，习惯出现无数的人，离别无数的人，重要的，不重要的，能陪你一程，只能看你走一段。

人生若只如初见

人生若只如初见，何事秋风悲画扇。

爱情这个课题耗尽了太多人的精力，可是很多人，穷其一生也不知道这两个字代表着什么。是生死不渝，生死相随的忠贞，还是昙花一现的美丽？

你想要的美丽是什么？你想给谁什么样的承诺？幸福跟爱情无关，但很多时候，爱情可以给人幸福。两个人简简单单的生活，彼此信任，彼此相惜，可以构思到这样的情节，可以想到数十年后的白头偕老，却想不到实施的可能性。

爱情，何必苦苦挣扎？又何苦相互折腾？

不管理由是什么，没有为了相爱而不能在一起的诸多苦衷。不能坚持，是爱情最大的败笔。爱情里，也没有公平两个字，更不谈谁对谁错。

倘若你爱一个人，不要想给他或她数十年的幸福，或是成全数十年后的幸福，要给，就给现在的幸福，现在的确定！没有人知道明天发生什么，没有人可以给这个等待一个句号，所谓的幸福，无需旁人成全。也不是旁人可以定义的，爱情，本身无关物质，无关金钱，但可以超脱现实的人不多。

也许这样的人太傻，也许这样的人太容易被伤害。当沧海桑田后，你还记得谁？一抹红颜，一句诺言。

或许爱情只是昙花一现的美丽，更多的时候与疼痛并在。甜蜜越多，转身后回忆就越痛。这种疼痛不足以让人痛不欲生，但足可以令人绝望。这伤口永在，任人怎么去涂抹，也无法掩饰。旁人不知，自己却刻骨铭心。这种感觉不是时时刻刻，却会突然地让人想起。有过那一刻的感觉，便会有无尽的缠绵，可以找什么去填？

失恋太平常,总觉得这个那个好,总觉得这样那样不好,似乎关乎很多的理由。只是不爱了更为直接些,所有的若即若离,可有可无,绝望里给了丝希望,都会让人死去活来,前一刻很绝情,这一刻很多情,太多的小希望勾勒了绝望,太多的绝望又产生了希望,爱情,无非是两个人的事。问自己的心,可否确定很在乎?在一起不一定要荣华富贵,锦衣玉食,时时刻刻。这一刻相爱,或许下一刻感觉就淡了。为何不让爱情呼吸下空气?活在当下最重要,因为爱情更多时候与苦难,疼痛聚在。两个人从认识,到决定在一起不容易,若不是轻易拉手,也没有必要轻易放手。有时候,只是一个确定的事。一个确定,一个信仰。一个信仰,便是一生。

对于爱情,我能了解多少?

看了身边的人来来去去,你追我逐,分分合合后,我心生疲累。也许一直存在的疲累。说不清为了爱情,还是为了人,或许仅仅是为了自己。这些无数的小点汇成了大海,然后又变成没有。一念生,万事因。

发现自己快要变成爱情专家了,也发现自己无法提起感觉了。

有因可循,可是我忘记了原因。

我不难过,我只是淡淡忧伤;我不痛苦,我只是丝丝惆怅;我不害怕寂寞,我只是不断地掠过。那一抹忧伤,始终挥之不去。冷暖自知。

空间里的歌,提起了旧事,触动某些感觉,只是那么一刹那,又再离魂。魂魄分离后,那丝丝哀伤,早已没有理由去在乎,也早没有必要。但是,人不可自控。

人生需要豁达

幸福的人只记得一生中值得满足的地方，不幸的人只记得相反的内容。

秋天，禅院的草地黄了一大片。"快撒点草种子吧！好难看哪！"

小和尚说："等天凉了再撒。"

师父挥挥手："随时！"

中秋的时候，师父买了一包草籽，叫小和尚去撒。

秋风起，草籽边撒、边飘。"不好了！好多种子都被吹跑了。"小和尚喊。

"没关系，吹走的多半是空的、没用的，撒下去也发不了芽。"师父说，"随性！"

撒完种子，跟着就飞来几只小鸟开始吃种子。"要命了！种子都被鸟吃了！"小和尚急得跳脚。

"没关系！种子很多，吃不完！"师父说，"随遇！"

半夜一阵大雨，小和尚早晨冲进禅房："师父！这下真完了！好多草籽被雨冲跑了！"

"冲到哪儿，就在哪儿发芽！"师父说，"随缘！"

一个星期过去了。原本光秃的地面，居然长出许多绿绿的草苗。一些原来没播种的角落，也泛出了绿意。

小和尚高兴得直叫。

师父点头："随喜！"

随不是跟随，而是顺其自然，不抱怨、不躁进、不过度、不强求。

　　随不是随便，而是把握机缘，不悲伤、不刻板、不慌乱、不忘形。

　　不要幻想生活总是那么美满，也不要幻想在生活的四季中享受所有的春天，每个人的一生都注定要历经沟沟坎坎；品尝苦涩与无奈，经历挫折与失意。

　　在漫漫旅途中，失意并不害怕，受挫也无需忧伤。只要心中的信念没有萎缩，只要自己的季节没有寒冬，即使风凄雨冷，即使大雪纷飞。艰难险阻是人生对你另一种形式的捐赠，坑坑洼洼也是对你意志的磨砺和考验。落英在晚春凋零，来年又灿烂一片；黄叶在秋风中飘零，春天又焕发出勃勃生机。这何尝不是一种达观、一种洒脱，一份人生的态度、一份人情的练达。

　　这种洒脱人生，不是玩世不恭，更不是放弃，洒脱是一种思想上的轻装，洒脱是一种目光的朝前。有洒脱才不会终日默默无言，有洒脱才不觉得人生活得太累。

　　懂得了这一点，我们才不至于对生活求全抱怨，才不会在受挫之后彷徨失意。

　　懂得了这一点，我们才能挺起刚劲的脊梁，带上温柔的阳光，找到充满希望的起点。

　　豁达的人，能屈能伸，知进知退，经得起挫折失败；豁达的人，不计较一城一地的得失，得之淡然，失之泰然，故能成大事；豁达的人，心胸开阔，处事乐观，不以物喜，不以己悲，即使到了山穷水尽处，仍能眺见柳暗花明。豁达指心胸开阔，性格开朗，能容人容事。

银杏花开

四月是春红柳绿，鸟语花香，枝繁叶茂的季节。各种花含苞待放，银杏、山茶、杜鹃、野百合……再等一夜春雨一夕霞光，就可以漫山红遍。

那年，我高三——飘荡着苦涩气味的时光，多少人没日没夜的在这个腥风血雨的战场上厮杀煎熬。与同学从陌生到熟悉地相识，迎接了无数朝阳，送走了无数黄昏。写满一张张试卷，经历一次次大考小考。穿过无数次校园小径，看过一季又一季的银杏花开花落。仍然清楚地记得刚迈进陌生的校园时的情景，眨眼间我们又将起程，奔赴新的旅程。日子难熬时，我催促时间；日子紧迫时，我挽留时间。可是时间始终无动于衷地踏着自己的脚步，不紧不慢。恍然间，就隔了几个世纪。

四月的银杏树上，花苞密密麻麻，像阳光底下透明的蜘蛛网，被光线衬托得无比美丽。

——银杏花又要开了呢！

——嗯！

——最后一次闻花香了，我有点忧伤。

——哈哈！去死吧你，你又不是明天就挂掉，只要你活着就不是最后一次。

我迎着和煦的阳光趴在窗户上看着绿成一片的银杏，相互调侃。哪怕是高中的最后日子，在和相处了几年的同学即将分道扬镳的离别之际，我们也没有觉得忧伤，至少我看到的每个人的脸。除了绷紧着迎接 6 月 7 号外，似乎就没有其他的表情。

　　当我看到很多同学拿出厚厚的同学录折成一张张分发在每一张课桌上，我突然感觉到我们像是在无言地挥着手告别。在接下来的儿天，花花绿绿如信笺般的同学录在课桌上不停地增多，迅速地占满了课桌上狭窄的位置。于是在忙碌的学习任务中抽出零星的时间，赶作业似的签着同学录。或短或长的句子就成了青春里不朽的诗篇。

　　我翻开很久没动过的《百年孤独》，在扉页页处静静地躺着银杏叶书签。在变色的叶子中还能嗅到淡淡的木香味，我想起了多年前。秋天，落叶纷飞，在空中旋转舞动着。一片银杏叶落在同桌乌黑的发髻间，我伸手帮她摘下。在白炽灯光下，我用钢笔划拉着：生日快乐……。想送给她这件微乎其微的礼物，却一直静静地躺在我的书里。她转学后我们就再也没见过面。我依然记得她笑起来很好看的样子，牙齿洁白整齐，晚上梦里还会常常出现她甜甜的笑容。

　　银杏花开了，洁白的、灿烂地开满枝头，芳香透过绿叶，弥漫在整个校园。

　　在这个芳香四溢的季节，在我生命里空白的页面上，给我增添了一笔笔美丽的色彩，让我不再单一。

　　我突然想到银杏花的花语——单纯、洁白，永恒的爱。

温暖的鼓励

在生活中，如果大家都不作"势利小人"，不"看人戴帽子"，对所有的人都充分尊重，这世界将会更加和谐、平静。

小林之前在美国的一家快餐店打工，有一天，他错把一小包糖当作咖啡伴侣给了一个女顾客。她非常生气，因为她很胖，正在减肥，必须禁食糖和所有甜点。她大声吵闹，简直把那包糖当成了毒品，"哼，他竟然给我糖！难道他还嫌我不够胖？！"

那时，小林完全不理解减肥对美国人有多么重要，他愣在那里，不知所措。

这时，黑人女经理听后赶来，她在小林耳边轻轻地说："如果我是你，马上道歉，把她要的快给她，并且把钱立刻退她。"

小林照着做了，立刻道歉，那女顾客哼哼几下就不出声了。这件事是快餐店的一次小事故，他等着经理来批评自己。可是，她过来仅仅对小林说："如果我是你，下班后我大概会把这些东西仔仔细细熟悉一下，以后就不会拿错了。"

不知什么原因，这一句"如果我是你"，竟令小林十分感动。后来，他在学校上课，在其他地方工作，这才发现，老师也好，老板也好，明明是对你提出不同意见明明是批评你，他们很少有人会"别……别"地斥责，你怎么做得这样？你以后不能这么做！而是常常委婉地说："如果我是你，我大概会这样做……"这使人不感到没面子，不感到沮丧，反而让你感到有那么点温暖、那么点感动。仔细分析下来，他们说的话只是多了那么几个字，"如果我是你……"就一下子站到了对方的立场。大家一互换，情绪自然不会对立，沟通更容易进行。

　　那时小林反复思考，奇怪，老美怎么就这么会说话？后来碰到一件事，使小林有了新的理解。有一次，他去好莱坞一个美国演员家做清洁工。女主人给他布置完工作，突然问他："我能够吸烟吗？"小林吃了一惊，说："你是在问我？"她说："是啊，我想抽支烟。"小林说："这是你的家呀，怎么还要询问我？"她说："吸烟会妨碍你，当然该得到你允许。"小林急忙说："你以后不用问，尽管吸好啦！"

　　她这才拿起烟把它点燃。那天小林呆了许久，也想了许久。怎么这么奇怪？一个人在自己家里抽烟，还要温文尔雅地来询问一个清洁工的同意，真是匪夷所思！然而，小林不得不承认，那一刻，他非常开心，非常感动。因为自己得到了尊重。

倒计时

有时候人会处于一个夹缝里，进退两难，并且觉得无路可退。

我还十六七岁的时候，我总觉得自己很年轻，有很多的时间可以去浪费，可以去很多的地方，走很多的路，对于未来，对于 20 岁之后的日子，从来没有思考过。

而今，当我 23 岁，依旧一事无成的时候，我开始觉得时间过得很快，一年一年地过，就像是穷人在消费极其高的城市里生活一样，尽管很省，钱还是没有，而时间，比金钱更为可贵些。当我懂得这些的时候，我开始不愿意去浪费时间，可也因此而浪费更多的时间，不断地停留，不断地走，似乎是时间不对，似乎是决定不对，后来，什么都不对。

以前觉得上海是个遥不可及的地方，对于上海，有种莫名其妙的向往。是那电视上演的上海滩太诱人，是那银屏上的清秀女子太吸引人，还有，对于大城市的向往。先是深圳，然后广州、上海，某一天厌倦，某一天向往了小镇的生活，于是回到了江南。

开始习惯江南生活，那种徘徊于大家闺秀及小家碧玉的边缘，感觉，如此深刻，如此让人淡然若素。

可是，北京依旧有吸引我的地方，于是，准备了下一步的流浪，告别人事，告别了江南，进入倒计时。我并不知道以后我是否还会回来这个地方，跟这么一群人喝酒聊天，喜笑颜开，可是，我知道，我的路，仍要走下去。例如，31 日，北京之旅，我无法确定，此后的生活，也无法确定自己是否可以安定下去，唯一

确定的是，那是我确确实实想要做的事情，凭着信念，我支持着，彼此都是。

有时候躺在床上，我会构思着自己60岁后的事情，跟那时候的孩子们说故事，然后，我会撑起身来想要找些童话故事来看看，再然后，一转眼就忘掉，时间很多，因懒惰而显得很忙，很少，如果我就这样到60岁，白发苍苍，满面皱纹，围在我身边的，到底是医院里的机械，还是大树下的孩子们？那些淳朴得在百年老树下，自家简陋的院子前，看着飘下来的树叶儿构思故事哄骗小孩子的乐趣，我开始惋惜自己错过了那些年代，生得太晚，看得太科学。可是有些事情，不是我们不知道还更好么？所谓的高科技，终究是欺骗了奇迹。

有时候，我行走在这个即将离开的城市里，总觉得近些的地方还有很多很多的时间可以去体会，所以，情愿被惰性征服，补眠，看电视，又再用些生涩的书本来催眠，再之后上班，忙碌。到某一天，有那么个机会离开这个地方，突然很不舍。坐着公交车，路过天桥，路过花园，路过商业区，发现自己对于这个地方其实并未算了解，开始惋惜时间过得太快，任凭我怎么拖，怎么不舍，一天，又那么过去了。我不是怀旧，不是活在了过去。但我，想带着这些值得怀念的感觉，一辈子，直至老死。

西湖边上，漫步无数次，从不觉得满意。那些人工蓄意的美，对于喜欢自然的我来说，确实是憾事。

然后，29日凌晨，几位新来的员工因为种种原因，我们在西湖边上胡闹了两三小时，笑疼了肚子，收到了一扎有些可笑的花。卖花的人说是玫瑰，而事实上是月季，我把两朵花的花瓣撒在西湖上，正式与西湖告别。原来，在不知不觉中，我与这个城市的缘，已有感动，是为人，是为事，或许，我没有在这里收获关于爱情以及亲情的答案，可是，我收获了友情，也更深刻了离别之无奈，可每个人都会适应它，因为我们，是单独的个体。

有时候，我做着小时候才做的事情，喜欢一些孩子气的东西，比如，对着天空发呆，比如，看上一个满是小孩子头像的背包，还比如，唱小孩子的歌。就那样单纯地过着，不因为心无可计，不是，还很单纯。只是一直以来的累，一直以来的追求，让我无法去更成熟些，尽管，我明白那些可能不可能的事情。

细节决定成败

　　不夸张地说，细节可以决定命运。在大学时，我的一位女同学曾说，假如有个男同学在她面前打个嗝，哪怕他再怎么优秀，也绝不会和他发展下去的可能。这话多少有点孩子气，也太苛刻了，但有时候，这样的小细节还真能左右人的选择。

　　记得很久以前，我父亲的一个学生经朋友介绍认识了一位相貌平平的姑娘，第一次见面后他决定继续和她保持联系的一条重要的理由就是：当他们看电影的时候，那个女孩吃完了手中的冰棍，把包装纸缠在木棒上始终拿在手里，直到走出影院才投进垃圾箱。她做得非常顺手，不像是故意做出来的。

　　仅此一个细节，她体现出了本身的教养；仅此一个细节，他们终于喜结连理。另一个女友在决定终身大事时，也突出一个细节，有一次那位先生在离开宾馆的房间时，将房间里的灯一个一个关掉，那一刻，她决定嫁给他。

　　对于细节的敏感不仅仅体现在恋爱婚姻的抉择上，在日常生活中，对于某人的评价，也时常会受到细节的影响。记得一个著名的女作家曾表示，她无法忍受异性身上的头皮屑。我呢，比较注意的是走玻璃弹簧门。

　　很多人进门后便随手地一放手，根本不顾跟进的人将会受他一撞。每次走到门前，只要前面有人，我都做好被撞的打算，缓步或用手去挡。有时候，我还离门好远，一个不认识的人在那里为我挡着门，我会非常感动，很唯心地想，这样的人，一生应该不会做什么坏事。

时间检验爱

在一个岛屿上面住着快乐、悲哀、知识和爱，还有其他各类情感。

一天，情感们得知小岛快要下沉了，于是，大家都准备船只，离开小岛。只有爱留在这里，她想要坚持到最后一刻。

过了几天，小岛真的要沉了，爱想找人帮忙。

这时，富裕坐着一艘大船经过。

爱说："富裕，你能带我一起走吗？"

富裕答道："不，我的船上有很多金银财宝，没有你的位置。"

爱看见虚荣在一艘华丽的小船上，说："虚荣，求你帮帮我吧！"

"我帮不了你，你全身都湿透了，会弄脏了我这美丽的小船。"

悲哀过来了，爱向她求助："悲哀，带我跟你走吧！"

"哦……爱，我实在太悲哀了，想自己一个人安静待一会儿！"悲哀答道。

快乐走过爱的身边，但是她实在太快乐了，竟然没有听到爱在叫她！

突然，一个声音传来："过来！爱，我带你一起走。"

这是一位长者。爱十分高兴，竟忘了问他的名字。登上陆地以后，长者独自走开了。

爱对长者非常感谢，问另一位长者知识："帮我的那个人是准？"

"他是时间。"知识老人说道。

"时间？"爱问道，"为什么他要帮我？"

知识老人笑着说："因为只有时间才能理解爱有多么伟大。"

"爱"需要时间来进行检验，说出"我爱你"只需一个瞬间，但它是对一个人一生的奉献。

扔掉要命的珠宝

很久以前，有位商人和他的儿子一起出海远行。他们随身带了满满一箱子珠宝，准备在旅途中变卖，但是没有向任何人透露过这一秘密。一天，商人不小心听到了水手们在交头接耳。原来，他们已经发现了他的珠宝，并且正在策划着杀害他们父子俩，以掠夺这些珠宝。

商人听了之后吓得不得了，他在自己的小屋内踱来踱去，试图想出个摆脱困境的办法。儿子问他发生什么事情，父亲于是把听到的全告诉了他。

"和他们拼了！"年轻人断然道。

"不，"父亲回答说，"他们会杀了我们的！"

"那把珠宝交给他们？"

"也不行，他们还会杀了我们灭口的。"

过了一会儿，商人怒气冲冲地跳上了甲板，"你这个笨蛋儿子！"他叫喊道，"你从来不听我的警告！"

"老头子！"儿子大喊着回答，"你的每一句都不值得我听进去！"

当父子俩开始互相吵骂的时候，水手们好奇地聚集到周围。商人然后冲向他的小屋，拿出了他的珠宝箱。"忘恩负义的儿子！"商人尖叫道，"我宁肯贫穷的死去，也不会让你继承我的财富！"说完这些话，他打开了珠宝箱，水手们看到这么多的珠宝时都倒吸了口凉气。商人又冲上了栏杆，在别人阻拦他之前将他的宝物全都投入了大海。

过了一会儿，父与子都目不转睛地看着那只空箱子，然后俩人躺倒在一起，

为他们所干的事而大哭。后来，当他们单独一起待在小屋时，父亲说："我们只能这样做，儿子，再没有其他的办法可以救我们的命！"

"是的，"儿子答道，"您这个办法是最好的了。"

轮船驶进了码头后，商人和他的儿子匆匆忙忙地赶到了城市的地方法官那里。他们指控了水手们的海盗行为和犯了企图谋杀罪过，法官逮捕了那些水手。法官问水手们是否看到商人把他的珠宝倒进了大海，水手们都一致说看到过。

法官于是判决他们都有罪。法官问道："什么人会弃掉他一生的积蓄而不顾呢，只有当他遇到生命的危险时才会这样去做吧？"水手们主动赔偿了商人的珠宝，法官也饶了他们的性命。

才会相思

本以为我是注定流浪的旅人，心无羁绊，难明思念是何物。

记得那年暑假，初三毕业的我，为着历练，离家出走去外省叔伯那里打工。那一段日子，于我而言，是相当快活的。不同于在家中的时刻叮咛嘱咐，我获得了两个月的自由，在第一个月末，同行的两个朋友就说想家了。我只是诧异，我的家好像已经溺死在我的快活里。她们无意与我探讨想家的缘由，只是慨叹我的无羁，还多些了羡慕。那时的我，心性已然渐显寡淡了，便真的认为，自己是没有念家情结的人，是苏轼口中，逆旅中的行人。

随着岁月的更移，我也渐渐生成了不一样的表里。似乎寡淡只是固定的一匙汤，友情、爱情分了许多，亲情便多了暖融。对于母亲，相较以前，更加崇爱。特别是在高一时与外公外婆共处的一年，我的心里逐渐发出思家的幼芽。在家与家的对比中，更加深了对母亲挚爱的情感，而对于父亲，则更像是抽去了许多的寡淡，从前那种提及时的无谓，归离时的无澜，已然消逝。近些年来竟也会因他的归家而欢喜，离家而郁郁。虽然仍是消不了内心的郁结，却也是一种可喜的转变。这便是懂得"何为思念"了吗？

其实是爱着一家四口在饭桌上的其乐融融的，也是盼着父母关怀里的拳拳情意的，却总因为其来之不易，而催眠自己，使自己误以为毫不在意。这就好似我对待一切情感的态度，"为了避免结束，我避免了一切开始"。不想因失落而生出可怜的惆怅，那边掐灭可笑的欢喜。我原是，如此懦弱的人。

如今，一日日窥得情感心性的变化，对于自己的敏感细致着实无奈，且更多的，

是惴惴不安。不安的思索：是该牢牢抱住过去的寡淡，还是试探地抓住前进的微情。淡泊给予无绊，任己自由飞翔；冷情给予薄凉，惹人心寒神结。世间难得双全法，对立两端总难相容，或许，我该勇敢，也该拼搏，纵是看过太多他人的苦情戏，可从自己的舞台里品得更多欢喜也未可知。念喜而惧忧，算何生活？毕竟，喜哀苦愁多般滋味，不亲自尝得，便难言活过。

　　若思念这般的情愫，懂与不懂，全在时间。为了自由抛却念想，其实不过是对于心的逃避。逃逃逃，不如温纯一笑，潇洒迎尘。

第四辑

在智慧的阳光下成长

4

一切都会过去

　　一切痛苦都是暂时的，一切逆境都是可以忍受的。

　　古希腊有一位国王，他有至高无上的权势、享用不尽的荣华富贵，但他并不快乐。他可以主宰自己的臣民，却难以控制自己的情绪，种种莫名其妙的焦虑和忧郁时时让他闷闷不乐、寝食难安。

　　于是，他召见了当时最负盛名的智者苏菲，要求他找出一句人间最有哲理的箴言，而且这句集齐了人生智慧的话必须有一语惊心之效，能让人胜不骄、败不馁，得意而不忘形、失意而不伤神，一直保持一颗平常心。苏菲答应了国王，前提是国王要将佩戴的那枚戒指交给他。

　　几天后，苏菲将戒指交给了国王，并再三劝告他：不到万不得已，别随意取出戒指上镶嵌的宝石，那么，它就不灵验了。

　　没过多久，邻国大举入侵，国王带领部下拼死抵抗，但最终整个城邦沦陷于敌手，于是，国王到处逃命。

　　有一天，为逃离敌兵的搜捕，他藏身在河边的茅草丛中，当他掬水解渴，猛然看到自己的倒影时，不禁悲伤欲绝——谁能相信如今这个蓬头垢面、衣衫褴褛的人，就是那个曾经气宇轩昂、威风神气的国王呢？

　　就在他双手掩面，想要投河轻生之际，他想到了戒指。他急切地抠下了上面的宝石，只见宝石里侧雕刻着一句话——这也会过去！

　　顿时，国王的心头重新燃起希望的花火。从此，他忍辱负重、卧薪尝胆，重招旧部并东山再起，最终赶跑了外敌，夺回了王国。

当他再一次回到王宫后，所做的第一件事便是将"这也会过去"这句五字真言，镌刻在象征王位的宝座上。

后来，他被誉为"最有智慧的国王"并名垂史册。据说，在临终之际，他特意留下遗嘱：死后，双手空空地露出灵柩之外，以这样的方式向世人昭示那句五字箴言。

每个人的生活都不可能是一帆风顺的，在成长、成功的过程中，总是会遇到这样那样的问题，会遇到各种各样的困难，既然困难是不可避免的，那么我们就应该学会面对困难，这样在困难来临的时候才能给泰然处之。

充满希望的灯塔

多做些好事情，不要求报酬，还是可以让我们短短的生命很体面和有价值，这本身就可以算是一种报酬。

汤姆是佛得角雷斯伊翰湾的守塔人，在这个偏僻的孤岛上已生活了40年。当他还是20多岁的小伙子时，就随他捕鱼的伯父来到了该座孤岛上。

汤姆和伯父白天打鱼，晚上点起篝火，从此，辽阔的大西洋岸边多了一座灯塔。汤姆已记不清楚他和伯父在暴风雨的夜晚或是在飓风季节里救过起了多少人。那些被救过的人偶尔经过孤岛，总不忘给汤姆叔侄俩带上点什么，但每次都被他们拒绝了。

不知不觉，叔侄俩在雷斯伊翰湾生活了20年。现在的雷斯伊翰湾少了一个人，添了一座坟墓，但是在汤姆认为，伯父仍陪伴着他。汤姆依旧白天捕鱼，晚上守候在伯父一生中唯一接受别人赠送的一台风力发电机旁——雷斯伊翰湾的灯塔不再用篝火了。

10月的雷斯伊翰湾气候十分恶劣，汤姆几乎整夜都醒着。他知道，每年的海难事故频发季节已经到来。汤姆的小屋外已经是惊涛骇浪，他一遍遍检查，还给风力发电机的轴承加了润滑油。此时的小岛像要摇摆起来似的，汤姆从小屋里走出来，像伯父一样敏锐地眺望大海，海面上黑压压一片，浪头拍打着礁石，发出一阵阵轰鸣。忽然，汤姆发现远处的海面上有一点亮光，只有萤火虫的光亮那么大。他立刻意识到什么，迅速爬上灯塔。灯塔里的灯又垫高了很多，汤姆在废弃的火坑里重新点起了篝火。远处的亮点越来越大，渐渐驶向了汤姆居住的孤岛，

等亮点到附近时，汤姆才发现灯火是从一艘挪威籍的货轮上发出的。

天亮了，船长约翰带领船员在雷斯伊翰湾作暂时的停留，并打算给岛上的工作人员送去几吨食品。可当约翰走进岛上汤姆的屋子时，才发现汤姆的屋子还抵不上他船上的一个集装箱大。

"我要带你离开这里。"约翰感恩地对汤姆说。

"为什么？"汤姆问。

"不为什么，我最少能给你每月带来 2500 美元的薪金。"约翰继续说。

"10 年前，一位像你一样的船长曾答应给我每月 3000 美元的薪金。"汤姆平静地说。

临别的时刻，约翰紧紧地抱紧了汤姆。

人生是场马拉松

第二次世界大战后期盟军发动一次大攻势时候，当时的盟军统帅艾森豪威尔（后来成为美国第34任总统）有天在莱茵河边散步，遇见一名看来神情沮丧的大兵。"你没事吧，孩子？"他问道。

"将军，"那年轻人回答，"我要烦死了。"

"那你跟我真是患难兄弟，"艾森豪威尔说，"因为我也很心烦。也许，如果我们一起走走，对大家都会有好处。"

没有打官腔，也没有说任何的大道理，但这几句话多具鼓励作用！

我曾因为钦仰霍华德·韩德利克斯，决定参加一个他参与主持的讲习班。他的风格、真诚、才华和信心，都从他所说的每一句话中充分表露了出来。他可真是我见过的最好教师。

但不久之后，我沮丧了，认为自己永远不可能比得上他。

有一天，他似乎看出我的心意，或许那也是全班同学的共同感受。于是，他停止了授课，开始真诚地对我们说起自己的经历。他平静地叙述他的失败，又说他曾几次想放弃教学生涯。我们听了都忍不住笑了起来，但随即就觉得心里很不好过，我很同情他。我了解到他也是血肉之躯，不是完人，他和我们大家没有两样。

"人生不是百米短跑的比赛，"他对我们说，"它是一场马拉松比赛，最后获胜的通常都是那些像你我那样拖着沉重脚步慢慢跑的人。"

140

保护尊严的方式

一个人的尊严并不是在获得荣誉时，而在于本身真正值得这荣誉。

10多年前，一位旅行家到马来半岛游玩。半岛地处热带，雨林葱郁，繁花似锦，五颜六色的奇异鸟类在空中飞翔歌唱。海岸边，碧波起伏，沙滩如玉。岛上的土著居民拥有一身阳光染就的健康肤色，他们从容而快乐。自然风光让旅行家爱上了这里，淳朴民风更让他流连忘返，特别是偶然遇到的一场奇怪的决斗场面，更让他眼界大开。

决斗者是两名萨凯部落的男青年，二人差不多一样健壮、一样帅气。他们满脸严肃地走到决斗的地点，赤裸着上身，一副不是鱼死就是网破的表情。令旅行家大惑不解的是，决斗者的手中，既没有枪，也没有剑，而是一人握着一根孔雀翎。他们握住上端的羽梗，将下端圆圆的、中间有一只美丽"眼睛"的尾部指着对方，找好适当位置站定。决斗开始了，只见他们拿起"武器"，把那美丽的"眼睛"触向对方赤裸的上身，而且专找那些最薄弱的地方，千方百计地给对方搔痒。随着时间的推移，两人的表情也发生着微妙的变化，由怒气冲冲最后变成了"忍俊不禁"，最后，一方终于难耐"折磨"，控制不住笑出声来，决斗就此结束。决斗的双方竟然怒气全部没有了，互相拍拍肩膀，一前一后地离开了。

旅行家问导游："这是不是一场特意准备的幽默表演？"导游肯定地答复说："绝对不是。这是萨凯部落的一个传统习惯，至于什么时候产生的？就不得而知了，但确实已流传了好多年。在这个部落里，一个人如果认为受到了别人的侮辱，便可以用决斗来泄愤。决斗的方法只有一种，就是你刚才看到的。决斗的时间没有

限制，可以从早上一直到晚，直到其中一方笑出了声，决斗方告结束。先笑者为输的一方。笑过之后，冤家对头往往会握手言和。刚才的两个小伙子是一对情敌，为一个姑娘互不相让，所以只好决斗。决斗后胜者高兴，输者也心悦诚服，因为世代相传的游戏规则早已内化为自觉恪守的观念。这样的决斗，不仅能使难题迎刃而解，而且双方身体都不会受到伤痛，更不会造成流血。"

旅行家的心灵受到了激烈的震撼，他绝对没有想到在这个近乎原始的地方，竟然存在着如此高超的生存智慧，如此充满艺术魅力的保护尊严的方式。

一枚金币

只要你不计较得失，人生还有什么不能自己克服的？

一天，一个商人在大岛旁边的一条公路行走，看到地上有一个小包。他捡起小包，吃惊地发现里面竟还有三枚金币，每枚价值一两黄金。他兴高采烈地准备带着这份意外之财回家去。

这时候，走过来一个散步的人，说这个包就是他的，是他丢在这里的，他当然要求商人把三枚金币还给他。

商人没有听他的，他声称："谁捡到就是谁的。"

两个人都一直在争，吵个没完。他们俩是那样全神贯注，导致在不知不觉地调换着他们在争吵中的位置。

金币原来的主人说道："其实，既然我已经丢了，那就丢了算了。"商人则回答："总而言之，我是偶然捡到的，这钱不是我的。"

这样，他们的意见依旧完全相反，一个决意要还钱，一个再也不想要回来了。他们又吵了起来。

"还是请你拿去吧……"

"千万别这样，这钱现在是你的了。"

他们又像起初一样，没完没了地吵闹起来，不过彼此互换了角色。

他们不知道如何做才好，于是便一致决定请第三者裁决——对于他的裁决，他们都将不再表示异议。

于是，他们就去拜访当时最有名的法官。

法官仔细地听取了他们两人的吐诉，然后做出了裁决："这三枚你俩都愿意让给对方的金币由官方没收。既然你们都放弃了这三枚钱的所有权，那你们是不会反对的。"

这位大法官拿起三枚金币，走进了自己的办公室。

两个人都呆在那里发傻，思索着什么，像是有点后悔似的……这时候，法官回来了，手里拿着两个小包。他又对他们说："你们是那样执拗，每个人都坚持自己有理，所以你们两人都失去了这笔钱。这样，你们就获得了一个很好的教训：顽固地坚持自己的想法，而不试图理解对方，那就会受到损失。我也同样得到了一个很大的教训，那就是你们的谦虚和你们的慷慨所给予我的教训。因此，我要给你们每人送一个礼物。"

他递给每人一个小包，每个包里都装着两枚金币。

大法官从这件事中得出结论说：

"你们俩现在拿到的这四枚金币，就是你们带来的那三枚，再加上我为了感谢你们对我的教育从自己口袋里拿出来的一枚。在这之前，你们每个人都认为自己有三枚金币，后来又都失去了。从现在起，你们每个一样的东西：一枚金币。这就是代价，我们三个人为了刚刚受到的教育都付出了一样的代价。"

是这样吗

日本的白隐禅师，是一个生活纯净的修行者，因此受到乡里居民的称颂，都认为他是个值得尊敬的圣者。

有一对夫妻，在他住处附近开了一家食品店，家里有一个漂亮的女儿。不料，夫妇俩发现女儿的肚子无缘无故地变大了。这种见不得人的事，使得她的父母十分震怒！好端端的黄花闺女，竟做出不可告人的事。在父母的逼问下，她起初不肯招认那个人是谁，但犹豫再三之后，她终于吞吞吐吐说出"白隐"两字。

她的父母十分生气地去找白隐理论，大师不置可否，只若无其事地答道："是这样吗？"

孩子生下来后，就被送去给白隐。此时，他虽已名誉扫地，却不以为然，只是非常细心地照顾孩子——他向邻居讨要婴儿所需的奶水和其他用品，虽不免横遭白眼，或是冷嘲热讽，他总是默然处之，仿佛是受托抚养别人的孩子一般。

一年以后，这位没有结婚的妈妈，终于不忍心再欺瞒下去了。她老老实实地向父母吐露真情：孩子的亲身父亲是在鱼市工作的一名青年。

她的父母立即将她带到白隐那里，向他道歉，求他原谅，并将孩子带回。

白隐仍然是很平静，他没有表示，也没有乘机教训他们；他只是在交回孩子时候，轻声说道："是这样吗？"仿佛不曾发生过这样的事；即使有，也只像微风吹过耳畔，霎时即逝。

白隐超乎"忍辱"的性格，赢得了更多、更久的称颂。

想想我们所遇到的挫折或耻辱，和白隐比，又算得了什么？白隐泰然自若，淡然处世的情怀，真不愧是一代禅师！

"是这样吗？"那么慈悲，那么淡然。那是恒久的忍耐化为无形的坚毅，那是凡事包容化成无上悲悯。

"是这样吗？"无数的干戈，都化成了件件的玉帛。

"是这样吗？"短短的一句话里，蕴含了无限的宽容与智慧。

不可缺少的阳光

　　一家有名的国际贸易公司高薪招聘业务人员，应征者络绎不绝。在众多的应聘者中，有一位年轻人条件很好，他毕业于名牌大学，又有在市外贸公司工作三年的经验，因此他坐在主考官面前时，非常自信。

　　"你在外贸公司具体做什么？"主考官开始问道。

　　"做山野菜。"

　　"哦，做山野菜。那你讲讲，对业务人员来说，是产品重要，还是客户重要？"

　　年轻人想了一想，说："客户重要。"

　　主考官看了看他，又问："你做山野菜应该知道，山野菜出口中，蕨菜出口主要是对日本，以前出售非常好，有多少收多少，可是最近几年，国外客商却不要了，你讲讲为什么。"

　　"因为蕨菜不好。"

　　"那你说说，哪里不好？"

　　"嗯，"年轻人停了一会儿，"就是质量不好。"

　　主考官看了看他，说："我敢肯定，你没有去过产地。"

　　年轻人看着主考官，沉默了30秒钟，没有说是，也没有说不是。却反问："你说说哪里能看出我去没去过？"

　　"如果你去过，就应该知道为什么菜不好。采集蕨菜的最好时间只有十天左右，这期间的蕨菜鲜嫩好吃，早了不行，晚了就老了。采好后，要摊开放在地里晒一天，第二天翻个个，再晾晒一天，把水分蒸发干，然后再成把捆好，装箱。

等吃的时放在凉水里浸泡一下就可以了。可是当地农民为了多采，把蕨菜采到家，来不及放在地上晾晒，而是放在热炕上烚，这样只用两个小时就烘干了。这样加工处理的蕨菜，从外表上看都一样，可是吃了之后，不管放在水里怎么泡，都像老树根一样，又老又硬，根本咬不动。国外客户发现后，对此提出警告，一次，两次，还是如此。结果，人家干脆封杀，再不从我国进口了！"

年轻人听到后，不好意思地低下头说："我是没有去过产地，所以不知道你说的这些事。"

年轻人带着几分落寞走出公司的大楼。这位最有希望入选的年轻人，最终没有被录取。这样的结局，从他离开主考官的那时候，就已经知道了。他非常清楚：像这样有名的公司，是不会录取他这样一个在外贸工作三年、整天陪客户吃喝却没有去过一次产地的业务人员的！他就像那些一心想加工速成蕨菜的农民，忽略了两天的阳光，但最终被烘干的却是自己！

立刻去做

发现你的存在是生命的起始，于是，每一时刻都是一个新的发展，每一时刻都带来新的欢乐。

安东尼·吉娜是美国纽约百老汇中最有名的年轻演员。

几年前，吉娜是大学里艺术团的歌剧演员。在一次校际演讲比赛中，她向人们展现了一个最为璀璨的梦想：大学毕业后，先去欧洲游玩一年，然后要在纽约百老汇中，成为一名优秀的主角。

当天下午，吉娜的心理学老师找到她，直接地问了一句："你今年去百老汇跟毕业后去有什么差别？"吉娜仔细一想："是呀，大学生活并不能帮我获得到百老汇的工作机会。"于是，吉娜决定一年以后就去百老汇闯荡一下。

这时，老师又不冷不热地问她："你现在去跟一年以后去有什么不同？"吉娜苦思冥想了一会儿，对老师说，她决定下学期就出发。老师紧接着地问："你下学期去跟今天去，有什么不一样？"吉娜有些眩晕了，想想那个辉煌的舞台和那双在睡梦中萦绕不停的红舞鞋……她终于决心下个月就去百老汇。

老师追问："一个月以后去，跟今天去有什么不一样？"吉娜激动不已，她情不自禁地说："好，给我一个星期的时间准备一下，我就准备出发。"老师步步紧逼："所有的生活用品在百老汇都能买到，你一个星期以后去和今天去有什么不一样？"

吉娜终于双眼盈泪地说："好，我明天就去。"老师赞同地点点头，说："我已经帮你订好明天的机票了。"

第二天，吉娜就飞赴全世界艺术殿堂的顶尖——美国百老汇。当时，百老汇的制片人正在准备一部经典剧目，几百名各国艺术家前去抢当主角。按当时的应聘步骤，是先挑出十个左右的候选人，然后，让他们每人按剧本的要求表演一段主角的念白。这意味着应征者要经过百里挑一的两轮的艰难角逐才能胜出。

吉娜到了纽约，费尽周折从一个化妆师手里拿到了将排演的剧本。这以后的两天中，吉娜闭门苦读，悄悄演练。

正式面试那天，吉娜第 48 个表演。制片人要她说说自己的表演经历，吉娜微微一笑，说："我可以给您表演一段原来在学校排演的剧本吗？就一分钟。"制片人首肯了，他不愿让这个热爱艺术的姑娘失望。制片人听到传进自己耳朵的声音，竟然是将要排演的剧目对白。面前的这个姑娘感情如此饱满，表演活灵活现。他惊呆了，马上通知工作人员结束面试，主角非吉娜莫属。

就这样，吉娜来到纽约的第三天就顺利地走进了百老汇，穿上了她人生第一双红舞鞋。生活就是这么不可思议，很多人只晓得把自己的理想定得比天还高，却从来不肯把理想的实现付诸行动。吉娜在老师的影响下，撇开了所有的希望和等待，大步流星地去投奔了心中的艺术殿堂。

学会思考

佛瑞迪那时只有 16 岁，在暑假将临的时候，他对爸爸说：

"爸爸，我不想整个夏天都向你伸手要钱，我要找个工作。"父亲从震惊中恢复过来之后对佛瑞迪说："好啊，佛瑞迪，我会想办法帮你找个工作，但是恐怕不容易。现在正是人浮于事的时候。"

"您没有弄清我的意思，我并不是让您给我找个工作。我要自己来找。还有，请不要那么消极。虽然现在人浮于事，我还是可以自己找个工作我相信是可以找到工作的。"

佛瑞迪在"事求人"广告栏上仔细寻找，找到了一个很合适他专长的工作，广告上说找工作的人要在第二天早上 8 点钟到达 42 街一个地方。佛瑞迪并没有到 8 点钟，而在 7 点 45 分钟就到了那儿。可他看到已有 20 个男孩排在那里，他只是队伍中的第 21 名。

怎样才能引起别人注意而竞争成功呢？这是他的问题，他应该怎样处理这个问题？根据佛瑞迪所说，只有一件事可做——使用脑筋思考。因此他进入了那最令人痛苦也是令人快乐的程序——思考。在真正思考的时候，总是会想出一些办法的，佛瑞迪就想出了一个办法。他拿出一张纸，在上面写了一些东西，然后叠得整整齐齐，走向秘书小姐，恭敬地对她说："小姐，请你马上把这张纸条交给你的老板，这非常重要。"

她是一名老手，如果他是个平凡的男孩，她就可能会说："算了吧，小伙子。你回到队伍的第 21 个位子上等等吧。"但是他不是普通的男孩，她的直觉告

诉她，他散发出一种自信的魅力，于是她把纸条收下了。

"好啊！"她说，"让我来瞧瞧这张纸条。"她看了不禁微笑了起来。她立刻站起来，走进老板的办公室，把纸条放在老板的桌上。老板看了也大声笑了起来，因为纸条上写着：

"先生，我排在队伍中第 21 位，在你没有瞧见我之前，请不要作决定。"

他是不是得到这份工作？他当然得到了工作，因为他很早就学会了动脑筋。一个会动脑筋思考的人总能抓住问题的关键，也能够解决它。

我们知道，人的思维速度非常快，大脑内部的信号是靠生物电流传播的，速度可以达到每秒 30 万公里，所有人都完全一样，生物电流不会因为你是天才或者不是天才而改变传送速度。爱因斯坦的大脑电流速度不会超光速，你的大脑电流速度也不会只有每秒 20 万公里。请务必记住：你的大脑运转速度和爱因斯坦的速度完全一样。

守望与孤寂

　　一棵玉兰树在前方，纤弱的干，细长的枝，还有一点点倔强。在春天来临的时候，经过这里，抬头仰望，那是一种孤傲和清高的执着，那是一种冷艳而绝美的坚强，那是一种孤独到没有叶子衬托也能清静幽雅的自得。它们总是安静地站着，悄悄地聆听这个城市的喧闹。"红花还得绿叶配"，从来没有见过这样的树，在这个浪漫的春季，满树的花掀开淡黄色的面纱，婀娜多姿地站立在我们面前。

　　身旁的小草已经伸着懒腰，打着哈欠，那些星星点点的小花活跃在它们身后，穿着公主般天真的裙裳，嬉笑跳跃着袒露给我们一个大大的笑脸。这是一种天生娇贵，不缺拥戴的华丽，那些嫩绿只为陪伴她玩耍，只为在她寂寞的时候，给予她那么多欢快的声音可以聆听。

　　玉兰静静地看着眼下的这一切，无论周遭如何的吵闹，如何的娇媚，她始终保持一种姿态，用苍凉孤独的姿态艳压群芳，吸引来我们惊讶赞美的目光。

　　她是孤独的，生来虽美，却注定要把这美埋藏。没有绿叶的陪伴，只有那褐色的枝干供她们嬉戏玩耍，阳光灿烂，她们免不了把小脸晒得通红。当夜晚来临的时候，身旁的风总是刺骨的寒冷，绿叶的温暖她丝毫享受不到。她曾经看到过潋滟的荷塘里，荷叶擎起，自己为荷花遮挡阳光和风雨，那是一种依偎的甜蜜。她艳羡过，嫉妒过。可是没有办法，她注定了生来孤独的命运，注定了在这孤独中成长。她也心伤，因为接下来那片属于自己的绿叶也将同她一样孤独地走下去，而她唯一能做的就是化作春泥更护叶，为了那满树的翠绿，牺牲掉她的美丽，她只希望那些赞许的目光会成为绿叶孤寂时的念想。

于是她高贵地落下了，剥落她一层一层的裙裳，只留下淡淡的一笑。属于她的那片叶子也在此刻，舒展他蓄积已久的生命力，突破褐色的表皮，露出那清新而可爱的嫩绿。

阳光依旧从绿叶的罅隙洒下，叶子沐浴着日光，折射着光芒，他体味了玉兰花孤独的示意。他们倔强地爬满树枝的每一个空隙，想要填补玉兰花们彼此的距离，这是生命的延续，是极强的凝聚力的蓄积，也是在孤独的思念那些埋藏于地下的她，这是双重生命力的绵延滋长。

可是无论怎样，四季更迭，他们永远也遇不到彼此，见不到彼此，注定他们要一个人上路，一个人孤独地经历多彩繁华的春夏秋冬，一个人凄凉地走过四季，孤独地想念，用他们浓厚的相思，勾勒彼此华美的身姿。谁知，距离虽近，而相遇，却成了一种奢侈。

不平凡的草叶

　　一个伟大的人，不一定要有什么伟大的事业，但必须有一颗坚贞不渝的心。

　　瓦尔特·惠特曼 1819 年 5 月 31 日出生在长岛海滨小村的一个农村，惠特曼一家卖掉土地，成为手工劳动者，来到布鲁克林。父亲做起木匠活，以养家糊口，可他经营手工作坊没几年，一家人便再度被抛到社会底层。老惠特曼带着九个孩子在贫寒凄苦中操劳度日。

　　九个孩子，老六天折，四个从小体虚，且患程度不同的神经疾病。排行第二的瓦尔特·惠特曼虽健壮机敏，无奈家境贫穷，只好和父亲共同供养体弱多病的兄弟姊妹。惠特曼只上过几年小学，11 岁给律师和医生做听差，12 岁去印刷厂做学徒，两年后成为正式的排版工人。

　　惠特曼做过农工子弟小学的老师。办过自排自印、自己发行的小报，真正使他感到失意和磨难，并进而转向文学创作的，却是他的党派热情和政治立场因背叛而破灭。

　　1841 年至 1845 年间，惠特曼主要做印刷和报纸编辑工作。

　　最开始，主编过民主党的报纸《每日鹰报》，为之积极奋战。他主张进步改革，高举废奴大旗，代表广大个体农民的利益而热烈赞成自由土地运动。但这种斗争几经磨难，他几次被利用、出卖以后，终于认识到民主党的奸诈虚伪。他多次和报社的民主党领袖发生冲突，于 1848 年被解雇。

　　惠特曼先后在十几家报馆供职，并非仅仅为谋生计，而是想找到一个宣传个人理想的阵地，但在污浊而严酷的现实眼前，惠特曼遭到的只是无情的打击。他

离开了新闻界，回乡从事劳动，重拾木匠的工作。穿上开领衫和工作服，惠特曼感到十分欣悦，从劳动中体验到了人民的思想感情，惠特曼开始了民主主义战士的新生活。

惠特曼到各地漫游，在新奥尔良考察了黑奴生活现状。又沿密西西比河直上，游览工业名城圣路易斯、芝加哥，观赏了大湖和尼亚加拉大瀑布，最后回到布鲁克林。他目睹了广阔的边疆和南部地区，眼界大为开阔。丽与下层劳动者和黑奴的频繁接触，促使了他民主主义思想体系的形成。从政的失意，使惠特曼退而深入劳动阶层；抑郁的漫游，使惠特曼更关注于精神领域和个人理想的抒发——此后的 1855 年，代表惠特曼精神追求和伟大理想的《草叶集》问世。

《草叶集》的出版没有给惠特曼找到多少朋友，但他有了精神的支柱；内战的爆发没有结束惠特曼的潦倒和苦难，但他从中发现了同志和知己。此后，惠特曼的诗"从表现个人的低地登上了远眺民族命运的高楼"。

惠特曼站在反对南部蓄奴制的立场上，认真参加了支援前线的工作。他自愿在华盛顿的伤兵医院服务，据有关材料记载，惠特曼去医院有六百多次，受到他照顾的伤兵有一万人之多。

他在内战期间的经历为新版《草叶集》注入了新的生命，他将激情倾注于为推翻奴隶制而进行的英勇斗争。惠特曼最后写道："如果没有这三四个年头以及这一时期的经验，今天就不可能有《草叶集》这本书。"

唱歌改变命运

　　每一个涉世不深的年轻人都有一种自卑的心理，这是正常的，但是这些年轻时的自卑感总会在往后的生活中逐渐消失。

　　罗伯特·梅里尔在布鲁克林长大。那时他胆子小，而且说起话来口吃得严重，所以最怕被老师叫起来当着全班学生的面说话。有时，当罗伯特知道上课时老师会向他提问，他就逃学，每逢躲不开的时候，他就背对着全班站着读书，同学们常常取笑他。

　　罗伯特真正得到解脱是在 15 岁的时候。那时正遇上经济大萧条，他不得不辍学，在曼哈顿地区帮父亲和叔叔把衣服和鞋送到顾客家里去。他们付不起工钱，但是那种干跑腿的差事改变了他的生活道路。

　　开始罗伯特对歌剧情有独钟——这主要是受妈妈的影响，她是一个业余歌手，嗓音优美。当她听到罗伯特在家里唱歌，就带罗伯特去拜见一位声乐大师。这位声乐老师的工作室就在大都会歌剧院里，罗伯特心里装满了对他的敬畏。罗伯特交不起学费，但是这位老师同意他靠奖学金学习唱歌。

　　罗伯特利用午餐的时间手里抱着一大堆鞋盒和衣物去学习，或是干完了活去上课，那时已经累得精疲力竭。罗伯特和妈妈都没有把上课的事告诉爸爸，因为他们知道他是不会理解的。

　　一天上完课后他回家晚了，父亲要知道他什么原因这么晚才回家，不能再保守秘密了，他只好把上声乐课的事告诉了父亲。虽然父亲不知道什么是声乐课，但没有阻拦他。

　　这以后不久的一天，罗伯特去第57街送货的期间看见在斯坦韦大厅前围着一群人，原来是旅游胜地艾迪罗恩迪山的斯卡鲁恩庄园要招聘一名暑假帮工，这里正在进行面试。

　　罗伯特唱了一首歌，压倒了四十多名对手，获得了这份工作。那时候他18岁，因为缺乏实际经验，他感到十分紧张，但是在工作中他什么活都得干，这种紧张感很快就不见了。女声合唱队唱歌的时候，他给她们伴唱。同时还为一个名字为雷德·斯克尔顿的青年喜剧演员当助手。第一次听到观众的鼓掌时，他就知道这条路走对了。

　　罗伯特不敢相信，只要一上台歌唱，他的口吃就消失了。每次站到一批新的观众面前，他的自信心就得到进一步加强，胆小也随之消失。他学到的最重要的东西是：人的软弱一面是能克服的。

　　罗伯特后来成为美国最有名的男中音歌唱家。

学会借鉴

很多时候，我们的目光不能只盯着问题，这会局限我们的思维，答案也许在别处。

很多年前，医生们虽然能够进行外科手术，但是死亡率却很高。十个手术病人之中，一半以上的病人会感染死去，可是明明手术很成功，但伤口却发红发肿，化脓溃烂，最后不幸地死去。医生们不知道这是什么原因，也不知道怎么预防感染。

英国医生李斯特是一个很有名的外科医生，虽然他的外科技术很高超，但也无法防止病人手术后的感染，经常眼睁睁地看着自己的病人死去。苦恼的李斯特一直在认真寻找着解决问题的办法，与其他外科医生不同的是，他的目光并没有仅仅盯着于外科手术这一狭小的范围之内。

有一次，李斯特看到法国出版的一本生物学杂志，里面有一篇法国科学家巴斯德关于探讨生命起源的文章。巴斯德通过大量实验证明：生命不是无中生有，是空气中的生命孢子进入的结晶；有机物的腐败和发酵也是微生物进入的结果。

这篇文章表面看起来与李斯特的外科手术并没有直接关系，但李斯特却从中汲取了有用的知识。他想：病人伤口的感染化脓，不也是一种有机物的腐败现象吗？这个看不见的微生物世界干扰着我们的生活，也肯定影响着外科手术。

根据这种思想，李斯特在手术之前进行严格的消毒，将手术器械严格地煮沸，在伤口上用煮沸过的纱布包扎，以预防空气中的微生物感染伤口。后来他又寻找到一种杀灭细菌的药物。运用这些办法以后的手术，死亡率大大降低。就这样，李斯特从一篇表面上看来似乎毫不相关的文章中受到影响，从而创立了消毒外科学。

保持希望

李·艾柯卡以前是美国福特汽车公司的总经理，后来又成为克莱斯勒汽车公司的总经理。作为一个聪明人，他的座右铭是："奋力向前。即使运气不济，也永不绝望，哪怕天崩地裂。"他1985年发表的自传作为非小说类书籍成为有史以来最好卖的书，印刷次数高达150万册。

艾柯卡不光有成功的快乐，也有遭受挫折的懊丧。他的一生，用他自己的话来说，叫作"苦乐参半"。1946年8月，21岁的艾柯卡到福特汽车公司做一名见习工程师，但他对与机器做伴、做技术工作没兴趣，他喜欢和人打交道，喜欢经销。

艾柯卡靠自己的努力，终于由一名普通的推销员变成福特公司的总经理。但是，1978年7月13日，他被怒火中烧的大老板亨利·福特辞退了。当了8年的总经理，在福特工作已32年，一帆风顺的艾柯卡从来没有在别的地方打过工，突然间失业了。昨天他还是英雄，今天却像成了麻风病患者，人人都远远地躲开他，过去公司里的所有朋友都抛弃了他，这是他生命中最大的困难。"艰苦的日子一旦来临，除了做个深呼吸，咬紧牙关尽其所能外，实在也没有选择。"艾柯卡是这么说的，也是这么做的。他没有倒下去，他接受了一个新的挑战：找到濒临破产的克莱斯勒汽车公司出任总经理。

艾柯卡，这位在世界第二大汽车公司做了8年总经理的事业上的强者，凭他的智慧、胆识和魄力，大刀阔斧地对企业进行了整理、改革，并向政府求援，舌战国会议员，取得了巨额贷款，重振企业威风。1983年8月15日，艾柯卡把面额高达8亿1348万美元的支票交到银行代表手里，至此，克莱斯勒还清了全部债

务。而恰恰是 5 年前的这一月，亨利·福特开除了他。

如果艾柯卡不是一个坚强的人，不是一个敢于接受新的挑战的人，在巨大的打击面前一蹶不振、偃旗息鼓，他就和一个普通的下岗工人就没有什么区别了。正是不屈服挫折和命运的挑战精神，使艾柯卡成为了一个世人所敬仰的英雄。

智慧创造财富

同一件事，有智慧的人总比那些不动脑筋的人成功。

两个青年一同开山，一个人把石块砸成石子运到路边，卖给建房的人；一个直接把石块运到码头，卖给杭州的花鸟生意人。因为这儿的石头总是奇形怪状，他认为卖重量不如卖造型。3 年后，他成为村里第一个盖起瓦房的人。

后来，不许开山了，只许栽树，于是这儿成了果园。每到秋天，漫山遍野的鸭梨招徕八方客商，因为这儿的梨，汁浓肉脆，纯正无比。他们把堆积如山的梨子成筐成筐地运往北京和上海，然后再卖到韩国和日本。

就在村上的人为鸭梨带来的小康日子欢呼不已时，曾卖掉石头的那果农卖掉果树，开始种柳树。因为他发现，来这儿的客商不愁挑不到好梨子，只愁买不到盛梨子的筐。5 年后，他成为村里第一个在城里买房的人。

再以后，一条铁路从这儿贯穿南北，这儿的人上车后，可以北到北京，南抵九龙。小村对外开放，果农也由单一的卖果开始讨论果品加工及市场开发。就在一些人开始兴办厂的时候，还是那个村民，在他的地头砌了一垛 3 米高、百米长的墙，路过经过这儿的人，在欣赏盛开的梨花时，会突然看到四个大字：可口可乐。听说这是五百里山川中唯一的一个广告，那垛墙的主人凭这垛墙，第一个走出了小村，因为他每年有 4 万元的额外收入。

20 世纪 90 年代末，日本丰田公司亚洲区代表山田信一来华访问，当他坐火车路过这个小山村时，听到这个故事，他被主人公罕见的商业化头脑所震惊，当即决定下车见见这个人。

当山田信一找到这个人的时候，他正在自己的店门口与对门的店主争吵，因为他店里的一套西装标价 800 元的时候，同样的西装，对门出价 750 元，他标价 750 元的时候，对门就标价 700 元。一月的时间，他仅批发出 8 套西装，而对门却批发出 800 套。

山田信一看到这种情形，非常失望，以为被讲故事的人给骗了。当他弄清真相之后，立即决定以百万年薪聘请他，原因是对门的那个店也是他的。

坚持就是胜利

伟大的作品并不是靠力量，而是靠坚持来完成的。

一位熨衣工人住在拖车房屋中，他的周薪只60元。他的老婆上夜班，不过即使夫妻俩都工作，赚到的也只能勉强养家。他们的孩子耳朵发炎，他们只好连电话也拆掉，省下钱去买抗生素为孩子看病。

这位工人想成为作家，夜间和周末都在不停地写作，打字机的噼啪声不绝于耳。他的余钱全部用来付邮费，寄原稿给出版人和经纪人。

然而他的作品全被退回来了。退稿信很简短，非常公式化，他甚至不敢确定出版商和经纪人究竟有没有真的瞧过他的作品。

一天，他读到一本小说，令他记起了自己的某本作品，他把作品的原稿寄给那部小说的出版商，他们把原稿给了皮尔·汤姆森。

几个礼拜后，他收到汤姆森的一封热诚真切的回信，说原稿的瑕疵太多。不过汤姆森的确相信他有成为作家的期望，并鼓励他再试试看。

在此后18个月里，他再次给编辑寄去两份稿子，但都被退还了。他开始试写第四部小说，不过由于生活无奈，经济上捉襟见肘，他开始放弃希望。

一天夜里，他把原稿丢进垃圾桶。第二天，他妻子把它捡了回来。"你不应该半途而废，"她告诉他，"特别在你快要成功的时候。"

他盯着那些稿纸发愣。也许他已不再相信自己，但他妻子却相信他会成功，一位他从未见过的纽约编辑也相信他会成功。这样，每天他都坚持写上1500字。

他写完以后，把小说寄给汤姆森，不过他以为这次也会失败。

可是他想错了。汤姆森的出版公司预付了 2500 美元给他，于是史蒂芬·金的经典恐怖小说《嘉莉》诞生了。这本小说后来卖了 500 万册，并摄制成电影，成为 1976 年最卖座的电影之一。

从失误中找到宝藏

每个人都会有失误，但有些人就可以从失误中找到"宝藏"。

有一次，古埃及国王胡夫举办盛大的国宴，厨工们忙得团团转。一名小厨工不慎将刚炼好的一盆羊油打翻到灶边，吓得他急急忙忙用手把混有羊油的碳灰一把一把地捧起来扔到外边去。扔完后赶紧洗手，手上竟出现滑溜溜、黏糊糊的东西，而且洗完的手特别干净。

小厨工发现这个秘密后，便悄悄地把扔掉的羊油碳灰捡回来，供大家使用，结果每个厨工都洗得又白又干净。

后来，国王胡夫发现厨工们的手和脸洁白干净，没有了往常的油垢，便盘问起来。小厨工如实道出了经过。国王胡夫试后赞不绝口。很快，这个发现便在埃及全国推广开来，并流传到希腊的罗马。在这个发现的基础上，人们发明出了流行世界的肥皂。

1885 年，亚特兰大市一个名字为潘伯顿的业余药剂师以柯树叶和柯树籽为基本原料，经过多次的试验，制成了一种具有兴奋作用的健脑药汁。这便是美国最初上市的可口可乐。开始，可口可乐的销量不好，潘伯顿也非常焦急。

有一天，一位头痛得很厉害的病人请求服用健脑药汁。店员在配药时，本应向瓶内注入自来水，实际上却误注了苏打水。病人一下喝完。待店员醒悟过来感到束手无策之时，病人的头痛却止住了。店中众人禁不住连声称"妙"。潘伯顿颇受启发，立即往健脑药汁中注入一定量的苏打水，并在"包治神经百病"的广告旁边，添上了"苏醇可口、益气壮神"等广告词。

可口可乐从一种药剂，奇迹般地摇身一变，成为了风行世界的上等饮料，其销量一天比一天迅猛。

有一个德国工人，在生产书写纸时不小心搞错了配方，生产出一大批不能书写的废纸。他被扣工资、罚奖金，最后还遭到开除。正当他灰心丧气的时候，他的一个朋友点醒他，让他仔细想一想，能否从失误中找到有用的东西。

于是，他很快认识到，这批纸虽然不能做书写用纸，但是吸水性能相当好，可拿来吸干器具上的水。于是，他将这批纸切成小块，取名"吸水纸"，投到市场后，相当好卖。于是他申请了专利，后来，成了大富翁。

学会倾听

倾听是最美丽的，善于倾听的人则是更美丽的。倾听是人际交往中最动听的音符，学会倾听，多多倾听，走近他人真的并不难。

连平是罗宾见到的很受欢迎的人士之一。他总能受到邀请，经常有人请他参加聚会、共进午餐、打高尔夫球或打网球、担任基瓦尼斯国际或扶轮国际的客座发言人。

一天晚上，罗宾到一个朋友家参加一次小型社交活动。很巧，他发现连平和一个漂亮女孩坐在一个角落里。出于好奇心，罗宾远远地注视了一段时间。罗宾发现那位女孩一直在说，连平好像一句话也没说。他只是偶尔笑一笑，点一点头，仅此而已。几个小时后，他们起身，谢过男女主人，走了。

第二天，罗宾见到连平时忍不住问道："昨天晚上我在斯旺森家看见你和最迷人的女孩在一起，她好像完全被你吸引住了，你是怎么吸引她的注意力的？"

"很简单。"连平说，"斯旺森太太把苏珊介绍给我，我只告诉她说：'你的皮肤晒得真漂亮，在冬季也很漂亮，你是怎么做的？你去哪里了呢？阿卡普尔科或者夏威夷？''夏威夷。'她说，'夏威夷永远都风景美丽。''你能把一切都告诉我吗？'我说。'当然。'她回答。我们就找了个安静的拐角，接下去的两个小时她一直在谈夏威夷。"

"今天早晨苏珊打电话告诉我，说她很喜欢我陪她。她说很想再见到我，因为我是最有意思的谈伴。但实话实说，我整个晚上没说几句话。"

　　看出连平受欢迎的秘诀了吗？很容易，连平只是让苏珊谈自己。他对每个人都这样——对他人说"请告诉我这一切"，这足够让一般人激动好几个小时。人们喜欢连平，就因为他注意他们。

　　学会倾听，是突破交往阻碍的一个有效行动。当你走出自己的小天地，试着站在别人的立场上，做一个好的观众，你就能够成为一个广受欢迎的交际高手，为自己赢得众多的朋友。

明白1加1永远大于2

在奥斯维辛集中营，一个犹太人对自己的儿子说："现在我们唯一的财富就是智慧，当别人说1加1等于2的时候，你应该想到1加1大于2。"纳粹在奥斯维辛毒死了536724人，父子俩却独自活了下来。

1946年，他们来到美国，在休斯敦做铜器生意。有一天，父亲问儿子一磅铜的价格是多少？儿子回答35美分。父亲说："对，整个得克萨斯州都知道每磅铜的价格是35美分，但作为犹太人的儿子，你应该说3.5美元。你试着把一磅铜做成门把瞧瞧。"

20年后，父亲去世，儿子独自经营铜器店。他做过铜鼓、做过瑞士钟表上的簧片、做过奥运会的奖牌。他曾把一磅铜卖到3500美元，这时他已成了麦考尔公司的董事长。

然而，真正使他成名的，是纽约州的一堆垃圾。

1974年，美国政府为清理给自由女神像翻新扔下的垃圾，向社会广泛招标。但好几个月过去了，没人投标。正在法国旅行的他听说后，立即飞往纽约，看过自由女神像下堆积如山的铜块、螺丝和木料，未提任何条件，当即就投标签了字。

纽约许多运输公司对他的这一愚蠢行为暗自发笑。因为在纽约州，垃圾处理有严格规定，弄不好会受到环保组织的谴责。就在一些人要看这个得克萨斯人的笑话时，他开始召集工人对废料进行分类。他让人把废铜熔化，铸成小自由女神像；他把木头等加工变成底座；废铅、废铝做成纽约广场的钥匙。最后，他甚至把从自由女神身上扫下的灰尘都打包起来，出售给花店。不到3个月的时间，他让这

堆废料变成了 350 万美元现金，每磅铜的价格整整增加了 1 万倍。

　　当你抱怨生意难做时，也许有人正因点钞票而累得浑身无力。这里面的差别可能就在于：你认为 1 加 1 应该等于 2，而他明白 1 加 1 永远大于 2。

一生唯一的作品

拥有美好理想的人，在一时遭遇挫折时，他们会保持坚定的信心，永不放弃自己的思想，始终相信生活和世界都是美丽的。

19世纪，美国人约翰·皮尔彭特从耶鲁大学毕业了，他按照祖父的愿望，选择教师作为自己的职业。他对生活充满了期待。

然而，命运似乎故意捉弄他，皮尔彭特对学生是爱心有余而严厉不足，很快就为当时保守的教育界所不容，最后很快结束了教师生涯。

但他并不在意，依然信心很足。不久他当了律师，准备为维护法律的公正而努力。但他似乎一点都不明白当时流行的"谁有钱就为谁服务"的原则。他会因为当事人是坏人而推掉找上门来的生意；如果是好人遭到不公正待遇，他就不计报酬地为之奔忙。

这样一个人，律师界感到没法容忍，皮尔彭特只好又离去，成了一位纺织品推销商。然而，他好像没有从过去的挫折中找到教训，看不到竞争的残酷，在谈判中总让对手大获其利，而自己只有吃亏的份。于是，只好再改行做了牧师。然而，他又因为支持禁酒和反对奴隶制而得罪了教区信徒，最后被辞职。

1886年，皮尔彭特去世了。在他81年的岁月中，似乎一事无成——除了一首大家听过的歌：

"冲破大风雪，我们坐在雪橇上，快速奔驰过田野，我们欢笑又唱歌，马儿铃儿响叮当，令人心情多愉快……"

这首现在已经成为西方圣诞节里必不可少的歌——《铃儿响叮当》，它的作

者正是皮尔彭特。这是他在一个圣诞前晚，作为礼物，为邻居的孩子们写的。歌中没有耶稣，没有圣诞老人，有的只是风雪交加的冬夜，穿越寒风的雪橇上的清脆的铃铛声，有一路的欢笑歌唱，不畏惧风雪的年轻朋友的美好心灵。

　　皮尔彭特或许没有想到，他一生中偶一为之的作品能产生如此巨大的影响。这与他个人的人生遭受产生了强烈的反差，说明了什么呢？他没有随波逐流，让他在谋生的各个行当里都被品行不如他的人挤走了，但这并不说明他的理想和追求没有价值。今天，他的歌声仍留存在人们心灵的深处，不正是有力的说明吗？

母亲的教育

　　一个人一生中最早受到的早教来自家庭，来自母亲对孩子的早期教育。美国一位著名心理学家为了研究母亲对人一生的作用，在全美选出 50 位成功人士，他们都在各自的行业中取得了卓越的成就，同时又选出 50 位有犯罪记录的人，分别写信给他们，请他们谈谈母亲对他们的影响。有两封回信给他的印象最深。一封来自白宫一位著名人物，一封来自监狱一位服刑的犯人。他们谈的都是同一件事：小时候母亲给他们分苹果。

　　那位来自监狱的犯人在信中这样写着：小时候，有一天妈妈拿来几个苹果，红红绿绿，大小各不同。我一眼就喜欢上中间的一个又红又大的苹果，我十分喜欢，非常想要。那会儿，妈妈把苹果放在桌上，问我和弟弟：你们想要哪个？我刚想说想要最大最红的一个，这时弟弟先说出我想说的话。妈妈听了，瞪了他一眼，责备他说："好孩子要学会把好东西谦让给别人，不能总想着自己。"

　　于是，我聪明地改口说："妈妈，我想要那个最小的，最大的留给弟弟吧。"

　　妈妈听了，十分高兴，在我的脸上亲了一下，并把那个又红又大的苹果奖励给我。我得到了我想要的东西，从此，我学会了撒谎。以后，我又学会了打架、偷、抢，为了得到想要得到的东西，我变本加厉。直到我被送进监狱。

　　那位来自白宫的著名人士是这样写的：小时候，有一天妈妈拿来几个苹果，红红绿绿，大小不一。我和弟弟们都争着想要大的，妈妈把那个最大最红的苹果举在手中，对我们说："这个苹果最大最红最好吃，谁都想要得到它。很好，现在，让我们来作个游戏，我把门前的草坪分成三块，你们三个人一人一块，负责修剪好，

谁干得最快最好，谁就能得到它！"

我们三人比赛拔草，结果，我赢得了那个最大的苹果。

我非常感谢母亲，她让我明白一个最简单也最重要的人生道理：要想得到最好的，就必须努力争第一。她一直都是这样告诉我们，也是这样做的。在我们家里，你想要什么好东西要通过比赛来争取，这很公平，你想要什么、想要多少，就必须为此付出多少努力和代价！

大多数研究大脑的人员确信：4 岁儿童的脑重已达到成人的 90% 左右。在一个人一生中头 4 年已发展起来的是整个学习能力的 50% 左右，也就是在这早期的岁月里，婴儿的大脑完成了大约 50% 的大脑细胞连结——那是他将来所有学习基于其上的通道！

茁壮的枫树

相信自己吧，你的力量是无限的，你是上帝创造的最好的人。

由于经济破产和天生的残疾，人生对伯特伦来说已索然无味了。

在晚冬的一个好天气日子里，伯特伦找到了杰克逊牧师。杰克逊现在已被疾病缠身，去年脑溢血彻底摧毁了他的健康，并遗留下右侧偏瘫和失语等症。医生们说他再也不能恢复语言能力了。然而仅在病后几周内，他就通过努力重新学会了说话和行走。

杰克逊认真听完了伯特伦的倾诉。"是的，不幸的经历使你心灵充满创伤，你现在生活的主要内容就是叹息，并想从叹息中寻找慰藉。"他闪烁的目光始终热烈地注视着伯特伦，"有些人不善于抛开痛苦，他们让痛苦缠绕一生直至浇灭。但有些人能利用悲哀的情感获得生命新的感受，并重新对生活恢复信心。"

"让我给你看个东西。"杰克逊也向窗外指去。那边直立着一排高大的枫树，在枫树间悬吊着一些陈旧的粗绳索。他说："60 年以前，这儿的庄园主栽下这些树卫护牧场，他在树间牵拉了许多粗绳子。对于幼树脆弱的生命，这太残酷了，这创伤无疑是一生的。有些树面对残忍现实，能与命运抗争；另外一些树就会消极地诅咒命运。结果就完全不同了。"

他指着那棵被绳索损伤已枯的老树，"为什么那棵树毁掉了，而这一棵树已成绳索的主宰而不是其牺牲品呢？"

眼前这棵粗壮的枫树看不出什么明显的疤痕，所看到的是绳索穿过树干——几乎像钻了一个洞似的，这真是一个奇迹。

"关于这些树，我思考过许多。"他说，"只有体内强大的生命力才可能战胜像绳索那样造成终身的创伤，而不摧毁这宝贵的生命。"沉思了一会儿后，他说："对于人，有很多解忧的方法。在难过的时候，找个人倾诉，找些活干。对待不幸，要有一个清醒而客观的全面认识，尽量丢掉怨恨，妒忌等负面情感。有一点也许是最主要的，也是最困难的：你应尽一切努力愉悦自己，真正地喜爱自己。"

搭顺风车的感恩

虚假是无聊乏味的，令人生厌。

爱德华是较少载搭顺风车的人。从后视镜望去，爱德华瞧见了这样一个人：他衣衫褴褛，身材瘦小，裤子松垮，头上歪戴一顶旧布帽，背上背着个破背包。但他的脸不是爱德华想象中的那副愁眉苦脸的落魄样子，而是带着安详平和的表情。

爱德华不由自主地倒车，问他是否想搭个便车。他微微点头，然后上了车。

到了预定的汽车旅馆面前，爱德华让他下车。"多谢你。"他说，然后朝大路走去。

稍后，爱德华出去前往餐厅，看到他站在自己的车旁。

"你今天让我搭了趟顺风车，我打算回报你。"

"不必啦，那没什么。"

"不，那是一种善良。请。"他那暗淡的眼神使爱德华感到了一种完全陌生的规矩。

爱德华走进车厢，摇下车窗，望着他。他把手伸进背包，爱德华不由得有点紧张，忙攥紧拳头准备行动。但那人从背包里只拿出一支旧口琴。爱德华立刻放宽了心，虽然有点古怪，可是并没有恶意。曲声悠然而起，爱德华不禁心驰神往。

爱德华听不懂口琴吹奏出来的是什么曲子，既非古典曲目，又非乡村音乐，也不是爵士乐，跟他所熟悉的音乐一点不相同。乐曲虽是即兴而奏，各个音符却

彼此关联如一串珍珠，一颗比一颗大，数到最大的一颗的时候，你便欣赏到同样简约的节奏，但这次是向下数，一颗比一颗小。怪人吹奏的美妙优美的音乐把爱德华听呆了。

　　一对年少夫妇从汽车旅馆走出来，听到了口琴声便驻足窃笑。爱德华突然觉得不好意思，想用话掩饰窘态。"不错，热门摇滚乐，非常好，可是我得走了。"爱德华说话时倒没显出不客气，但的确带着对于讽刺和傲慢的一种不自然的轻蔑。那对年轻夫妇哈哈大笑。

　　音乐由颤抖而慢慢停止，接着寂静了片刻。那人停下吹口琴，双眼还在盯着着爱德华，蠕动嘴唇，微微冷笑了一下，然后转过身，往肩上拉了拉背包，走向大路。爱德华目送他远去。

　　那对年轻夫妇还在笑。男的说："世界奇怪的人真多，是不是？"

　　爱德华对他们感到厌恶，但马上又改变了主意，即使追上他也没什么话可说。自己享受过一段快乐时光，现在已经成为过去了。

第五辑

让世界再多一点爱

5

梦想成就成功

　　善于等待的人最后得到他想得到的一切。要实现远大的理想，就必须敢于牺牲。

　　很久以前，当阿利克斯走霉运的时候，他学会了忍耐与等待，并告诉自己了坚持不懈所要付出的代价。

　　很多年轻人告诉阿利克斯说他们想当作家。阿利克斯总是鼓励他们有这样的想法是好的，但他也清楚地告诉他们，当作家和写文章是两码事。在大多数情况下，这些年轻人梦想的是财富和名誉，而不是长时间地坐在打字机旁边，在孤独和寂寞中自我努力。阿利克斯对他们说："你们想的是要发表作品，而不是要成为作家。"

　　事实上，写作是一项孤独、不为人知而且收入低微的工作。在成千上万的作家中，只有极少数人能得到命运之神的怜爱，而更多的人永远实现不了他们的梦想。连那些成功的人都承认，他们曾长时间被歧视，并为贫穷所困扰。阿利克斯也是这样。

　　当阿利克斯离开了工作 20 年的海岸警卫队而想做一名自由作家时，他对前景一点儿把握也没有。在纽约，他只认识乔治·西姆，他们是在田纳西州的海宁一起长大的朋友。乔治是在格林威治村的公寓大楼内一间整洁的储藏室里看见阿利克斯的，他恰恰是公寓的管理员，而那储藏室就是阿利克斯的家。

　　这间小屋又潮又冷，而且没有浴室，但阿利克斯并不在乎这点。他赶紧买了一台旧的乎打字机，觉得自己真像个作家了。

　　大约过了一年，阿利克斯在写作上依旧没有什么突破，他有点儿怀疑自己的

能力了。推销一篇作品是那么难，挣的钱顶多能糊口。但他深知自己的愿望是写作，这是他多年的梦想，他会继续为之奋斗，即使前方的路充满失败的恐惧与悲惨。在那些日子里，希望就像幻影一样渺小，大凡每个希望成功的人，都领略过这种希冀与焦虑搅和在一起的感受。

后来有一天，阿利克斯接到的一个电话改变了他的一切。但电话并不是代理人或编辑打来与他商量出书的事；相反，这是一个劝他放弃他的事业的诱惑的电话。打电话的人是他在三藩市海岸警卫队的一个老朋友。阿利克斯曾经向他借过一些钱，现在，他想把钱要回去。

"阿利克斯，你什么时候还我的 15 美元？"阿利克斯听得出他的嘲笑。

"等我下次售出了文章吧！"阿利克斯答道。

"我倒有个很好的主意，"他说，"现在我们需要一个公共资料管理员，年薪是 6000 美元，如果你愿意的话，你就来吧！"

年薪 6000 美元，这在当时可是一笔很大数目！用它可以买一座很好的房子、一辆旧车，还能还清债务，没准儿还能还剩几个钱，同时，他还可以边工作边写作。

就在这些金钱在他脑子中狂飞乱舞的时候，一个根深蒂固的念头从阿利克斯内心深处闪出："我一直梦想的是做一名作家，一名专业作家，可我现在想的都是些什么呀！"

"不了，谢谢你，我能做下去，我得写作。"阿利克斯回答得坚定而自信。

放下电话，他一个人在小屋中踱来踱去，觉得自己像个傻瓜。打开墙上橘黄色的橱柜，拿出了里面仅有的存货——两瓶沙丁鱼罐头，又掏出了兜里只剩下的 18 美分，他一下子把两瓶罐头和仅有的 18 美分放进了破纸篓里，对自己说："阿利克斯，瞧瞧，这就是迄今为止您给自己挣来的全部钱！"他的情绪差到了极点。

阿利克斯希望境况马上变好，但并不如愿。感谢上帝，幸好乔治帮他渡过了难关。

通过乔治，阿利克斯认识了一些艺术家，他们也在为实现自己的梦想苦苦奋斗。例如，约·戴乐尼，他是位绘画高手，但他总是缺吃少穿的，每到这时，他就去临街的屠户那儿要个大骨头——尽管上面就挂着一点点的肉，再从杂货铺那儿要点儿烂菜叶，用这两样东西就能做上一顿可口的家乡汤喝。

还有一位同村人是年少英俊的歌唱家，他努力经营着一家餐馆。据说，如果

有位顾客想吃一份牛排，他马上就会跑到街那头的超级市场去买来。他的名字叫哈利·贝勒弗特。

像戴乐尼和贝勒弗特这样的人给阿利克斯做出了榜样，他懂得了要为实现梦想而坚持工作，就必须做出一些牺牲，并要想尽办法维持生计。这就是在成功的幻影下生活的全部状态。

吸取教训后，阿利克斯渐渐开始卖出一些文章，他坚信自己一定会干出点名堂的。

实现梦想是漫长而艰难的历程。就在他离开海岸警卫队第 17 年，他的作品《根》发表了。一瞬间，阿利克斯便得到了几乎是空前的声誉与成功，生活的幻影变成了耀眼的光环。

保持快乐

　　不要抱怨，不要气馁，困难只能帮人有所前进，有所超越，真正的快乐只有自己了解最深！

　　从前在遥远的国度中，居住着一位小王子。他是有史以来最快乐的小王子之一，每一天他都快乐地笑着，他唱歌和游玩，他的声音就像音乐一般地甜美。不论他走到哪里，都带给大家欢乐。每个人都认为这是因为魔法的关系。在小王子的脖子上挂着一条金色的项链，上面有一颗神秘的心。那颗心也是用黄金打造的，并镶有贵重的宝石。

　　在小王子很小的时候，小王子的教母赠送给他这颗心，在她把这条链子戴在小王子那头满是卷发的小脑袋时，曾说："戴着这颗快乐的心，会让你永远快乐。要小心，别搞丢了。"

　　所有照顾小王子的人都会小心地把那条有快乐的心的项链紧紧地为他扣上。但是有一天，他们看到小王子在花园中，显得非常悲伤、忧愁，他的脸紧紧地挤成一团。

　　"你们看。"他说，并指指他的脖子。然后，大家就明白发生了什么事。

　　快乐的心丢了！大家都找不到它，小王子一天比一天变得更悲伤。有一天，小王子不见了。他自己一个人上路了，去寻找那颗他所珍爱的遗失的快乐的心。

　　小王子找了一整天。他在城里的街道上和农村的小路上搜寻，他在店铺里搜寻，也在富人居住的房门中寻找。但是，到处都找不到他那颗遗失的心。到了傍晚，他很累很饿。他从来没有走过这么远的路，也从来没感到这么不高兴。

太阳下山时，小王子来到一座位于森林附近的小屋子前，屋子看起来非常破旧，有一线灯光从窗户中照射出来。他以一个王子的身份，拨开门闩，走进去。

屋里有一位母亲正在抱着小婴儿睡觉，父亲正在大声地朗读一个故事，小女孩正在布置晚餐的餐桌，和小王子年龄差不多的小男孩正在生火。母亲穿的衣服很旧了，而他们的晚餐仅仅只有麦片粥和马铃薯，炉火也不太旺，但是一家人都像小王子所渴望的那么高兴。孩子们光着脚，脸上却挂着笑容，而母亲的声音是那么的温柔！

"你要和我们一起共进晚餐吗？"他们问。

他们似乎没有看到王子那张皱成一团的脸。

"你们快乐的心在哪儿呢？"王子问他们。

"我不明白你在说什么。"男孩和女孩说。

"为什么？"王子说，"你们每个人都好像脖子上戴了金链子一样，才会这么快乐吧？可是你们的金链子在哪里？我也想和你们一样。"

啊！这些孩子们开心得笑死了！

"我们不需要戴那个心，"他们说，"我们都深深爱着我们的家人。我们在游戏时把这间屋子当成城堡，而且我们把麦片粥和马铃薯当作火鸡和冰激凌作为晚餐。晚餐后，妈妈会为我们讲故事。我们只需要这些就可以很满足了"。

"我要留下来和你们一起吃晚餐。"小王子说。

那晚，他就在这间像是城堡一样的小屋子里吃晚餐，把麦片粥和马铃薯当作是火鸡和冰激凌。他帮忙洗碗盘，然后他们都坐在火炉前。他们把小小的炉火看成是烧得又旺又旺的火焰，一边听母亲说着仙女的故事。

突然，小王子开始笑起来。他的笑容就像以往那般幸福，他的声音也再次像音乐一般甜美。

这个晚上，他过得非常快乐。然后，男孩子陪着他走向回家的路。当他们就快抵达皇宫大门时，王子说："真奇怪，我真的觉得好像已经找到了那颗快乐的心。"

男孩子笑了起来。

"有什么好奇的，你是已经找到了，"他说，"只不过现在你把它戴自己在身体里面了。"

访美的一位中国女作家在纽约街上遇着一位卖花的老太太。这位老太太穿着相当破旧，身体看上去也很虚弱，但脸上却是祥和高兴的表情。女作家挑了一朵花说："你看起来很快乐。"

"为什么不呢？生活这么美好。"

"对烦恼，你倒真能看开。"女作家随口说了一句

老太太的回答令女作家大吃一惊："耶稣在星期五被绑上十字架时，是全世界最坏的一天，可三天后就是复活节。所以，当我遇到不幸时，就会等待三天，一切就变得正常了。"

"等待三天"，多么平凡而又满是哲理的一种生活方式，它把烦恼和痛苦抛下，全力去追求快乐。

笑对人生，阳光会更美好；怨天尤人，快乐也会成为烦恼，为什么不去收获快乐而烦恼悲叹呢？

人生"失就是得，得就是失"。得与失在我们心中，只有一线之隔，我们意以为得，就是得意；意以为失，就是失意。所以颜回居陋巷，一箪食，一瓢饮，也能得意其中。秦王统一六国，兼并天下，也能失意其间。有得必有失，有失必有得。所得既多，便是增加，也不觉得欣喜，稍有所失，便惶恐不安；所失既多，就是再失，也不感到痛苦，稍有所获，便十分快乐。故此，得意是失意之由，失意又是得意之果。

不要忘记说谢谢

戒指和宝石不是礼物，而是礼物的代表。真正的礼物是你自己的一份。

依琳娜、莎拉和德鲁很小的时候，每当他们要向人家致谢，就口述感谢词句，由母亲费思持笔记录。但是到他们长大一些的时候，已经可以独自写谢柬了，可他们却必须要在母亲费思三催四请之后才愿意动笔。

费思会问："你写了信给爸爸，感谢他送你那本书没有？"或者问："陶乐思阿姨送了你那件毛线衫，你可向她表示感谢啦？"他们的回应总是含糊不清，或者就是耸耸肩膀。

有一年，费思在圣诞节过后就让儿女们写谢柬，但督促了几天，儿女竟一直毫无反应，费思大为苦恼，便宣布说："在谢柬写好并邮寄之前，谁也不允许玩新玩具或穿新衣服。"可他们依旧拖延，还表示抱怨。费思忽然灵机一动，就说："大家上车。"

"要去哪里？"莎拉觉得有好奇心。

"去买圣诞礼物。"

"圣诞节已经过去了。"她反问道。

"不要啰嗦！"费思斩钉截铁地说。

待孩子们都上了车之后，费思说："我要让你们明白，人家为了送你们礼物，要花多少时间。"

费思对德鲁说："麻烦你记住我们离开家的时间。"

来到镇上，德鲁记住了抵达的时间。3个孩子跟随费思走进了一家商店，并

帮费思选购送给她姊妹的礼物。然后大家回去了。

3个孩子一下车便往雪橇走过去，费思说："不许玩，还要包装礼物。"孩子们垂头丧气地回到屋里。

"德鲁，记住到家的时间没有？"费思问。

德鲁点点头。费思接着说："好，请你记录你们包礼物的时间。"

当孩子们包扎礼物的时候，费思帮他们冲泡可可，终于最后一个蝶形结也系好了。"一共花了多少时间？"费思问德鲁。

他说："到镇上去，花了28分钟，买礼物花去了15分钟，回家用了38分钟。"

"包这几个盒子花了我多少时间？"依琳娜问。

"你们俩都是两分钟包一个盒子。"德鲁说。

"把礼物拿去邮寄，要花去时间？"费思问。

德鲁计算了一下，答道："一来一去56分钟，再加上在邮局排队的时间，要71分钟。"

"那么，送别人一件礼物一共花多少时间？"

德鲁又算了一阵，"2小时34分钟。"

费思在每个孩子的可可杯旁放一张信纸、一个信封和一支笔。"现在请写谢柬。写明礼物是什么，说已经拿来使用了，用得很开心。"

他们沉默很久，接着响起了笔尖在纸面上的声音。

"花了我们3分钟。"德鲁一边说一边把信封好。

"人家选购一件情意深刻的礼物，然后快递给你，所花的时间也许超过两个半小时，我要你们花3分钟时间表示感谢，这要求难道是过分的吗？"费思问。3个孩子低下头望着桌面，摇了摇头。

"你们最好现在就养成这样的习惯，早晚你们要为很多事情写谢柬的。"

德鲁叹了口气，说："比如哪些事情呢？"

"例如别人请你吃晚饭或者午餐，或者邀请你去他家共度周末。又或者你申请大学入学，或求职，别人花时间给你提出宝贵意见。"

"你小时候也写这种东西吗？"德鲁问。

"当然。"

费思想起了亚瑟老爷爷。他是费思曾祖父最小的兄弟，家住马萨诸塞州，费

思从没见过他，可是每年圣诞节他都会给费思一份礼物。他双目失明，由住在隔壁的侄女贝嘉过来帮他开出一批 5 美元的支票，分别邮寄每一个曾侄孙和玄侄孙。费思每次都回信致谢，并且告诉他这 5 美元是怎么用的。

后来费恩去马萨诸塞州上学，这才有机会探望亚瑟老爷爷。闲聊时，他说很欣赏费思写的谢柬。

"那时你漂亮不漂亮？"莎拉问。

"我的男朋友说我美丽。"费思说着就走到书架前，取下一本照片簿翻开。在照片中，费思站在自己家里的壁炉前面，穿着黑丝绒晚礼服，头发盘成精致的法国贵妇髻，旁边还有一位帅气青年。

"原来是爸爸！"依琳娜有点吃惊。

费思微笑点头。3 个孩子坐下来继续开始写谢柬。

今年圣诞节，费思的丈夫和她一起庆祝了结婚 36 周年的纪念日。谢谢你，亚瑟老爷爷。

正视挫折，走向成功

　　米契尔以前是一个不幸的人。

　　一次意外事故，把他身上 65% 以上的皮肤都烧毁了，为此他动了 16 次手术。手术后，他无法拿起刀叉，无法拨电话，也无法一个人上厕所，但以前曾是海军陆战队员的米契尔从不认为他被命运打败了。他说："我完全可以把握我自己的人生之船，我可以选择把目前的状况看成倒退或是一个起点。" 6 个月以后，他又能开飞机了！

　　米契尔为自己在科罗拉多州买了一幢维多利亚式的房子，另外，他又买了一架飞机及一所酒吧，后来他和两个朋友合资开了一家公司，专门生产以木材为燃料的炉子，这家公司后来变成佛蒙特州第二大个人公司。

　　在米契尔开办公司后的第 4 年，他开的飞机在起飞时忽然摔毁，掉到了跑道上，他腰部以下永远瘫痪！"我不解的是为何这些事一直发生在我身上，我到底是做错了什么？要遭到这样的报应？"

　　米契尔仍坚持不屈不挠，丝毫不放弃，还日夜努力使自己能达到最高限度的独立坚强，他被选为科罗拉多州孤峰顶镇的镇长，以保护小镇的美景及环境，使其不因矿产的开采而遭受破损。米契尔后来也参加竞选国会议员，他用一句"不只是另一张小白脸"的口号，将自己难看的脸转化成一项有利的资产。

　　面貌吓人、行动不便的米契尔坠入了爱河，且完成了终身大事，还拿到了公共行政硕士，并坚持他的飞行活动、环保运动及公共演说。米契尔说："我瘫痪之前可以做 1 万件事，现在我只能做 9000 件，我可以把注意力放在我没办法再做

的 1000 件事上，或是把目光放在我还能做的 9000 件事上，告诉大家说我的人生曾遇到过两次重大的挫折，如果我能选择不把挫折拿来当成放弃努力的借口，那么，或许你们可以换一个新的角度，来看待一些一直让你们裹足不前的经历。你可以退一步，想开一点，然后你就有机会说：‘或许那也没什么大问题的！’”

　　在我们成长的道路上，有坦途，也有坎坷；有鲜花也有荆棘。在你伸手摘取美丽的鲜花时，荆棘同时会刺伤你的手。如果因为怕痛，就不愿伸手，那么对于这种人来说，再美丽的花朵也是可望而不可即的。我们刚进行过期中考试，考试的失败，是一种挫折，但如果我们不能正视它而是一味地逃避，并不分析失败的原因也不加以改正，成功永远只是臆想。

最后一天

有一个人去咨询心理医生，他抱怨道："我的生活乏味极了，真没意思。"

"那么我们做一个小小的游戏吧，"医生说，"我告诉你怎么做。明天一早醒来的时候，你就试着并且假装那是你还能活着的最后一天。你躺在床上，努力试着起床，同时告诉自己这是最后一次躺在柔软的床上了，也是最后一次从睡眠中醒过来了。

"然后你下楼去吃早餐，要记住喔，那是你最后的一顿早餐。请太太替你弄一些你最喜欢吃的东西。不要像平常一样在餐桌上看报，反而要跟太太好好谈谈话，因为你以后再也没有这样的时间了。

"在去车站的路上，要慢慢地走，好好瞧瞧你自己的房子，你住的小镇，也好好看看你邻居的房子，因为这也是最后的一次了。上了火车，要明白那是你最后一次坐火车进城里，你不喜欢的东西，也都要去瞧它一眼，因为你很快就要跟它们永别了。"

这个人答应了医生，要努力去做这个实验，然后回来报告结果。

他并没有等到第二天，马上就开始想象当天就是他的末日了。在回家的火车上，他仔细看看窗外景致，而不是像以前一样地看晚报，结果他发现小镇和村庄的灯光非常迷人，他真正地感受到了坐火车的乐趣。

在星空之下，他沿着洒满月光的道路走回家。到家门口，他并没有掏出钥匙开门，而是按电铃。门打开来后，在温暖的灯光下，站着的是跟自己结婚25年的妻子。他把太太紧紧抱住，并且给她一个生平最热烈的亲吻。

此时此地，他决定从明天起，在上帝给他的每一天里，都要好好地活下去。

"万念俱灰，人生乏味"，你是否想就此卧床不起，从此完蛋死翘翘？

人们为了梦想，至今仍在努力实现它。同样，快乐是需要用智慧获得的。

高中时一位英文老师曾对全班说了一段让我记忆深刻的话："世界上什么人最快乐？只有高度智能不足者才最快乐，因为他们单纯到不知道什么叫不快乐，但是在座的各位没有这种单纯快乐的能力，所以唯一的方法，就是让自己聪明一点，懂得寻找人生的快乐！"

快乐是不能强求的，我有一位朋友十分聪明，而更让我欣赏的是他对人生的坚毅和积极乐观，他说他喜欢这样一句话："When you are over thrty yeares old, you'll never get older but wiser"（当你年过 30 岁，你永远不会再老去，只会变得更聪明）。我把这段话送给所有害怕过生日，会老一岁的人们。

人，生活的过程是淡然而简单的，你自会感觉快乐。人生并不需要太完美，一辈子不长，也不算太短。人生山一程水一程，总会有高潮和低谷，掬一捧光阴，握一份懂得，穿越一场又一场的生命迷雾。不是没有忧伤，是我们学会了坚强，不是没有挫折，是我们学会了面对。每一场经历都是生活的积累，每一次坎坷都是生命的历练。春暖花开，打开心灵之窗，走过阴霾，只要明天的太阳还会升起，生命就会在阳光中怒放。

宽以待人

　　如果大家都以宽大的心胸去换取一点人情味，这世界将变成爱的乐园，我们自己也会减少很多阻碍。

　　"我从未遇见过一个我不爱的人。"威尔·罗吉士说。这位幽默大师能说出这么一句话，大概是因为不喜欢他的人少之又少。罗吉士年轻时有过这样一件事，可为佐证。

　　1898 年冬天，罗吉士拥有一个牧场。有一天，他养的一头牛，因冲破附近农家的篱笆去啮食嫩玉米，被农夫杀害了。按照牧场规矩，农夫应该告知罗吉士，说明理由。农夫没这样做。罗吉士发现了这件事，非常气愤，便叫上一名佣工一起骑马去找农夫论理。

　　他们半路上遇上寒流，人身马身都挂满冰霜，两人差点冻死了。抵达木屋的时候，农夫不在家。农夫的妻子热忱地邀请两位客人进去烤火，等她丈夫回来。罗吉士烤火时，看见那女人消瘦憔悴，也发觉五个躲在桌椅后面朝他窥视的孩子瘦得像猴儿。

　　农夫回来了，妻子告诉他罗吉士和佣工是顶着狂风严寒来的。罗吉士刚要开口跟农夫论理，忽然决定不说了，他伸出了手。农夫不知道罗吉士的来意，便和他握手，和他们吃晚饭。"二位只好吃些豆子，"他抱歉地说，"因为刚刚在杀牛，忽然起了风，没能宰好。"盛情难却，两人便留下了。

　　在吃饭的时候，佣工一直等着罗吉士亲口讲起杀牛的事：但是罗吉士只跟这家人说说笑笑，看着孩子一听说从明天起几个星期都有牛肉吃，便高兴得眼睛放光。

饭后，朔风仍在怒吼，主人夫妇一定要两位客人住下。两人于是又在那里过夜。第二天早上，两人一起喝了黑咖啡，吃了热豆子和面包，肚子饱饱地上路了。

罗吉士对这次行来意依然闭口不提。佣工就责备他："我还以为你为了那头牛大兴问罪之师呢。"

罗吉士半晌不说话。然后回答："我本来有这个念想。但是我后来又盘算了一下。你知道吗，我实际上并未白白丢掉一头牛，我换到了一点人情味。世界上的牛何止千万，人情味却很稀缺。"

生活中，太多的是得理不饶人，无理也要狡三分之徒。这只能说明他们幼稚。宽容、忍让与和谐是一个人人格成熟的重要标志。

"小姐！你过来！你过来！"顾客高喊，指着面前的杯子，满脸寒霜地说，"看看！你们的牛奶是坏的，把我一杯红茶都浪费了！"

"真对不起！"服务小姐赶忙赔不是，她笑着说："我立刻给您换一杯。"

新红茶很快就做好了，跟前一杯一样，碟边放着新鲜的柠檬和牛乳。小姐轻轻放在顾客面前，又低声地说："我是不是能建议您，如果放柠檬，就不要再放牛奶，因为有时候柠檬酸会造成牛奶结块。"

顾客的脸，一下子变红了，他匆匆喝完茶，走出去。

有人笑问服务小姐："明明是他土，你为什么不直接说呢？他那么粗鲁地叫你，你为什么不给一点颜色看看？"

"正因为他粗鲁，所以要用宽容的方式对待；正因为道理一说就明白，所以用不着大声！"小姐说，"理不直的人，常用气壮来压倒对方；理直的人，要用气和来交朋友！"

小时光

　　我是个不爱回忆童年的人，今天却和老友聊起了小时候的种种天真幼稚的趣事。
80后的童年物质是匮乏的，想象力却是丰富的。

　　我的童年最爱是过家家，缝布娃娃，用泥巴捏各种家具，动物，和人，然后
给他们编故事，嘴里还念念有词。甚至还给自己缝布娃娃，给布娃娃看病输液，
打针，开药，吃饭，做衣服。以前住的大院，是那种砖墙，红的，青的，砖缝里
不是经常有粉末状的土嘛！就抠出来放到小瓶子里当作药，平时爱搜集各种瓶子
罐子，每个都不舍得扔，跟宝贝似的收藏着，便于下次故事剧情的必备道具留着。
买零食，绝大部分为了里面的卡片。我记得有一种零食 5 毛一包，里面有一套纸
板模型，就是那种被印刷了图案的纸板，剪切下来，有的可以拼成花店，有的可
以拼成冷饮店，我记得当时我有搜集全了吧，五六种的样子，这样我的玩偶就有
了更多的生活场景，每次小朋友来我家，我都会把我的百宝箱里的东西一一拿出
来，如数家珍似的珍惜得要命。

　　还记得，以前爱给表弟讲故事，名字也千奇百怪，叫什么《渔夫和砖头》《渔
夫和鞋》《砖头和鞋》，等等诸如此类，每次编的故事总能让表弟听得津津有味。
那时候的厕所在大院里，是男厕和女厕一墙之隔的那种，于是，每次表弟和我都
上厕所的时候，他就恳求我给他讲故事，欢乐得很。

　　那时候最期盼姨妈带着表妹来，因为姨妈长得漂亮，说话很温柔，表妹长得
好可爱，还有小酒窝哎，还有一个原因就是，她们每次来都有许多新奇的好吃的，
而且还可以听到《农夫和蛇》的故事，记得那时候，姨妈讲完了，表妹讲，每次

我们都听得津津有味，不管讲多少次，总也听不厌。

想起了舅舅每次出任务回来都会给我们带面包……

和表弟把桌椅搭建成跷跷板和滑梯……

把表弟的方片和玻璃珠子都赢过来了，他哭了跟姥姥告状……

表妹每次来都会说，姐姐，姐姐，咱们画画好不好……你教我画画吧。

表妹躲在我房间里玩火柴，姨妈在外面使劲拍门，她就是不敢开，要我帮忙撒谎说没有玩火柴……

表姐拿着姨妈的口红涂在嘴上照镜子臭美……

和表弟一起做作业，姥姥嫌弃我做作业太快，要我再写一遍，字写得太烂，要我像表弟学习……

在幼儿园里，表弟酸溜溜地说……反正我爸最疼你了……

偷拿妈妈两块钱，原以为是两毛的，结果心里害怕，不敢花，就给撕了，扔在床底下……

想着想着，眼睛却酸起来……

这一切我都拥有过，那么美好的，干净的，简单的，爱的童年。

打开心门

不管遇到怎样的灾难和不幸，都要敞开心扉，用全力去感恩生活，这样才能使内心的怨愤没有立足之地。

赖莎的丈夫是患脑瘤不治而死，她满腔怨愤，觉得上帝太不公平了，她讨厌孤零零地过日子。守寡3年，她的脸变得像副面具，最后郁郁寡欢，没有一丝笑容。

一天，赖莎开车去镇上超市购物，经过那幢她一直很喜爱的房子时，看到它正在修筑新的栅栏。这幢房子已有100多年历史了，外表从白色变成了浅灰色，像一个如花似玉的少女变成了老态龙钟的老妪，不再那么可爱了。这幢房子有个很大的走廊，本来隐在一条幽静街道的深处。后来街道变宽了，装了交通灯。小镇看起来像个城市，这房子的前院便越缩越小，现在几乎已经没有前院了。

不过，那泥地院子总是打扫干干净净，坚实的地上摆满了一盆盆争奇斗艳的不知名的花草。

赖莎开始注意到这院子里经常有个身材纤小的女人身系围裙，在那里扫地、修花、剪草。她甚至把那些从多数风驰而过的汽车上抛下的废物也捡走。

那栅栏建筑得很快，赖莎每次驾车经过那房子时，都会留意它的进展。那位老木匠在它上面加了个玫瑰花架子和一个凉亭。他把栅栏漆成乳白色，然后给那房子四周也抹上了同样颜色，使它重新光彩照人。

有一天，赖莎把车子停靠在路旁，对那道栅栏凝望了很久。那木匠把它造得太好了，她感动得都想哭了，舍不得走开，于是把发动机关掉，走下车去摸摸那道白色的栅栏，栅栏上的油漆味没有消散。她听见那女人在里面转动割草机的曲柄，想发动机器。

"你好！"赖莎招手喊她。

"啊，你好！"那女人站立起来，用围裙擦擦手。

她朝赖莎看了看，微微一笑道："来前廊坐一下，我把这栅栏的故事讲给你听。"

她们走上后面的楼梯，越过磨旧了的地毯，越过木板地，走到了前廊。

"请坐摇椅。"女主人真诚地说。

赖莎坐在门廊上喝着凉茶，看着那道漂亮的白栅栏，心里突然欣喜万分。

"这白栅栏不是为我自己做的，"女主人真实地说道，"这房子里只有我一个人住，丈夫早已去世，儿女们也都搬走各自生活去了。但每天有那么多人经过这里，我想，如果我让他们看到一些真正好看的东西，他们一定会十分开心。现在大家都看我的栅栏，向我挥手。有些人，比如你，甚至还停下车来，到门廊上跟我坐下聊天。"

"当这条路拓宽，使一切改变了很多时，你难道一点都不在乎吗？"赖莎忍不住问道。

"改变是人生不可避免的，生活中常有的事，它能使你陶冶性格，培养毅力。当你遇到不如意的事，你有两个选择：怨天尤人，或者过得更潇洒。"

赖莎离开时，女主人大声喊着："欢迎你随时再来。别把栅栏门带上，那样看起来更友好些。"

霎时，围绕着赖莎那悲愤之心的硬砖墙倒塌下来了，取而代之的，是一道正在建筑的小白栅栏。她打算让栅栏门永远打开着，随时欢迎任何路过的人进来观看。

正视自己

　　十年前的那个周末舞会，女孩子是长发披肩、亭亭玉立的大二学生，她像一朵六月的新莲盛开在沸腾的舞池中，裙子翩翩起舞，飘逸而芬芳。

　　在目光的注视和无休无止的旋转后，她累了，坐在一边休息。

　　这时，一个男孩走过来向她微微鞠躬，并伸出手。"我可以请你跳一支舞吗？"他彬彬有礼，像一个宫廷的王子，让人不忍拒绝。

　　带着一丝疲累，她站了起来。当两个人面对面地站在舞池中，静等音乐响起的片刻，她突然发现，那个男孩竟然比她似乎还矮一点点。也许并不真的比她矮，但是女孩子认为，如果哪个男生与她等高，那就已经是很矮了。"我比你还高呢！"女孩子低声地说，笑着，像小时候与小伙伴比高矮时得胜后的高兴的样子。其实是没有恶意的，因为她从小便比身边所有的朋友长得高，已习惯了在与他们的比较中自信地笑。但眼前的男孩子并不是自己的朋友，只是舞会上偶尔遇到的舞伴。女孩子立刻为自己的口无遮拦而懊悔了，她的脸刷的一下红了。

　　一切发生得太快了，男孩子有点不知道怎么办。稍稍愣了一下，脸上的笑还来不及褪去，新的一波笑意竟露了上来，不愠不恼地说："是吗？那我迎接挑战。"

　　后面四个字微微有点重。女孩子无语，歉意地笑，躲过他的目光，但却有点紧张地捕捉来自他的信息。就见他下意识地挺直了腰，轻描淡写地说："把我所发表过的文章垫在我的脚底下，我就比你高了。"原来，他也有他的骄傲。

　　舞会后，他们成了情侣。

　　后来，因为阴差阳错，他们并没能成为夫妻，但是，女孩却从来没有忘记过他，没有忘记当年在舞会上的那一幕情景，尤其是那两句不卑不亢的话："那我迎接挑战。""把我所发表的文章压在我的脚底下，我就比你高了。"

　　人要正视自己的生理缺陷，一个人心理的健康才是最大的富有。其实，人都有缺点。世界上所有的人都有着自身缺点，即使是在时刻不停地、不断地改正着自身的缺点。应该说，人有缺点是绝对的，而改正缺点是需要不间断的。

倾听是美德

只有美的交融，才能使社会团结，因为它关系到一切人都拥有的东西。

在美国的一个《我是干什么的？》的电视节目中，节目主持人向嘉宾提问，要来宾根据提问猜出他是做什么的。这个节目连续播出了 25 年。

开始时，阿琳觉得很难把握住自己要回答问题的线索。后来，她丈夫马丁·加贝尔说："我从这个节目里得到的结论是：你应该认真听别人说什么，要学会认真倾听。"阿琳接受了他的忠告，结果非常有效。由于集中注意力听别人说事情，她常常能很准确地回答问题。事实上，她的主要优势就在于她的乐于倾听。

不过，倾听不仅仅是为了获取信息。一位 70 多岁的陌生妇女向阿琳表示，"注意倾听"也是爱你的邻居的一种表现。阿琳常在杂货店碰到这位妇女，这位妇女有着一双机敏又锐利的黑眼睛。每当她见到阿琳时，就会立即走过来跟阿琳滔滔不绝地聊天。有时阿琳很忙，但也不得不耐着性子听她说下去。

"我不久要去阿堪萨斯一次，"有一天她告诉阿琳说，"那里的春天很暖和，这对我的关节炎有帮助。但是，不等你想念我，我就会回来的。"阿琳这才第一次注意到她的手指是僵硬而又弯曲的。

"你一个人去与他人交谈，会发现许多像你这样的人。"

阿琳立刻觉得十分惭愧。那位老妇人是那么高兴，一点也不因自己有病而感到伤心。通过与人交谈，她平静的生活变得有意义了。她所需要的，仅仅是能够倾听她讲话的人们的耳朵。从那以后，阿琳渐渐有了尽量倾听别人说话的习惯。

一招致胜

有一个 10 岁的小男孩，在一次车祸中失去了左手，但是他很想学柔道。

最终，小男孩拜一位日本柔道大师做了老师，开始学习柔道。他学得不错，可是练了三个月，师傅只教了他一手，小男孩有点弄不懂了。

他忍不住问师傅："我是不是应该再学学其他招数？"

师傅回答说："不错，你的确只会一招，但你只需要会这一招就可以了。"

小男孩并不是很理解，但他很相信师傅，于是就继续照着练了下去。

几个月后，师傅第一次带小男孩去参加比赛。小男孩自己都没有想到，自己居然很容易地赢了前两轮。第三轮稍稍有点艰难，但对手还是很快就变得有些急躁，连连进攻，小男孩敏捷地打出自己的那一招，又赢了。就这样，小男孩迷迷瞪瞪地进入了决赛。

决赛的对手比小男孩高大、强壮很多，也似乎更有经验。有一度小男孩显得有点招架不住，裁判担心小男孩会受伤，就叫了停止，还打算就此终止比赛，然而师傅不答应，坚持说，"继续下去！"

比赛重新开始后，对手放松了戒备，小男孩立即使出他的那一招，制服了对手，由此赢了比赛，得了冠军。

回家的路上，小男孩和师傅一起回顾那场比赛的每一个细节，小男孩鼓起勇气道出了心里的疑虑："师傅，我怎么就凭一招就赢得了冠军？"

师傅答道："有两个原因：第一，你几乎完全学会了柔道中最难的一招；第二，就我所知，对付这一招唯一的条件是对手抓住你的左臂。"

　　人生路上难免有许多的不尽如人意，但我们不要钻牛角尖。换个角度看问题，有时会使沮丧、绝望的人看到希望，如同俗语所说"树挪死，人挪活"、"塞翁失马焉知非福"等。

征服世界的米老鼠

每一个人都有一段异常的经历，每个人的一生都是一部完整而动人的小说。

全世界的人，不管是老人还是小孩，都曾经为《米老鼠》疯狂过。在阿拉斯加的某个地方，影迷们甚至组织了米老鼠聚会，很多人不远千里到来，相聚在雪屋中。华德·狄斯耐，一个艺术创作家，他通过卡通给世界带来快乐，也通过卡通，让自己成了亿万富翁，而他这一生的事业只是来源于生活中一只普普通通的小老鼠。

是的，他以前贫穷过，可是后来却非常有钱。像大多数成功的企业家那样，他把多余的钱全部投资在事业上，他认为储蓄的利息总是比不上摄制影片所得的利润多。

少年时代的华德·狄斯耐，曾在美国的堪萨斯城讨生活，他的志愿是要成为一个艺术家。起初他来到堪萨斯《明星报》应聘，想谋取一个美术编辑的职务，但该报主编看过他的作品以后，认为他缺少新思想而拒绝了他的请求，这使他感到十分的失望和沮丧。

后来，他终于找到了一份帮助教堂画壁画的工作。对艺术家来说，这可是个高尚的工作，连米开朗基罗、达芬奇和拉斐尔也从事过同样的工作。可是，为教堂服务的报酬非常低，使他没有钱去租借画室，只好借用父亲的车库作为临时办公处。这样的生活十分艰难，但他并不这么想，在这充满汽油味的车库，他坚持不懈地工作着。

有一天，当他和往常一样在车库工作的时候，突然看见一只老鼠在地板上跳

舞。他赶紧回到家里，弄了一些面包屑喂给它吃。渐渐地，他们混得很熟，有的时候，那只老鼠竟敢大胆地爬上他工作的画板，很有节奏地跳舞。

不久以后，狄斯耐被推荐到好莱坞去工作，主持拍摄一部以动物为主题的卡通片。不幸得很，他失败了，不但因此再度失去工作，而且两手空空，一文不名。

正在事业处于低潮的时候，他突然记起了堪萨斯车库里那只爬到画板上跳舞的老鼠。一时间福至心灵。他立刻跳起来，在画板上绘画出了那只老鼠夸张的轮廓，米老鼠卡通片就这么平凡地出世了。谁会想到堪萨斯城车库里一只人见喊打的老鼠，会成为世界上最负盛名影片的主角呢？影迷写给米老鼠的赞扬信如此之多，超过世界上不少知名演员的配音，米老鼠足迹所至的国家，也总能卷起一股追捧的狂潮。

在米老鼠影片中的米老鼠配音，一直是由狄斯耐亲自负责。同时，许多其他动物的配音演员，也多半是他自己担任，为此，狄斯耐花费了不少时间，到动物园去研究动物的声音。但同时狄斯耐又招募了134个助手，分担他的许多方面的工作。每部影片的制作细节，包括画稿、字幕、音乐等，他都愿意放手。

狄斯耐尽量多利用时间研究新的计划，每次遇到研究有了心得，便在工作会议上与助手们讨论。有一次，他曾向他的助手们提议，要把美国民间流传的童话故事《三只小猪》和《大坏狼》的故事搬到银幕。但是他的助手们都不赞同这个意见。狄斯耐只好暂时取消这项计划。可是"三只小猪"的形象总是在他脑海里打转，使他忍不住接二连三提出了好几次，仍然没有得到助手的支持。不过，明智的助手们终于放下了自己的原则："好吧，让我们试试看。"这无非是他们不忍扫了狄斯耐的兴，从心底来讲，他们根本不相信这个想法能取得成功。

一部米老鼠影片的完成，总是需要三个月的时间，而在制作《三只小猪》时，他们不愿意太花费时间，结果只用了两个月的工夫就草草杀青了。没想到《三只小猪》问世后，很快风行全美国，所有的人都在哼唱着"谁怕那只大坏狼？大坏狼，大坏狼……"的新歌。《三只小猪》获得了意想不到的成功。

据狄斯耐自己说法，该片在某些戏院曾重映七次之多，真是自有动物卡通片

以来绝无仅有的现象。

狄斯耐和米老鼠就这样征服了世界。

大部分人都没有自信，他们总觉得自己太平凡了，他们的人生经历比起别人来也没有值得称道之处，于是他们人生中那些精彩的片段也最后随着自己的生命而失去了。

快乐无处不在

有个人叫菲恩豪芬的博士，利用几年的时间，对 48 个国家进行调查。调查的课题是关于快乐。也许你会觉得此项举动有点多余，甚至有点愚蠢。首先，日本人平均寿命 79.5 岁，长寿年龄居世界前列，如此延年益寿，一定有快乐的因素；其次，富豪之国美利坚呼风唤雨，耀武扬威，一定不缺少快乐源泉。

结果呢，真让人大吃一惊。世界上最快乐的国家是冰岛，美国仅位居第十。

翻开地图就会明白，冰岛位于欧洲北部的北大西洋中，离北极圈很近。这样一个阳光不足，物质不丰，覆盖着冰与火的国家，竟然是世界上最快乐的地方。

也许较差的环境、艰难的生存造就了冰岛人友爱、坦诚、善良的心地，也许快乐的因素各有千秋，但至少有一点可以肯定，快乐并非建筑在物质基础之上。快乐就像博大而又宽容的太阳，不分贵贱地恩赐到每个人的身上。

有一种东西往往被我们忽视，这种东西叫快乐。

有一则讲蚂蚁的童话。小蚂蚁看见蜜蜂在花海里采蜜，非常羡慕，看见一头大象在森林中搬运木头，也非常羡慕。蚂蚁被人踩在脚下，不能飞，又没有力气；多可怜！蚂蚁思前想后，伤心欲绝。谁知，蜜蜂和大象前来向蚂蚁诉苦，要辛苦地采蜜，要吃力地搬运，日子不好过，做个蚂蚁该多好，无忧无虑地爬山过沟。

蚂蚁终于明白了，谁都拥有快乐，快乐就藏在身边。

相信自己

威尔逊先生是一位成功的商人，他从一个普普通通的事务所小职员做起，经过多年的努力，终于拥有了自己的公司、办公楼，并且受到了人们的尊敬。

这一天，威尔逊先生从他的办公室走出来，刚走到街上，就听见身后传来"嗒嗒嗒"的声音，那是盲人用竹竿敲打着地面发出的声响。威尔逊先生愣了一下，慢慢地转过身。

那盲人感觉到前面有人，连忙打起精神，上前说道："尊敬的先生，您一定发现我是一个可怜的盲人，能不能耽误您一点点时间呢？"

威尔逊先生说："我要去会见一个重要的客人，你要什么就快说吧。"

盲人在一个包里找了半天，掏出一个打火机，放到威尔逊先生手里，说："先生，这个打火机仅仅卖一美元，这可是最好的打火机啊。"

威尔逊先生听了，叹叹气，把手伸进西服口袋，掏出一张钞票递给盲人："我不抽烟，但我愿意帮助你。这个打火机，也许我可以送给开电梯的小伙子。"

盲人用手摸了一下那张钞票，居然是一百美元！他用颤抖的手反复抚摸这钱，嘴里连连感激着："您是我遇见过的最大方的先生！仁慈的富人啊，我为您祈祷！上帝保佑您！"

威尔逊先生笑了笑，正准备离开，盲人拉住他，又喋喋不休地说："您不知道，我并不是一生下来就看不见的。都是23年前布尔顿的那次事故！太可怕了！"

威尔逊先生一震，问道："你是因为在那次化工厂爆炸中受伤，才看不见的吗？"

盲人仿佛遇见了知己，兴奋得连连点头："是啊是啊，您也知道？这也难怪，那次光炸死的人就有 93 个，伤的人有好几百，算是头条新闻哪！"

盲人想用自己的遭遇打动对方，想要得到更多的一些钱，他可怜巴巴地说个没完："我真可怜啊！到处流浪，孤苦伶仃，吃了上顿没下顿，死了都没有人晓得！"他越说越激动，"你不知道当时的情况，火突然冒了出来！仿佛是从地狱中冒出来的！逃命的人群都挤在一起，我好不容易跑到门口，可一个大个子在我身后大喊：'让我先出去！我还年轻，我不想死！'他把我推倒了，踩着我的身体跑了出去！我失去了知觉，等我醒来，就成了瞎子，老天真不公平啊！"

威尔逊先生无情地道："事实恐怕不是这样吧？"

盲人一惊，用空洞的眼睛傻傻地对着威尔逊先生。

威尔逊先生一字一顿地说："我当时也在布尔顿化工厂做工人，是你从我的身上踏过去的！你长得比我高大，你说的那句话，我永远都记得！"

盲人站了好久得时间，突然一把抓住威尔逊先生，爆发出一阵大笑："这就是命运啊！不公平的命运！你在里面，现在出人头地了，我跑了出来，却成了一个没有用的瞎子！"

威尔逊先生一把推开盲人的手，举起了手中一根精致的棕榈手杖，平静地说："你知道吗？我也是一个瞎子。你相信命运，可是我只相信自己。"

相信自己的能力，相信自己的双手也能够开创一片事业的天空，相信自己也能够走好一段庄严的人生旅程。

相信自己的追求，相信自己也能够拥有成功的辉煌，也能创造不凡的奇迹。相信自己渴望拥有的一切都在双手中蕴含都在汗水中孕育，相信只要奋斗追求了就不会只得到痛苦的失败。相信只要拼搏进取了理想的实现就不是不可企及的海市蜃楼，相信自己默默的耕耘定会迎来一个丰硕的秋收……

相信自己的明天，相信明天的生活除了风雨阴霾，更会有明媚的阳光和欢畅的鸟语，相信只要自己能对生活怀着无限的热爱，生活就一定能够过得越来越充实，越来越多彩绚丽。

路有很多条

无论现实怎么残酷，生活还得继续。

吉尔·金蒙特的观念改变了她整个生活的方向。1955年，18岁的金蒙特已是全美国最受喜爱、最有名气的年少的滑雪运动员了，她的照片被用做《体育画报》杂志的封面。金蒙特踌躇满志，努力地为参加奥运会预选赛作准备，大家都认为她一定会成功。

她当时的生活目标就是取得奥运会金牌。然而，一场悲剧使她的愿望成了泡影。在一轮比赛中，金蒙特顺着大雪覆盖的罗新特利山坡开始下滑。没料到，这天的雪道很滑，刚过几秒钟，便发生了一次想象不到的事故，她先是身子一歪，而后就没法控制，她像匹脱缰的野马一直往下冲。她全力挣扎着想摆正姿势，可无济于事。一个个的筋斗把她无情地推下山坡，在场的人都睁大着眼紧张地看着这一幕。

当停下来时她已昏倒了。人们立即把她送往医院抢救，虽然最后保住了性命，但她双肩以下的身体却永久性瘫痪了。金蒙特意识到活下去只有两种选择：要么奋发向上，要么灰心丧气。她选择了前者，因为她对自己的能力仍然坚信不疑。

她千方百计让自己从失望的痛苦中摆脱出来，去从事一项有益于公众的事业，以建立自己新的生活。几年来，她整天和医院、手术室、理疗和轮椅打交道，病情时好时坏，但她从未放弃过对有意义的生活的追求。历尽磨难，她学会了写字、打字、操纵轮椅，用特制汤匙吃饭。

她在加州大学洛杉矶分校选修了几门课程，今后想当一名教师。想当教师，

这可真有点不可思议，因为她既不能走路，又没接受过师范训练。她向教育学院提出申请，但系主任、学校顾问和保健医生都认为她不适合当教师。录用教师的标准之一是要能上下楼梯走到教室，并登上讲台可她没法做到。此时，金蒙特的信念就是要成为一名教师，任何困难都不能动摇她的决心。1963 年，她终于被华盛顿大学教育学院聘请。由于教学有方，很快受到了学生们的尊敬和爱戴。她对那些对学习没有兴趣、上课心不在焉的学生也有一套。她向青年教师传授经验说："这些学生也有感兴趣的东西，只不过和大多数人的不一样而已。"

金蒙特终于获得了教授阅读课的聘请书。她酷爱自己的工作，学生们也喜欢她，师生间互相帮助、互相进步。后来，她父亲离世了，全家不得不搬到曾拒绝她当教师的加利福尼亚州去。

她向洛杉矶学校官员提出请求，可他们听说她是个"瘸子"就一口回绝了。金蒙特不是一个容易就放弃努力的人，她决定向洛杉矶地区的九十个教学区逐一申请。在申请到第十八所学校时，已有三所学校表示想聘用她。学校对她要走的一些坡道进行了改变，以适合她的轮椅通行，这样，从家里坐轮椅到学校教书就不是问题了。另外，学校还修改了教师一定要站着授课的规定。

从此以后，她一直做教师。暑假里她访问了印第安人的居民区，给那里的孩子上课。很多年过去了，金蒙特当然没有可能得到奥运会的金牌，但她却得了另一块金牌，那是为了表扬她的教学成绩而授予她的。

无论现实怎么残酷，生活还得继续。人们对生活的解释总是千差万别，每一个人的生命轨迹都是不尽相同。一个普通人也许会仰慕名人的成就，一个残疾人也许会羡慕正常人的健康，但是羡慕不要成为抱怨的开始。跟另外一些人相比，你的境遇也许还算不错，何必要放弃自己呢？

只差一块金币

人生的美好和快乐不在于他得到了多少，而在于他是不是懂得享受自己所拥有的东西。

迪克以前是世界上最快乐的叫花子。

"我为什么不快乐呢？我每天都能吃饱喝足，有时甚至还能讨到一截香肠；我每天还有这座破庙可以居住；我不为其他的人干活，我是自己的上帝。我为什么不高兴呢？"迪克这样回答那些羡慕他的人。

然而有一天，迪克却突然感觉丢了什么宝贝似的，一下子变得闷闷不乐了。

事情是这样的，一天，迪克在回破庙的路上拾到一袋金币，准确地说是99块金币。

其实拾到金币的那个晚上，迪克是最最快乐的。"我可以不做叫花子了，我有了99块金币！这足够我吃一辈子啊！99块，哈！我得再数一数。"迪克怕这是一个梦，迪克不敢睡觉，直到第二天太阳出来时他才相信这是真的。

第二天，迪克迟迟也没有走出破庙，他要把这99块金币藏好，这真的需要费一番工夫。"这钱不能花，我得存着。我要是拥有100块金币就好了。我要有100块金币。"从来没有什么理想的迪克现在开始有了自己的理想。他还需要一块金币，这对一个叫花子来说，绝对是一个很远大的理想。将近晌午，迪克才出去讨饭，不！他开始要饭，中午他很饿，他只要了一点儿剩饭。下午，他很早就回去了，他得留更多的时间守着他的金币。

晚上他一遍一遍地数着他的金币，他简直忘记了饥饿。

一连几天，迪克都这样地过的。这样过日子的迪克就再也没有吃饱过，同时也再没有高兴过。讨饭越来越难，因为别人只愿意给剩饭而不愿给钱，也因为迪克用来讨钱的时间越来越少了。因为他不快乐了，别人再也不愿再施舍给他了。

"迪克，你为什么不快乐了？"

"我是叫花子，快乐什么！"

迪克越来越不高兴，越来越苦闷，也越来越瘦弱。终于有一天，迪克病倒了。这一病迪克就几天也没有再起来。这几天里迪克就想着一件事："还差 16 分就能凑够 100 块金币了。"

"迪克，你没有收到我的金币吗？"忽然有一天，一个富商找到破庙里的生命垂危的迪克。

"什么？"迪克惊讶地问道。

"迪克，"富商慢慢地说，"你的快乐，是你的快乐救助了我。3 年前，我在一次买卖中赔尽了家产。我正准备去死，我见到了快乐的你，我明白了没钱的人也能快乐地生活。后来，我就东山再起，赚了很多钱。那一次，我带着 99 块金币出来游玩，看到你，就把钱丢到了你要走的路上。可是你现在为什么还是一个花子呢？为什么感到不快乐呢？生了病为什么不拿钱去瞧见医生呢？"

"我想要 100 块金币。"

富商从口袋里取出一块金币给他。迪克接过钱，把钱装进袋子里，然后又全部倒出来，很仔细地数——他终于有 100 块金币了。

迪克笑了，然后就晕倒了。

这时一个路人走过这里，见到昏倒的迪克，富商向路人说明了情况，他便说："这下完了！"

"怎么了？"

"因为他有了 99 块金币的日子，就会希望有 100 块金币。这就是每个人都不可避免的贪念，反而满足了他的欲望，重病的他就失去了支撑下去的动力了。你开始时给他 99 块金币，你让世界上少了一个天使；你又给他一块金币，这就让世界上少了一个生命。"富商试了试迪克的鼻子，迪克果然任何时候都不会再快乐了。

生活中更多的都是平凡。天生我材必有用。人只有在适应自己的地方，才能散热发光。虽然做不了大树，但我可以做一棵小草，让春天充满生机，让人类赖以生存的自然环境更加洁净、美丽；虽然做不了磐石，但我可以做一粒不起眼的沙子，要知道建造高楼大厦、修桥铺路可离不开我；虽然做不了大河，但我可以做山涧的小溪，让溪流源源不断地汇入江河，江河有了源头才不会干涸，灌溉农田滋润万物，也有我一份功劳。

小瘸腿儿

那天晚上我杭州回来到上海，晚上十点多了。

到小区，看见一只小白狗，脏兮兮的，仔细一看，它的腿有点瘸，我就跟它打招呼，还对它吹口哨，小瘸腿看了看我，就开始一直跟着我，我发现苗头不对，它跟着我干嘛？万一它主人告我拐卖狗狗怎么办？于是乎我撒丫子开始跑，由于我家在小区最里面，这一路要走好远好远，要拐好几个弯，就这样，我每跑到一个拐弯处停一停，都回头瞅瞅它跟来没，结果这小瘸子，真是穷追不舍啊！

每次小瘸腿追上我之后，看到我看它，它都一副无所谓的表情和动作来掩饰自己对我的跟踪。要么装模作样地转头嗅嗅旁边的小草，要么低头挠挠耳边的毛发，一副"我没跟着你"的表情。就是电视上演的那种，A跟踪B，又不能被B发现A跟踪它的那种情节。

我真是哭笑不得啊！于是趁着它低头装模作样的时候，再次选择撒丫子狂奔，心里念叨，别追上来别追上来……

在下一个转角，我停下回头张望，它又跟上来了。

就这样，一直到家门口，我进了门（防盗门，可以看到外面的那种，铁栏的），看到它想进，就故意看着它，它果然故伎重演，装模作样的看天看地看星星。我看它中计，于是飞快地关上门，终于松了一口气！

小瘸腿发现自己进不去了，就开始抓门，一副我见犹怜的小模样，弄得我心里酸酸的，就在家里拿了两块自己做的点心给它，开个小门缝，塞给它，看它吃

得好香，心里这才有了一点安慰。想了想，又拿了一块给它，最后狠了狠心，不再想它。

我心里很矛盾，如果它是一只流浪狗我就收留它了，可万一它是有主人的呢？虽然我挺想养只小狗的，唉……

昨晚回家我还在想，小瘸腿会不会在某个路口等我，或是在家门口等我，心想，如果再让我看到它，我一定要收养了它！结果，再也没看到它的身影。

小瘸腿，你还好吗？你回家了吗？你会怪我吗？

正视自身的缺陷

假如你有一些缺陷，就要采取积极的行动来努力弥补！

美国总统罗斯福是一个有缺点的人，小时候是一个脆弱胆小的学生，在学校课堂里总显露一种惊惧的表情。他呼吸就好像大喘气那样。如果被叫起来背诵，立即会双腿发抖，嘴唇也颤动不已，回答起问题来，含糊不清吞吞吐吐，然后颓然地坐下来。由于牙齿暴露，使他没有一个好的面孔。

像这样的孩子，自我的感觉一定很灵敏，常会回避同学、朋友间的任何活动，成为一个只知自怜的人！但罗斯福却不同，他虽然有这方面的缺陷，却有着奋斗的精神——一种任何人都可具有的奋斗精神。事实上，缺陷让他更加努力奋斗。他没有因为同学对他的嘲笑而减少勇气。他喘气的习惯变成了一种坚定的嘶声。他用坚强的毅力，咬紧牙关，使嘴唇不颤动，从而克服了他的惧怕。

克服缺陷的毅力和精神，来自于罗斯福能够充分、全面地认识自己，意识到自我的缺陷，正确地评价自己，不因缺憾而气馁，与缺憾进行着顽强的抗争，从而登上名誉的高端。在晚年，已经没有人知道他曾有严重的缺憾了。

他的成功是令世人瞩目的。虽然先天给他的缺陷是相当严重的，他却能毫不灰心地干下去，直到成功的日子来到。一个先天有缺陷的人，如果停止奋斗而自甘堕落，是相当自然而平常的事！但他没有因此而自我放弃。

很少有人能像这位总统那样，有如此的身体缺陷却有如此伟大的抱负，很少

有人能比罗斯福更懂得自己，他清楚自己身体上的种种缺陷。他用行动来表明自己可以克服先天的障碍，最终得到成功。

都说人无完人，每个人都会有自身的缺点或者缺陷，但是同样的缺陷最终有的人功成名就，而有的人却是一事无成。我们每一个人都希望自己能够成功，当然成功有很多定义，什么叫成功，每个人都有不同的定义，但是如果说我们认为成功是人人都向往的好东西的话，成功与你的长相是绝对没关系的。

做人生的强者

6

坚强的作家

面对困难，我们不要抱怨，而是要更加努力加油，才会有更多的机会。

赫伯特·乔治·威尔斯的稿费收入十分可观，每年至少有 100 万元。可是，他原本是个穷孩子，父亲以前是职业板球员，也曾开设过一家小规模的瓦器店，不过生意并不好。他就诞生在那家小店的内室里。这间内室是卧室，又兼做厨房，不但狭小，而且又污秽又黑暗，只有从墙壁的漏缝里可以照进一点亮光。最令威尔斯不能忘记的是，童年时从这漏缝里看到的很多来往人们的腿。许多年后，他以他所看到的腿部为题材，写了一篇有趣味性的文章。他认为从一个人穿什么鞋子，可以判定他是怎样的一个人。

威尔斯童年时期的潦倒生活，始于家里那间小瓦器店倒闭的那年。为了生活，他的母亲不得不在一个富商家里当看门人，和其他下人们住在一起，威尔斯常常去探望母亲，这使他得以看清英国上流社会的本质，也体会到下层社会的生活艰辛。

这位未来的作家，13 岁时就踏入社会。起初在一家杂货店里做伙计，每天早晨五点起来，先得把店铺打扫干干净净，并把炉火生着，他一天要工作 14 小时，没有空闲时间。他一开始就认为这是一种贱役，强烈地歧视这种生活。一个月后，经理把他辞退了，理由是不修边幅，对顾客缺少热情。他愤愤不平地离开了这家杂货店，唯一值得高兴的是这下用不着自己辞职了。

接着，他走进一家药店，仍然干些杂务，但一个月后又被辞退了，连辞退的理由也没有向他说。然后，他又找到了另一家杂货店的工作。这一次，他体会到

生活问题的重要，不敢随意任性，只好干了下去。但他总趁着无人看见的时候偷偷地躲到地窖里，阅读他所心爱的赫伯脱·史本塞的作品。

威尔斯就这样忍耐了两年，终于没法忍了。于是在一个早晨，他没有吃早餐就溜了出来，空着肚子走了15公里回到家里，看到了他的母亲。他抱着母亲的腿号啕大哭，同时宣布：如果再迫使他回去工作，他就自杀！

威尔斯偷偷地给以前的老师写了一封凄怆动人的长信，倾吐他目前的境遇，并告诉他自己想自杀。这封信深深地感动了那位教师，他回了一封信，请他去担任教员，这是威尔斯一生的第二个大转机。

不过少年时期在杂货店的工作，也并非全都是没有意义的。威尔斯向来懒惰，经过在杂货店两年多的锻炼，他终于勤劳多了。

在威尔斯成为教师之后，又遇到一次突如其来的危险，事情是这样的：他担任一场足球比赛的裁判员，当比赛进入白热化时，他忽然被一名球员撞倒，接着又被后来跑上来的球员当胸踩过，他的肺部和肾部也因为这样受了重伤，一度奄奄一息。许多名医束手无策，他只好听天由命。但他竟然侥幸逃过一劫，成了一个半残废的人，又过了12年恐怖无助的日子。

就是这12年的痛苦生活，反倒使他成为举世闻名的作家。

在这12年内，他曾有五年疯狂地努力写作。可是，他写的东西实在太平淡无味了，他自己也明白，所以毅然地将它们全部付之一炬。

虽然他已经半残废了，但是又另外获得了一个教职，这使他的生活稍微宽裕一些。在生物班里有一个漂亮的女学生，威尔斯对她一见钟情，这个女孩子和威尔斯一样地弱小。这段美丽的师生恋结出了丰硕的果实，他们终于结了婚，很快乐地生活在一起。

威尔斯自从被球员踢伤，并侥幸地逃过了一死后，开始发愤图强起来。他每年都有长篇巨著脱稿。这些著作终于发出美丽的光芒，照遍了世界每一个角落。

他写作的地点不确定，或在伦敦办公处，或在车上，或在一望无际波浪滚滚的地中海畔。总之，他随时随地都可以写。在法国，他租用了两套别墅，一幢作写稿之用，另一幢作会客之用。他仅在晚间会客，因为白天要专心工作。

人类的心理就是这样，而且，似乎永远是这样；愈是得不到手的东西，就愈是想得到它，而且在实现这一愿望的过程中所遇到的困难愈大，奋斗的意志就愈

是坚强。生活是一场艰苦的斗争，永远不能休息一下，要不然，你一寸一尺苦苦挣来的，就可能在一刹那间前功尽弃。意志是每一个人的精神力量，要创造或是破坏某种东西的憧憬，就是能创造奇迹的力量。

机遇垂青于那些有准备的人

有的人一味地把自己的不顺的归结为"运气不好"，这只是给自己找的借口，要知道，机遇只会给那些有准备的人。

1861年，门捷列夫担任圣彼得堡大学教授。在编写新的无机化学教科书的章节时，他遇到了难题，应该按照什么顺序排列化学元素的位置呢？

为此，门捷列夫走进了圣彼得堡大学的图书馆，在数不尽的卷帙中逐一整理以往人们研究化学元素分类的原始资料。他还把所有的元素名称、化合物的化学式和主要性质分类写在纸卡片上，每天皱着眉头地玩"牌"，没日没夜地思考着……

一年过去了，有一天，他又坐到桌前摆动着"纸牌"，摆着，摆着，他像触电似的站了起来，然后迅速地拿起记事簿在上面写道："根据元素原子量及其化学性质的近似性试排元素表。"

就这样，门捷列夫在1869年2月底，发现了化学元素也有周期性变化的规律，为世界化学史留下了浓墨重彩的一笔。

门捷列夫在63个孤单的元素中找到了联系和变化的规律，发现了影响深远的元素周期律。对此，很多人都会得出这样的结果：他的发现和发明，完全得益于偶然的机遇和灵感。可是，"冰冻三尺，非一日之寒"，虽然科学发明、创造的成果可能有时"得来全不费工夫"，但它却是"踏破铁鞋"的必然结果。

正如门捷列夫的回答："这个问题我大约思考了20年，而你却认为坐着不动，5个戈比一行，5个戈比一行地写着，突然就好了！事情并不这样！"

如果有的人把门捷列夫发现元素周期律归结到偶然性因素上的话，那么，我们只说："如果成功确实有什么偶然性的话，这种偶然的机会也只会馈赠给那些有准备的人。"

全心全意

做一切事都应全力而为，半途而废永远不行。

几十年前，帕特·奥布瑞恩在纽约参演一出名叫《向上，向上》的话剧演出。其中一场是询问某件事情的场面。刚开始，是帕特与两个怒气冲冲的人争执不休的演出，他们一个通过电话和他争吵，一个是在他桌子边和他争吵。

这出话剧受到了多种不同的评论。后来剧团转移到一个小剧院去演出，削减了薪水，希望出演能够进行下去，但是前景暗淡。

很多个晚上，帕特都在为他所扮演的角色发晕。他决定随便应付了事，为什么为没有前途的事情出大力气呢？

可是，不知怎么回事，上学时老师讲过的一句话出现在他的脑海里："无论干什么事，都要尽力而为。"

于是，在每一次表演时，他都全力投入到这场戏中。每次演出结束时，他都是满身大汗。有时，自己也觉得这样做很愚蠢。几个月后，有一天，帕特突然接到了一个代表霍华德·休斯的人打来的电话说："休斯先生打算把《扉页》拍成电影，他想让您参加。"

后来，这部电影的导演把这件事的原因告诉了帕特：他和他的一群朋友访问纽约时，拿到了几张轰动一时的戏剧的门票，可最后还是缺一张。于是休斯就穿过马路，来看对面戏院里演出的《向上，向上》。

"有一场戏的确打动了我，"休斯说，"就是你在桌子边和别人争吵的那一幕。"结果他让帕特在《扉页》里相似的一场戏中扮演了一个角色。这也开始了帕特今后辉煌的电影生涯。

积累挫折

世界上没有不劳而获的事。阻力越大，可能的收获越多。只有利用各种挫折与失败，让你更上一层楼，才能充分实现自己的个人价值。

约翰是个非常著名的管理顾问，一走进他的办公室，马上就会觉得他"高高在上"似的。办公室内各种奢华的摆饰、考究的地毯、忙进忙出的人潮以及知名的顾客名单都在告诉你，他的公司确实成就非凡。

但是，就在这家鼎鼎有名的公司背后，暗藏着无数的辛酸和血泪。

他创业之初的前6个月就把10年的积蓄花得一干二净，一连几个月都以办公室为家，因为他交不起房租。他也婉拒过无数的好工作，因为他坚持实现自己的理想。他也被顾客拒绝过许多次，拒绝他的和欢迎他的客几乎一样多。

就在整整七年的艰苦奋斗中，约翰没有说过一句怨言，他经常说："我还在学习啊。这是一种无形的、难以捉摸的生意，竞争很激烈。但不管怎样，我还是要继续学下去。"

约翰真的做到了，而且做得轰轰烈烈。

有一次，朋友问他："事业把你折磨得十分疲惫了吧？"

他却说："没有啊！我并不觉得这很辛苦，反而觉得这经历使我受用无穷。看看《美国名人榜》上的伟人生平就知道，这些功业千秋的伟人，都受过一连串的无情打击。只是因为他们都一直坚持，才终于获得辉煌成果。"

曾经的熟悉，今已淡忘

某天，闲来无事的我，点开了空间里的被遗忘在角落的留言板。

点到最后一页，开始一条一条、一页一页地翻看。

很多留言，或亲密的，或客气的，或无聊的。有的人，至今还联系；有的人，却早已不记得是谁。

看着那些貌似"亲密熟悉"的话语，真的忘记了有这个人曾经出现在我的生命里。

也许我也是其他人留言板里的这样一个吧！被人记住，并忘记，也许某天他（她）打开自己的留言板，也会疑惑："咦？这人是谁？怎么一点印象都没有，却貌似以前很熟的样子。"

曾经的熟悉，今已淡忘。

我告诉自己，不必感伤，不必自责，这也许是个正常的人际交往现象。

不是你认识的每一个人都要被你记住一辈子。

相识是缘，缘浅则灭，缘深则厚。你如此，别人亦如此。

很多人希望别人喜欢自己，就像自己喜欢别人一样，那该多好！

但是，别人终究是别人，他（她）不是你手中的吊线木偶，随着你的心情，摆出你想要的姿态。

没必要，真的。那多累，而且完全没可能。明星不是也一边被粉丝疯狂迷恋

追捧，一边被骂得狗血喷头？

所以，珍惜此时你的生命中的一份份热切的心吧！他将陪你度过这段生命中独一无二的年华。过客也好，归人也罢，都是生命中的不可或缺，同样的弥足珍贵。毕竟，有他们的陪伴，你的生命中才会有丰富的喜怒哀乐。

人这一辈子，如果只会笑，那也挺单调的，不是吗？

不放弃的艺术家

许多人的成功，都是借着不屈不挠的奋斗精神，以坚忍和耐心的伟大力量，与常人难以想象的困难作斗争的结果。这种精神是值得每一个人学习的。

法国陶瓷艺术家、质朴瓷器的发明者法国陶工贝莱德·柏里斯在研制陶瓷的过程中曾多屡次陷入艰苦的困境中，但他不愿轻易放弃内心的理想，最终获得了成功。

16 世纪早期，柏里斯出生在法国南部。他的父亲是个玻璃制造工，家境相当贫困。柏里斯没能上学，但他从小受到父亲熏陶，学会了玻璃装饰这门手艺，并在玻璃上制图、绘画，他还学会了读书和写作。

柏里斯 18 岁出门谋生，找到一份玻璃行业的工作，业余时间兼职从事土地测量。后来他到了东查热特城的圣特镇，并在此结婚生子，稳定下来。为了养家，他勤奋工作，但仍入不敷出。为了得到更多的收入，他想到了彩陶绘画技艺。他对制陶工艺一无所知，又不能丢下妻女去意大利拜师学艺，只能靠自学，从零开始，一点一滴地独自在黑暗中摸索，希望弄明白陶瓷制作和上釉的全部过程。

他先从研究制作陶瓷所需要的材料开始。他买来一些陶罐，捣碎弄成粉末，加上自己制作的化合物，放入烤炉里烧，结果实验失败了。

接下来就是一次接着一次的实验，一次又一次的失败，大量的时间、人力、物力、贿力，全都浪费在了这种徒劳的实验里。一连几年，柏里斯都在不断地实验，烧掉了大量的木材，花费了更多的药剂、土罐，最后，家里苦得连下锅的米都没有了。

这时，他不得不去做以前的行业，在玻璃上画画、测量土地，以维持生计。但他对制陶仍不死心。为了节约燃料，他把那些陶瓷碎片抱到附近一家砖窑里烧制，结果还是失败了。

面对一次次的失败，柏里斯没有被击垮，他决定重新开始。他把新买的陶器捣碎，加入新配制的原材料，拿到附近一个玻璃熔炉里去烧。玻璃炉的高温熔化了一些原料，但柏里斯寻求的白瓷仍没烧成，他再一次失败了。

后来的两年当中，尽管他家里穷得连盐都没得吃了，但他仍以加倍的热情从事陶制品的烧制工作。他决心进行一次更大的实验，他把300多块陶瓷碎片撒上自己配制的原料，送进烧制玻璃的熔炉。通过4个多小时的烧烤，300多块陶片当中，居然有一块上面的原料熔化了，冷却后像玉一样洁白发亮。见到这块洁白的瓷器，柏里斯哭了。这次小小的成功，促使他继续从事更多的实验。

为了取得更大的成功，柏里斯花了8个月的时间，专门建了一个烧制玻璃的熔炉。他制成了许多陶制模子，经过第一步烘烤后，涂上釉药化合物，放进了炉子里。他把家里所有的钱全都买了木柴。点燃熔炉后，他整日坐在熔炉旁边，往里加柴。第一天过去了，釉药没有熔化。第二天过去了，釉药还是没有熔化。第三天过去了，釉药还是老样子。柏里斯憔悴得很，面色苍白，走路晃来晃去，随时都有可能晕倒，但他咬开坚持着。第四天过去了，第五天、第六天也过去了，连续六个日日夜夜过去之后，釉药丝毫没动！柏里斯差不多要绝望了。

柏里斯绝望的时候，突然想到他研制的釉药可能有问题。于是他重新调配出新的原料，重新实验。可是他已经破产，哪来的钱买陶罐和木柴？尽管他的妻子和邻居们都骂他疯了，是个笨蛋，为那些无益的实验枉费钱财，但最后每家还是为他凑了一点钱币，加上柏里斯从一个朋友那里借来一些，使他重又买来很多陶罐和木柴，投入了实验。

熔炉点燃了，木柴熊熊燃烧，炉温快速上升，但釉药毫无动静。所有的木柴都烧完了，釉药还没熔化。熔炉里的火即将熄灭，整个实验又可能前功尽弃，这时柏里斯看到了花园的木栅栏。他奔向花园，把所有的木栅栏全部拔了下来，扔进炉子里，釉药还没有熔化。他看见了家具和床板，还有木窗、木桶，可怜的柏

里斯真是发疯了，他把家里的凡是能烧的东西全都砸断，扔进了火炉里。他的妻子和儿女哭着跑到大街上，眼睁睁看着家里的一切顿时化为灰烬。

　　柏里斯把一个完美的家亲手毁了，能烧的全都烧了，连房屋门板都被他卸了下来。所幸的是，最后一道火力终于烧熔了釉药。炉火熄灭，那些进炉前粗糙很丑陋的普通陶罐从炉子里出来，冷却后，全体全都覆盖着一层均匀细密、洁白如玉的釉面！柏里斯终于成功了！巨大的喜悦让他手舞足蹈，一路喊叫着冲跑到大街。柏里斯终于掌握了这期盼已久的秘密。

一美元的价值——无价的价值

　　1962 年 7 月，在美国西北部一个名字为本顿维尔的小镇上，一家名为沃尔玛的普通商店开业了，老板是 44 岁的退伍男子沃尔顿。30 多年后的今天，沃尔玛已是全球最大的商业连锁集团。在 2000 年《财富》500 强排名中，沃尔玛以1668 亿美元的营业额名列第二。沃尔玛创下了一个商业奇迹。

　　我对沃尔玛连锁店的最初认识还是十几年前在国外生活时候，那时中国还没有超市。当我第一次走入沃尔玛连锁店时，先是被它巨大的面积所吓到，继而为它的便宜价格所打动。同样一件商品，沃尔玛的卖价至少会比其他店便宜 5%，但是给我印象最深的还是每一个售货员的微笑，是那样亲切温柔。此后，每次去美国，我都会选择去沃尔玛店购物，享受一个消费者内心的满足。

　　后来我才明白，沃尔玛经营宗旨之一便是"天天平价"。老板沃尔顿常常告诫员工："我们珍视每一美元的价值，我们的存在是为顾客提供服务，这意味着除了提供优质服务外，我们还必须为他们省钱。每当我们为顾客省下了一美元时，那就使自己在竞争中占先了一步。"

　　为了不愚蠢地多花一美元，沃尔顿率先垂范。他从不讲面子，外出巡视时总是驾驶着最老式的客货两用车。需要在外面住旅馆时，他总是与其他经理人员住的一样，从不要求住豪华套间。

　　为了赢得这一美元的价值，沃尔玛实施了全球采购战略，"低价买入，大量进货，廉价卖出"。沃尔玛中国采购总监芮约翰每到一地，都要观察各家商店，认真比较价格，选择合适的商品。他对我说，中国商品的质量近年来有大幅提升，

沃尔玛在中国的采购额也在逐年增多，今年将达到 40 亿美元。

价格与服务是沃尔玛赢得竞争的两个轮子。已在中国工作了五年的芮约翰说：“你知道我们有一个微笑培训吗？必须露出八颗牙齿才算及格。你试一试，只有把嘴张到露出八颗牙齿的程度，一个人的微笑才能表现得最好的。”我不禁回想起初识沃尔玛时的印象，原来售货员的微笑都有着如此严格的标准。

做生意自然要追求利润的最高化，而实现最大化的目标则要从最小化的具体行动开始。经营节约一美元与微笑露出八颗牙，抓好每一件这样的小事，企业方能铸造通向成功的阶梯。

爱的歧视——最美的歧视

  高考落榜，对于一个正值青春时期的年轻人，无疑是一个打击。8 年前，我的同学大伟就正处于这种地步，而我则考上了北京的一所大学。

  当我进入大学三年级时，有一天大伟忽然在校园里找到了我，原来，他也是北京某名牌大学的学生了。"祝贺你——"我说。提该祝贺。你知道吗？两年前我一直认为自己完蛋了，没什么出息了，可父母对我抱有很大期望，我被迫去复读——你知道'被迫'是一种什么滋味吗？在复读班，我的成绩算是倒数第五……

  "可你现在……"我不解了。

  "你接着听我说。有一次那个教英语的张老师让我在上课的时候上背单词。那会儿我正看一本武侠小说。张老师很生气，说：'大伟，你真是没出息，你不仅浪费爹娘的钱，还耗费自己的青春。如果你能考上大学，全球就没有文盲了。'我当时仿佛要炸开了，我噌的一下跳离座位，跑到讲台上指着老师说：'你不要看不起人，我此生必定考上大学。'说着我把那本武侠小说撕得粉碎。你知道吗？第一次高考我分数差了 100 多分，可第二年我差 17 分，今年高考，我竟超过 80 多分……我真想找到张老师，告诉他：我不是傻瓜……"

  3 年后，我回到我高中的学校，班主任告诉我：教英语的张老师得了骨癌。我去看他，他兴致很好，其间，我忍不住提起了大伟的事……

  张老师突然老泪横流。过了一会儿，他让老伴取来了一包旧照片，照片上，一位书生正在巴黎的埃菲尔铁塔下微笑。

  张老师说："18 年前，他是我教的那个班里最聪明也最不努力的学生。

有一次，我在课堂上讲："'像你这样的学生，如果考上大学，我头朝地向下转三圈……'"

"后来呢？"我问。

"后来和大伟一样，"张老师言语哽咽着说，"对有的学生，一般的鼓励是没有用的，关键是要用锋利的刀子去做他们心灵的手术——你明白吗？很多时候，别人的歧视能使我们激发出心底最强大的力量。"

两个月后，张老师去世了。

又过了 4 年，我出差到北京，意外地在大街上遇到大伟，读博士的他正携了女友悠闲地购物。我给大伟讲了张老师肺腑之言……在熙熙攘攘的人群中，大伟突然流下眼泪。

在那以后的时间里，我一直回味着大伟所遭遇的满含爱意却又非常残酷的歧视。我感到，那"歧视"蕴含着一种催人奋进的力量。对大伟和那位埃菲尔铁塔下留影的学生而言，在他们的人生道路中，张老师的"歧视"肯定是最宝贵、最美丽的。

受益匪浅的一课

　　有人喜欢对别人恶言恶语，是因为大部分的人都误以为认可了他人的优点，就减损了自己的光荣。

　　"你看那个胖子！"这种语言对于一个初中一年级的学生来说也许很残忍，可是当年大家就是这样对待班上一个叫玛的男同学的。大家都嘲笑他，耻笑他巨大的身体。他很胖，最少超重50磅。大家每次找人打篮球、棒球或者踢足球的时候，都不带上他。玛记得大家对他无休止的恶作剧：大家会有意用垃圾塞满他的置物柜；到图书馆借一堆书，趁着吃午饭的时候丢在他桌上；上完体育课，大家把冰冷的水倒在他身上。

　　有一天上体育课时，玛被人推了一下，他整个人倒在马达德身上，重重地压在马达德的脚上。使坏的人陷害玛，说他是自己倒下去的。全班的人都一直在旁边看着，马达德十分为难，不知道自己该怎么办，是算了，还是应该和玛打一架。马达德后来决定找他打架，以免破坏自己在同学心目中的形象。

　　马达德大声叫着："玛，你过来。我们来比试比试！"

　　玛不想和马达德打架。但是大家都在逼他，让他和马达德打一架，不管他愿意不愿意。可怜的玛只好挥拳向马达德冲过来，可他不是美国拳击手乔治·福门，马达德对准他的鼻子重重地打了一拳，全班同学都高兴极了。那个时候，体育老师刚好进来，看到他们在打架，后来他要大家到那个椭圆形的操场上去。

　　老师脸上带着笑容，跟着大家走。他说："我要你们两个人到外面，牵着对方的手一起跑步。"

　　全班同学大笑。他们两个人都不敢相信，老师竟然要他们做这种事，他们都觉得好丢脸。但是玛和马达德还是"牵着手"一起跑了一里路。

　　和玛跑步的时候，马达德记得自己看仔细了他的脸，他的鼻血一直往下流，庞大的身躯越跑越慢。马达德突然惊呆：在他旁边的是个普通人，和自己没什么不同。他们彼此看看对方，便大笑起来。从那之后他们就成为了好朋友。

　　马达德和玛牵着手，绕着操场一起跑步，马达德不再觉得他是个胖子，也不再以为他很愚笨。他是一个好人，有自己的存在价值，可以超越所有外在的事物。马达德被迫和一个人手牵手一起跑步，而且单单只跑了一里路，马达德就学到如此多道理，马达德真的惊讶不已。

停下脚步，和自己对话

　　我们把自己框在一个个框里，做出各种表情，供给匆匆的过客观赏，任他们评头论足一番，然后根据他们的"要求"改变着自己。

　　我们买选择符合我们"身份"的物质，来标榜我们的"地位"，高傲的和"平庸"画出个三八线。

　　我们不断地给自己空虚的内里填充更空虚浮华的东西，让自己飞得很高，却忘记我们不是悟空，没有筋斗云，随时是会摔下来的。

　　我们认为自己是活给别人看的。

　　有一天突然发现，那些被自己遗忘的梦，在别人的世界里继续着，并变成现实。它在那里美丽得闪闪发光，他／她的笑容刺伤了我们的眼睛。

　　是什么时候我们开始给那最初的梦蒙上一层又一层的纱？我们遗忘了带给我们惊喜的那只心爱的玩偶，让它蒙尘，遗忘。不理会它的不解、孤独和失望。

　　梦想是对我们有多么绝望后，转而被另外的主人遇到，并呵护如至宝？

　　也许，梦想是属于珍惜它的人。

　　没有什么会在原地一直等待，包括梦想。

　　偶尔停下来，让灵魂脱离肉体。

　　自己对面，头顶，背后，侧面，各个方向审视自己。你会更清醒地看清自己。

　　看着自己的眼睛，和自己的心对话，你会得到你想要的自己的那颗"真心"。

生活值得回味

　　天无绝人之路，退一步海阔天空，忍一时风平浪静。在困境中，稍稍转变思想，就能发现转角。

　　半夜两点多钟，一位准备自杀的青年打电话回家。

　　"爸，我不回家了，我对不住你们，会考考成那样，小敏昨天又说要分手，我没脸再活下去了。"

　　爸爸静了好一会儿，慢慢地说："你要这样，我也没办法，我也老了，到哪里找你去？你考得不好，大概是我们没有给你好的头脑；你被小敏甩了，大概是我们把你生得太丑，错在我们，怪不得你！"

　　"爸，你们保重自己，我不能尽孝了。"

　　"我们的事你就先别管了，但你要自杀，有两件事不能不注意：一是要穿戴整齐，别叫人笑话；二是别在人家的度假屋里自杀，人家还要靠它赚钱呢！弄脏了地方，对不住人家。"

　　他想了想，说："爸，你想得全面，我会照你吩咐的去做。"

　　"爸，我最担心的是妈妈，我不敢打电话告诉她，你帮我编一个谎话，暂时骗骗她好吗？"

　　"生死大事都由不得我们了，这种小事倒计较起来干什么？她不会怎么样的，总得活下去，我们不像你，一辈子什么苦没吃过？早就变成钢筋铁骨了！都像你一样，考试成绩差一点，女朋友跑掉，就要去寻死的，我们早就死掉几条命了，还等到把你生下来？把你养这么大？还等得到深更半夜来跟你说这些

令人难过的话？"

他给这几句话镇住了，好一会不得声。

"爸，那就这样了……"他突然觉得不知说什么好，"都大半夜了，你怎么还没睡？"

"我今晚又失眠了，肚子饿，起来煮一些方便面吃。"

"爸！你又吃方便面！医生说老吃方便面对身体不好。"

"做人不要太认真。肚子饿就管不得医生的话了。没有燕窝、鱼翅，先拿一包方便面充饥也行的。"爸爸的口气突然轻松起来，"你知道吗？我发现了一种方便面的新吃法：一包方便面，放半袋榨菜一起煮，味道实在好极了。从前都不知道方便面有这么好的吃法。有时候，平平常常的东西，变个样子去吃他，就吃出新味道来了。"

爸爸停了停，咂咂嘴，把方才的美味，再回味一遍，然后说："不过，跟你说这些都没用。"放下电话，他呆了好久。方便面和半袋榨菜一起煮！或许是已折腾了半夜的原因，他肚子也饿了。想起老爸在家里一个人享受家常美味，自己不妨也先试试这方便面再讲。有这么好的美味，生活是多么值得回味啊！

失败的力量

　　成王败寇。成功者头顶耀眼的光环吸引着众人纷纷去向他们学习，灰头土脸的失败者总被人冷落在拐角里，其实他的忠言会更让你受益。

　　曾经听一位朋友说过一个关于他叔父股海沉浮的故事。他叔父原来在上海一所不错的中学里当数学老师，是一个勤勤劳劳很敬业的人，但是休息的时候也喜欢琢磨些新东西。那个时候，股票刚开始步入老百姓的经济生活，先行一步，敢于吃螃蟹的人都尝到了不少的甜头。朋友的叔父也跃跃欲试想要到股市中试一试。于是辞了工作，凭着自己多年来学习数学的聪明才智，带着多年来辛苦积攒的6万块钱打开了自己人生新的一页，潇洒地混股市去了。在经历了一系列惊心动魄的大涨大跌之后，最后的结局是，他那原先6万元的积蓄终于化成了一股青烟，随风而去了。

　　他变得什么都没有，在大多数人眼中，他是一无所有的。但是他自己并不这样认为，他知道自己在股市市场中学到了很多东西。于是他把自己推荐给了一个大户，说可以为大户操盘及策划。当那个大户问他凭什么自己要把钱乖乖地拿出来交给一个什么都没有的股市失败者时，你猜他怎么说来着？

　　他神态淡然，轻轻地对他说："我虽然不能教给你什么赚钱的方法，但是凭借我多年失败的经验，我可以确定无误地告诉你，什么事是做不得的，做了一定损失。"

　　于是那个大户相信了他。后来，这位一无所有的数学教师果然帮助这个大户避免了很多的损失。再后来，在总结了自己的失败经历和大户们的成功经验之后，他又出来自己干，据说现在已经是几千万的家产了。

日本三泽屋的三泽千代治社长曾经讲过："我更信任那些有失败经验的人，一次都不失败的人，我从来不敢委以大任。"我们身上的种种毛病其实就像这些失败经验一样，往往是映射成功的一面镜子。

生命路上满是挫折的花

西方有一句真理："冲动是魔鬼。"每当遭遇挫折，感觉被逼得无路可退、要愤怒地做出决定或做出蠢事的时候，都要安静地想一想：这是困难还是只是不便？

1959 年的夏天，罗伯特在一家餐馆工作，做夜班服务台值班员，兼在马厩协助看管马匹。

旅馆老板是一个瑞士人，他对待员工的原则是欧洲式的。罗伯特和他合不来，觉得他是一个法西斯主义者，只想雇用安分守己的工人。

有一个星期，员工每天晚餐都是一样的东西：两根维也纳香肠、一堆泡菜和不新鲜的面包卷。伙食费要从薪水中扣除，罗伯特觉得十分愤慨。

整个星期都很难熬。到了星期五晚上 11 点左右，罗伯特在服务台当班。当走进厨房时，他看到一张便条，是写给厨师的，告诉他员工还要再吃两天小香肠及泡菜。

罗伯特气愤极了。因为当时没有其他更好的听众，他就把所有不满一股脑儿向刚来上班的夜班查账员沃尔曼发泄。罗伯特说："我已经不能再忍了！我要去拿一碟小香肠和泡菜，叫醒老板，用那碟东西砸他。什么人也没有权力要我整个星期吃小香肠和泡菜，而且还要我买单。我讨厌吃小香肠和泡菜，要我再吃一天都难受！整家旅馆都差劲极了！我要卷铺盖不干了……"罗伯特就这么痛骂了 20 分钟，还不时地拍桌子，踢椅子，不停地咒骂。

当罗伯特大吵大闹时，沃尔曼一直安静地坐在凳子上，用难过的眼神望着他。

沃尔曼曾在奥斯威辛纳粹德国集中营关押过 3 年，后来死里逃生。他是一名德国犹太人，身材矮小，经常咳嗽。他喜欢上夜班，因为他孤身一人，既可用来思考，又可以享受安静，更可以随时走进厨房吃点东西——维也纳小香肠和泡菜对他来说是美味佳肴。

"听着，罗伯特，听我说说，你知道你的问题在哪里吗？不是小香肠和泡菜，不是老板，也不是你的工作。"

"那么，我的问题到底在哪里？"

"罗伯特，你以为自己无所不知。但你不知道不便和困难的区别。若你弄折了颈骨，或者食不果腹，或者你的房子着火，那么你的确有困难。其他的都只是不便。生命就是不便，生命中充满种种困难。学习把不便和困难分开，你就会活得长久些，而且不会惹太多的烦恼。晚安。"

他挥手叫罗伯特去休息，那手势既像打发，又像祝福。

有生以来很少有人这样给自己这样的教训，那天深夜，沃尔曼使罗伯特茅塞顿开。

自尊的战争

　　真正的强大的人只会向比自己更强的人挑战，为此甚至甘于忍受没有自知之明者的挑衅，因为他明白什么是自己应该做的，什么是自己不屑于做的。

　　库柏在密苏里州圣约瑟夫城一个贫民窟里成长。他的父亲是一个移民，以裁缝为生，收入微薄。为了家里暖和一点，库柏常常拿着一个煤桶，到附近的铁路去拾煤块。库柏为必须这样做而感到困惑，他常常从后街溜出溜进，以免被放学的孩子们看见。

　　但是，那些孩子经常看见他，特别是有一伙孩子常埋伏在库柏从铁路回家的路上，袭击他，以此取乐。他们经常把他的煤块撒遍街上，让他回家时一直流着眼泪。这样，库柏总是生活在多少有些恐惧和自卑的状态中。

　　有一件事发生了，这种事在我们打破失败的生活方式时总是会发生的。库柏因为读了一本书，内心受到了鼓励，从而在生活中采取了积极的行动。这本书是荷拉修·阿尔杰著的《罗伯特的奋斗》。在这本书里，库柏看到了一个像他那样的少年奋斗的故事。那个少年遭遇了巨大的不幸，但是他凭借勇气和道德的力量战胜了这些不幸，库柏也希望具有这种勇气和力量。

　　库柏读了他所能找到的每一本荷拉修的书。当他读书的时候，他就进入了主人公的角色。整个冬天他都坐在寒冷的房子里阅读勇敢和成功的故事，不知不觉地养成了乐观的心态。

　　在库柏读了第一本荷拉修的书之后数个月，他又到铁路去捡煤块。隔开一段距离，他看见三个人影在一个房子的后面飞奔。他最初的想法是转身马上离开，

但很快他记起了他所钦佩的书中主人公的勇敢精神，于是他把煤桶抓得更紧，一直向前大步走去，犹如他是荷拉修书中的一个英雄一样。

这是一场恶战。三个男孩一起冲向库柏，库柏丢开铁桶，坚强地挥动双臂，进行反抗，使得这三个恃强凌弱的孩子大吃一惊。库柏的右手猛击到一个孩子的嘴唇和鼻子上，左手猛击到这个孩子的腹部，这个孩子便停下打架，转身溜跑了，这也使库柏大吃一惊，同时，另外两个孩子正在对他拳打脚踢。库柏设法推开了一个孩子，把另一个击倒，用膝部猛击他，而且发疯似的连击他的腹部和下颚。现在只剩下最后一个孩子了，他是领袖，他突然袭击库柏的头部，库柏想办法站稳脚跟，把他拖到一边，这两个孩子站着，相互看着一会儿。然后，这个领袖一点一点地向后退，也溜掉了。库柏捡起一块煤，投向那个退却者，这也许是在表达他正义的愤慨。

直到那时库柏才知道自己的鼻子在流血，他的周身由于受到拳打脚踢，已变得青一块紫一块了，但这是值得的啊！在库柏的一生中，这一天是一个伟大的日子，因为他克服了恐惧。

库柏并不比一年前强壮多少，攻击他的人也并不是没有以前那样强壮。前后不同的地方在于库柏自身的心态。他已经不再害怕，面对危险，他决定不再听住那些恃强凌弱者的摆布。从现在起，他要改变自己的世界了，他后来也的确是这样做的。

凡是欺负弱小的人，同样也害怕强者，这种人永远只能是个小混混，成不了大气候。真正的强者只会向比自己强大的人挑战，为此甚至甘于忍受没有自知之明者的挑衅，因为他明白什么是自己应该做的，什么是自己不应该去做的。所以说，大家只能看见狗咬人，而从来看不到人咬狗。

没有十全十美的事

经常，我会碰到朋友对我手上那只玉环的晶莹剔透发出许多称赞，接着就是牵着我那双冰冷的老手对它细细端详把玩，往往又是说一句大惊小怪："怎么？镶一节K金，难道有瑕疵？"然后我就可以看到一副透着无限怅然的惋惜面孔。每到此时，我也总会不厌其烦、千篇一律地解释："不小心碰裂了，为了补好，唯有包金一途，土则土了，但总胜过折断啊！"

我常常为此后悔。十多年前，与它初次相遇时，我被那翠绿光泽给吸引，爱不释手，为了所费不菲的售价，着实让我想了好久，好容易才痛下决心，把它带回家作为纪念品，从此常戴我手，视为珍物。自从有了它之后，每天行走动作都格外仔细小心，唯恐一个不小心留下任何伤痕，而这份美丽无瑕的完美，曾经令人羡慕、夸赞，成了我一个美丽的负担。

我是如此这般小心翼翼地呵护它、喜爱它，但在美国之行最后一顿晚餐之际，我却因倦乏之极，一个大意撞上乐园的门柱，只听"咣"的一声，玉镯断碎，留下了不可弥补的印记。

几年来，我已习惯了这样的称赞、好奇与疑问，并且渐渐了然世间一切种种完美的不可强求。

我不禁想到当年一个师大好友。她从小就是模范生，从来就是拿第一的"乖乖生"，自幼到大，在学业、演讲、做事方面永都独占第一，旁人难以匹敌；她任教高中，在教学、带领学生方面，也是处处在人之上；她已惯于"人上人"的感觉了，为了永远高高在上的盛名，她只有永不停止地让自己拼命往前，她比旁

人付出更多的努力，几乎是走火入魔，也因此煎熬在高处不胜寒的冷冷孤独里而不自觉。一年、两年——数年的压抑积累，终于在教学的第十个年头正当要领教育部颁发的奖章之际，她已无法承受各种自我期许而病倒了，一场忧郁症，让她住进了医院。我前往探视时，她流着泪说了自己一路行来的追求完美、逞强好胜的求全心，怎堪沦落如此？健康是福、盛名如烟，活着平安才是最聪明与最好的事情，千般万般的第一也不过镜花水月，在没了健康之后，更是一文不名，何苦来哉！

　　人应学着善待自己，善待健康，放自己一马，毕竟宇宙大千，没有十全十美的事。凡事量力而为，尽己之心，过一个健康平和又知足的生活，才是对自己"第一"的安排。

分担悲苦

如果睡不着就起来干点什么，不要躺在那里忧虑不已。啮人身心的是忧心，不是失眠。

读过一篇讲狮子和驯狮的故事，十分有趣。

文章说到有年轻人到动物园找工作，他希望做一名驯狮师。这个要求已经是很不寻常了，但他的理由更不寻常。他原来已接近神经崩溃的地步，医生告诉他唯一的治疗方法，就是去找一份高度紧张的工作，让他可以忘记其他的烦忧，因此他才来申请这份最危险的工作。这位年轻人后来成了一位相当出色的驯狮师，他的毛病也好了。

解除神经紧张的办法，是去处理需要神经紧张才能解决的问题。

减轻自己负担的方法，是帮助别人减轻负担。

泰尔哈德教士 20 世纪 40 年代以前在中国寻找北京人头骨。他发现运载行李的骡子，右边挂的是行李，左边是块大石头，让骡子的负载平衡。非洲人用竹竿挑东西，也绑块石头在竹竿的另一端，来让肩挑的东西保持平衡。

我们通常是两手各提一个箱子来用于平衡负担，比只用一只手来提要轻省得多。

承担忧伤的方法是去分担别人的忧伤。

有一位叫巴特勒的女士有天回家，她的小女儿从二楼的房间飞奔出来迎接她。屋子前面是块空地，她的女儿伏在栏杆上着急要见母亲，谁知失掉重心，从楼上掉了下来，当时就死去了。巴女士难过欲绝。有位慈善机构的老太太来安慰她，对她说："我一生的大半时日都是照顾流落街头的女孩子。现在我年事已高，没

有力量再招呼这四十多个女童了，你何不来接替我的工作，让你忘记自己的忧伤。"

巴女士真的接过了这份工作。她虽然不能完全忘记自己的不幸，但因为把他人的难处分担了过来，她自己的伤痛就大大减少了。

昂起胸膛

人类被赐予了一种工作，那就是精神的成长。

"他看上去像个有名的大人物！"那天爱曼达在商店买东西的时候，一个中年男子站在旁边柜台结账，她看到此人时曾这样想过。有些什么让他显得很特别，甚至连包装食品的店员好像也感觉到了？他用尊敬的眼神看了那人一眼，干起活来好像也比平时利索。

爱曼达极力想找出他的特别之处，结果却发现他很一般。虽然他给人个子很高的感觉，但她看出实际上他只有中等偏下的个字。他的相貌并非特别出众，且只穿了一套朴素的普通运动服。直到他离开，爱曼达才明白：那是因为他有一种大丈夫的气概。

他昂着头，挺着胸，神气十足地离开了超市。相比之下，形成了多么鲜明的对比！那个给他结账的店员失神地呆看着。其他顾客则都萎靡不振地提着购货篮。爱曼达自己呢？从商店边门的玻璃中，映出一个拿着过多食品杂货的浑身疲劳的家庭妇女形象。

忽然，她想起了儿时妈妈说的百遍的话："直起腰来！挺起身子，就像有根绳子扯住你的耳朵往上拉一样。"于是她想象自己此时被一根绳子向上拉着，她的头和上身不自觉地挺了起来。当爱曼达走近商店门口时，觉得自己比往常变得高大些。当时，她看到玻璃中映出一个显得很有信心的妇女的美好形象！

但当她 5 点钟在熙熙攘攘的车流中匆匆走回家，并想赶在 7 点钟的聚会之前安排好晚餐时，那种美好的姿态又消失得不见了。

直到第二天，当爱曼达在百货商店里试衣服时，才重新想起这件事。穿在她身上的每件衣服都显得臃肿，皱巴巴的，简直像是个乞丐。

她侧转身，心想换个角度可能要好看些。这时她才真正意识到自己的姿态是多么不雅。突然，她想起超级市场见过的那个男子。他是因为站得笔直，所以看起来神采飞扬而又不同凡俗。"我如果也这样，这些衣服会不会也让我看起来好看些？"

她站直身躯，不安地重新看着身上的衣服。讨厌的凸起和折皱自行不见了，线条也好了很多。她爱上这套衣服！

"真漂亮！"帮她试装的店员说。

"你认为这套衣服好？"

"当然，它使你看上去苗条多了。"

的确，爱曼达看上去像是瘦了两三公斤。她挺直身体时，看上去是否也显得年轻了一点？她必须承认的确如此。她还发现，她平时常去商店购物时的腰痛也消失了。在驱车回家的路上，她确信自己其他方面也都很棒。首先，为了调节情绪，她一路做着深呼吸，她感到五脏调和，神情舒畅。

但保持挺立的姿势并不是一件容易的事。重力作用和多年养成的坏习惯老是把她往下拉。或许正因为这个原因，那天要去参加一个舞会时地才忧心忡忡，低着头，哈着腰，显得没精打采，她都不想参加了，和那些人在一起她会感到不自在，而且她知道自己不会说话，会说些不得体的话。

晚饭后，她勉强穿上新衣服，在镜子中看了一眼自己的身影。"直起腰来！"她命令自己。想象着有根绳子在向上拉着自己，尽量将身子直起来，她就这样走进了舞会。

好的姿态改变了爱曼达的外表固然让她惊异，但更令她奇怪的是，它改变了她的其他状况——心境、气质、态度和自我感觉产生的改变。当她昂起头尽量挺

直身躯时，一个无形的暗示作用于她说："你信心满满，你不妄自菲薄，你是个有能力的人。"其他人对她的外表神态做出反应　，也表露出一种信息——尊敬的神情。他们一定这样想："哦，如果她自认为是个贵人，那她一定就是个贵人。"她紧张的心情开始松弛下来，她知道了自己有参加这种活动的能力，从此，她比往常更多地参加此类的社交活动。

和时间赛跑

　　时间的脚步有三种：未来姗姗来迟，现在像箭一般飞逝，过去永远停止不动。

　　在安格斯念小学的时候，他的外祖母过世了。外祖母在世时最疼爱他，安格斯无法排除自己的忧伤，每天在学校操场上一圈又一圈地跑着，跑得疲惫地倒在地上，扑在草坪上痛哭。

　　难过的日子，断断续续地持续了很久，爸爸妈妈也不知道如何安慰他。他们知道与其骗儿子说外祖母睡着了（可那总有一天要醒来），倒不如说实话：外祖母永远不会回来了。

　　"什么叫作永远不会回来呢？"安格斯问道。

　　"所有存在于时间里的东西，都永远不会回来，你的昨天过去，它就一辈子变成昨天，你不能再回到昨天。爸爸以前也和你一样年纪，现在也不能回到你这么小的童年了。有一天你会长大，你会像外祖母一样变老。有一天你度过了你的时间，就永远不能回来了。"爸爸说。

　　以后，安格斯每天放学回来，都要在家里的庭院里面看着太阳一寸一寸地沉到地平线以下，就知道一天真的没有了，虽然明天还会有新的太阳，但永远不是今天的太阳了。

　　时光如梭，在安格斯幼小的心灵里不只是着急，还有难过。有一天，他放学回家，看到太阳快落山了，就下决心说："我要比太阳还要快地回家。"他狂奔回去，站在庭院前喘气的时候，看到太阳还有半边脸，就高兴地跳跃起来，那一天他觉

得自己跑赢了太阳。以后他就时常做这样的游戏，有时和太阳赛跑，有时和西北风比快，有时一个暑假才能完成的作业，他十天就做完了作业。那时他三年级，常常把五年级的作业拿来做。

每一次比赛赢过时间，安格斯就快乐得无法形容。

后来的二十年里，他因此受益很大，虽然他知道人永远跑不过时间，但是人可以比自己原有的时间跑快一步，如果跑得快，有时可以快很多岁。虽然那几步很小很小，但用途却无限大。

决定命运的轮胎

从错误中找到教训是教育极为重要的一部分。

两个月前，弗克斯把汽车送到车厂做例行检查。车子保养得还算不错，没有什么大碍，只是检查员认为弗克斯车子的四个轮胎已经老化了，劝他到轮胎店去撤换。

回家后，弗克斯仔细看了看那几个轮胎，咦，都还可以用的嘛，轮胎上的花纹，清清楚楚，一点也没有耗损的迹象。用手使劲敲了敲，结结实实，弹性很好。

于是，弗克斯把那检查员的话当作了耳旁风。

雨季来了。一天，当弗克斯驾车在湿漉漉的路面行驶时，忽然有一种力不从心的感觉，轮胎好似不大愿意"听从"轮盘的控制，尤其是在湿滑的路面上打弯时，更有一种轮盘与轮胎"各自为政"的感觉。

这一惊，不可小觑。

弗克斯立刻把车子驾到汽车修理站。工作人员一检查，便惊喊："先生，你这几个轮胎，实在太老了，随时都会爆胎的呀！怎么你不早一点送来换呢？"

弗克斯含糊地答道："我一直感觉它们挺新的！"

工作人员一面很快地把四个老化的轮胎拆下来，一面善心地对弗克斯解释："现在，制造轮胎的技术很好，轮胎上的花纹，即使在路上跑了十年八年，也不会有磨损的痕迹。不过，你要记住：平均每条轮胎，只要走上 32000 公里，便得撤换了，所以，常走远程的车，每隔一两年，便得换一次轮胎。就是走短途的车，隔上两三年，也得撤换一次轮胎。许多交通意外，都是路上爆胎、车子失去控制

导致的！"经一事，长一智。弗克斯换了四个轮胎，也上了宝贵的一课。

成功和失败，往往取决于你能否在一念之间的坚持。

曼克斯是一个汽车推销商的儿子，是一个有代表性的美国孩子。他活泼、健康，热衷于篮球、网球、棒球等运动，是中学里一个有名的优秀学生。后来曼克斯应征入伍，在一次军事行动中他所在部队被派遣驻守一个山头。大战中，突然一颗炸弹飞入他们的阵地，眼看即将爆炸，他果断地扑向炸弹，试着将它扔开。可是炸弹却爆炸了，他重重地跌倒在地上，右腿右手全部被炸掉了，左腿变得血肉模糊，他必须被截肢了。那一瞬他想哭，却哭不出来，因为弹片穿过了他的喉咙。人们都以为曼克斯无法存活，他却奇迹般地活了下来。是什么力量使他活下来的呢？是格言的力量。

在生命垂危的日子里，他反复默念贤人先哲的这句格言："如果你懂得苦难磨炼出坚韧，坚韧孕育出骨气，骨气变成不懈的希望，那么，苦难会最终给你带来幸福。"曼克斯一次又一次默念着这段话，心中始终保持着不灭的期盼。然而，对于一个截肢（双腿、右臂）的年轻人来说，这个打击实在是巨大的！在深深的绝望中，他又看到了一句先哲格言："当你被命运击倒在最底层之后，能再高高爬起就是成功。"

回国后，他投身于政治运动。他先在佐治亚州议会中工作了两届。然后，他竞选副州长失败。这是一次沉重的打击，但他用这样一句格言鼓舞自己："经验不等于经历，经验是一个人经历之后所获得的感受。"这让他更主动地去尝试。紧接着，他学会开一辆特制的汽车，并跑遍美国，发动了一场支持退伍军人的运动。那一年，总统让他担任全国复员军人委员会负责人，那年他34岁，是在这个机构中担任此职务最年轻的一员。曼克斯卸任后，回到自己的家乡。1982年，他被选为佐治亚州议会部长，1986年再次当选议会部长。

今天，曼克斯已成为亚特兰大城一个传奇人物。人们可以经常在篮球场上看到他摇着轮椅打篮球，他经常请年轻人与他进行投篮比赛。他曾经用左手一连投进了18个空心篮。引用一句格言说："你必须知道，人们是以你自己面对自己的方式来看你的。你对自己自怜，人家则会报以怜悯；你充满信心，人们会待以敬畏；你自暴自弃，多数人就会嗤之以鼻。"一个只剩一条手臂的人能做一名州议会议长，能被总统看好并担任一个全国机构的要职，是这些格言赐给他力量。同时，他的

成功也成了这些格言的有力证明。

英国诗人雪莱说："除了变化，一切都不会太长久。"有些人宁可在困境中沉沦，也不期冀在改变中挣扎。他们害怕林荫小路后是悬崖万丈，而不敢去采撷那份芳菲；害怕改变是更大痛苦的开始，而不敢走出熟悉的圈子。正如司汤达所言："一个真正的天才，绝不遵循常人的思想捷径。"当众人在困境中负隅抗争时，你是否看到困境外的那缕阳光呢？成功也许就如此简单。

有时成功很容易，跨越那条界限，你就属于成功一个；还未跨越界限的人，无论你和那条界线的距离有多么近，你也就是个失败者。如果你现在身处困境，那就发挥你的全部能量吧，冲破那条界线，你可能也是成功者。

女孩，不抱怨，不委屈

　　有个朋友对我说，他的女朋友爱抱怨。每次见面都喋喋不休，抱怨她差劲的同学、烦躁的工作、禀性欠良的朋友等。单单是听到这我就倒抽了一口凉气。这还了得，小小年纪怎么会对诸事有这么多的不满。

　　我说，你可以跟她好好谈谈，多沟通一下。

　　他说，谈了，我轻声细语，苦口婆心地对她说：如果你觉得别人都不了解你，应该先从自身方面找原因，不应该觉得凡事都是别人的错……

　　她听了吗？

　　不听，根本听不进去，还对我暴跳如雷：我哪有错？哎，要不我会这么发愁吗……

　　这种事很多，女孩子刚谈恋爱时，觉得顿时春暖花开，温柔无限，日子一长，爱情的荷尔蒙再也遮挡不住那赤裸裸的缺点，心里又一下凉了半截，冒出一段又一段非分的情愫来。如果我当初这样选择……如果我以后会面临窘迫的生活……如果他以后爱上别的女生……如果……如果……这样想着，心不由又痛得剩下了二分之一，于是，对他再没有往昔的柔情蜜意，只是苛刻的责求。生活中受了委屈，一定要发泄给他，唠唠叨叨，碎碎念，发泄心中的不满，把他当成出气的垃圾桶，因为其他人，不会宠着你，惯着你，听你的疯言疯语。

　　这时候的男生，通常会带着小小的悲哀，只听到了你的抱怨，他会觉得也许是你的性格有问题。搞不定人际关系，没有交心的朋友，是弱小的，受人欺负的，甚至是失败的。为了不让你过度沉浸在愤怒和悲伤中，他会劝你、责怪你。其实

真的是为你好！他只是不想让你继续这样下去，成为女生中失败的典范。

女生又委屈了，不就是跟你说句话嘛，至于这么郑重其事地教训我吗？要是别的人，我还不屑于跟他唠叨呢，你是不是觉得我不好，什么都是我的错？就算是我的错，这个时候你也要包容我，跟着我一起骂那些人，你太不了解我了，你这个男朋友有什么用啊！好，你责怪我，我难道怕你不成，我有错吗？我没错！我就没错！

于是，误会就产生了！

女孩，请收起你的抱怨吧，你看，所有的问题还不是因你而起！既然当初选择了爱情的甜蜜和荣誉，那爱情背后不为人知的辛酸和委屈，也请你一并全收！否则时间久了，你的抱怨会愈加平常，会变得和家常便饭一样无谓，优雅和风度尽失，心态也变得愤世嫉俗起来，也许有一天，当你成为人妻，面临生活的艰辛和波折，你拿什么来享受生活，别人又该拿什么来拯救你被烦躁、嫉妒和失望填充的心？

是的，他是你的爱人，有责任为你背负梦想和委屈，但并不是时时要让他知道你狼狈的处境。也许你这一刻已经心情明媚海阔天空，而他还要为你上一刻说过的一些事一些人耿耿于怀——他多么怕你真的应付不了这个社会。所以，如果你爱他，请自己去处理这一筐子的破事。和他在一起时尽量做快乐的人，要知道，快乐的感染力可以把你的生活变成另一番模样，那样美丽的风景，原本是你只需稍稍克制一下就能够得到的。

把自己放在一个正确的地方

学习是一种后天有的能力，目的是适应一个环境或改变此种环境，以改善自己的生活境况。

萨缪尔大学毕业后没有像其他学生一样进入 IT 公司或者政府部门，而是去完成他一直存在的那个心愿：到咖啡店打工。

可是萨缪尔的做法受到他周遭亲友的不看好，大家都认为他应该到更有"前途"的大企业或者大公司上班，而不是去咖啡店做个服务员。萨缪尔陷入迷惘，只好向他的导师打电话求助。导师在听了他的想法之后，没有马上回答，而是问了萨缪尔一个问题，你是为了完成愿望还是为了继续学习呢？

萨缪尔沉默了一下，说："我想完成这个愿望，我觉得在咖啡店工作是非常有趣的事情。至于学习，我想在那里应该学不到什么！"

他的导师在电话那头感叹："既然没有什么可以学习的，那么你还是不要去了，还是将这个心愿放在心里好一些。"

"那么，老师，我在咖啡店能够学到什么呢？"

"无论多么小的咖啡店，它能够给人们提供咖啡和三明治，就说明它的运行是很好的，和微软、IBM 没有什么区别。所以，不管你开始怎么样的工作，你就已经站在巨人的肩膀上，要学会从每个方面进行学习。"

最后，萨缪尔高高兴兴地去了一家咖啡店打工。经过了两年，他从咖啡店再次毕业了。在咖啡店的两年时间，不知道有多少人喝过萨缪尔亲手煮的咖啡，不知道他给顾客、朋友带来了多少满足感。最重要的是，萨缪尔在达成了自我实现

的同时，也在这个轻松快乐的环境里，通过实践和与别人的沟通，了解学习到了与大公司一样的企业运营、产品设计、销售战略等。萨缪尔真是学到很多，他交了许多好朋友，学了不少有趣的东西，体验了不是每个人都有机会体验的工作环境和生活态度。然后，他又找了另外一份完全不一样的工作——证券营业员。

他很高兴自己在导师的指导下，做了个正确的选择，顺着自己的想法和冲动，把自己放在了一个正确的地方，做一些对的事情，进行了一些正确的学习。

第七辑

努力为自己创造幸福

7

认清你的价值

一名记者慕名采访一个成功的心理学家，问了他一个困惑已久的问题："人应该如何看待自己的价值？"

心理学家思考了片刻，给他讲了几个故事。

第一个故事讲的是一个德国人的求职故事，主人公是心理学家德国留学时的朋友。

这位朋友曾就读于汉堡的一所二流大学，毕业后开始四处求职，希望能尽快找到一份正式的工作，过上安定的生活。然而，当时的就业形势并不乐观，加之他初出茅庐，缺乏工作经验，所以一直没有找到一份称心的工作。

三个月多后，他心灰意冷，放低眼光，凭着自己的二级建筑装饰设计师的证书和资质，进入了一家规模很小的私人建筑装饰设计企业，月薪只有 2800 欧元。对此，他感觉很知足，开始踏踏实实地工作。

不到半个月，工会的人找到他并咨询了他的工资问题，他坦诚相告。工会的人听完后说："先生，根据工会和政府规定，您应该得到 3500 欧元的月薪。"他倍感意外，但依然笑着回答说："感谢你们的关心，不过我愿意接受这个偏低的工资，因为我需要这份工作。"

工会的人失望而去。

第二天，政府部门的工作人员直接找到该企业私人老总，要求公司重视一个二级建筑装饰设计师的真实劳动价值，将他的工资提升到政府规定的 3500 欧元，否则便是不遵守国家法律，违反人权。

老总无法满足这个要求，只好将他解雇。他去找工会和政府的负责人讨要说法，对方严肃地提醒他："请您尊重您的价值，因为它已经得到了社会的认可。如果您贬低或破坏您的价值时，无异于贬低或破坏整个行业的社会价值。"

他恍然醒悟，重新开始求职，直到找到一份符合身份和价值的工作。

心理学家说："至今，我的朋友对当初的政府干涉依然十分感动，因为他们让他清醒地认识到了自己的价值，让他找回了自信。一个人无论在什么时候，自己都应该尊重自己的价值，这样才能真正得到社会的尊重。"

记者不解："那您如何看待私企的老板只愿意给他 2800 欧元的工资呢？"

心理学家笑了笑，又讲了第二个故事。

有一个小庙，只有一老一小两个和尚。老和尚每天都在读书念经，而小和尚每天都在砍柴挑水。

有一天，枯燥的小和尚跑去找老和尚："师父，师父，我想念经……"

老和尚站起来，指着原本坐在屁股下的一块大石头对小和尚说："这样吧，今天你把这块石头拿到山下的市集上去卖。但是记住一点：无论别人出多少钱都不要卖！"

小和尚依言抱着石头来到市集，整整一天无人问津。日落时分，有个妇女走了过来，看了看石头、看了看小和尚问："小和尚，你这石头卖吗？这样吧，我出五文钱，家里正好缺一块洗衣石。"

小和尚虽然心动，但仍摇摇头说："不卖，不卖！"

天黑后，小和尚带着石头回到山上，向老和尚讲述了一天的事情。

老和尚问："你明白了吗？"

小和尚奇怪地回答："不明白啊。"

老和尚笑了笑，什么也没说，继续坐在石头上念经。小和尚没有办法，只好继续砍柴。

一个月后，小和尚又耐不住寂寞跑来找老和尚："师父，我不想砍柴，我想读书！"老和尚起身说："这样吧，这次你先把这块石头拿到山下的米铺的王掌柜那儿，再把他送到古玩铺的李掌柜那儿，但有一条：无论他们出多少钱都不要卖！"

小和尚先来到米铺，见到了王掌柜。

王掌柜拿着那块石头端详了半天说："这样吧！我没有多少钱——我出 500 两银子买你这块石头！"

小和尚吓了一大跳，怎么也不肯相信。王掌柜解释："你不要看它只是一块石头，其实，它是一块化石，我愿意出 500 两银子来买这块石头！"

小和尚连忙说："不卖，不卖！"抱起石头向古玩店跑去。

李掌柜看到石头后，两眼放光，问小和尚："这块石头是你的吗？"

"是啊！"

李掌柜咬咬牙说："这样吧，我也没有多少钱。我只有这家珠宝店、一间当铺和几十亩田产，我愿意拿我所有的财产来换这块石头！"

小和尚吓的"扑通"一声跌倒在地上："这么值钱啊！"

李掌柜解释："这个石头表面普普通通，其实里面藏着一块价值连城的宝玉……"

小和尚顾不得天李掌柜后面的话，紧紧抱着石头跑回了山上，郑重地把它还给了老和尚。

老和尚笑着对气喘吁吁的小和尚说："同样一块石头，在不识货的人眼里，不过值五文钱，但在识货的人看来，它是无价之宝啊！"

心理学家讲完第二个故事后，总结说："一个人不仅要重视自己的价值，更要把它交到识货的人手里。"

三分天注定，七分靠打拼

莎莉·拉斐尔是美国一家自办电视台节目主持人，曾经两度获全美主持人大奖，每天有无数观众收看她主持的节目。她像一座取之不尽的金矿一样屹立在美国的传媒界，无论到哪家电视台、电台，都会给对方带来巨额的收益。

然而，谁能想象到，她在自己的职业生涯中遭遇过 18 次辞退，她的主持风格更曾饱受诟病，甚至被人贬得一文不值。

一开始，她想到美国大陆无线电台工作。但是，电台负责人认为一个女性不能吸引听众，拒绝了她。

她并不气馁，来到了波多黎各，希望自己有个好运气。然而她不懂西班牙语，为此她花了三年的时间来学习语言。在波多黎各的日子，她最重要的一次采访，只是有一家通讯社委托她到多米尼加共和国去采访暴乱，连差旅费也是自己掏的腰包。

之后几年，她不停地工作，不停地被人辞退，有些电台指责她根本不懂什么叫主持。

1981 年，她来到纽约一家电台，但是很快被告知，她落后于当时的时代。于是，她再次失业长达一年多的时间。

有一次，她向一位国家广播公司的职员推销她的倾谈节目策划，得到他的首肯。但是，那个人后来离开了广播公司。她再向另外一位职员推销她的策划，不久后，这位职员突然对此不感兴趣。她找到第三位职员，这个人同意了，条件是她不能做倾谈节目，而必须做一个政治主题节目。对政治一窍不通却又不想失去

这份工作的她只好"恶补"政治知识。

1982 年夏天，由她主持的以政治为内容的节目开播。凭借她娴熟的主持技巧和平易近人的风格，让听众打进电话讨论国家的政治活动，包括总统人选。这在美国的电台史上是破先例的。一夜之间，她在美国家喻户晓，她的节目成为全美最受欢迎的政治节目。

莎莉·拉斐尔说："在那段时间里，平均每 1.5 年，我就被人辞退 1 次，有些时候，我认为我这辈子完了。但我相信，上帝只掌握了我的一半，我越努力，我手中掌握的这一半就越大，我相信终会有一天，我会赢了上帝。"

歌中唱道："三分天注定，七分靠打拼，爱拼才会赢。"所以，赢过命运并不难，只需努力努力再努力，拼搏拼搏再拼搏。

做最聪明的人

什么是最聪明的人？答：最聪明的人善于将别人的力量凝聚起来，变为己用。简单举例来说，甲聪明，乙会用甲的聪明，那乙就比甲更聪明。

假日的一天，一个小男孩在他的玩具沙箱里玩耍。沙箱里放着玩具小汽车、敞篷货车、塑料水桶和一把亮闪闪的小铲子。小男孩正忙着在松软的沙堆上修筑公路和隧道，显得干劲十足。

突然，他在沙箱的中部发现一块巨大的岩石。为了把它从泥沙中弄出去，他用力地挖掘岩石周围的沙子。很快，岩石便被他手脚并用、连推带滚地弄到了沙箱的边缘。但是，他也无法把岩石向上滚动、翻过沙箱边墙，因为岩石太大了，而他的力气太小了。

他下定决心，使出吃奶的力气，一次次向岩石发起进攻，又一次次失败。最后，他不仅没有把岩石弄出沙箱，反而不小心被砸到了手。

他伤心地哭了起来，闻声赶来的父亲来到他跟前，询问完经过后，笑着说："宝贝，你为什么不用上所有的力量呢？"

他的眼泪又出来了，抽泣道："爸爸，我已经尽力了！我用尽了我所有的力量！"

"不对，宝贝！"父亲纠正道，"你并没有用尽你所有的力量，因为你没有请求我的帮助。"

说完，父亲弯下腰，抱起岩石，轻松地将它搬出了沙箱。

俗话说："尺有所短，寸有所长。"每个人都有长处和短处，你解决不了的

问题，对你的朋友或亲人而言或许就是轻而易举的。个人的力量对自然、对社会而言，都是渺小的。一个人要想完成一件个人的力量所不能完成的事情，必须整合自己的资源和力量，尤其是外界和他人的力量，才能达到目的。

每个人都对成功充满渴望，但大多数人被贫寒的出身、不济的时运、落魄的环境等所限制，一生碌碌无为。其实，只要领悟借力的思想，学习借力的方法，掌握借力的技巧，这些阻碍你走向成功的障碍都不是问题。

懂得借力发力的人，往往能够以小博大，以弱胜强，以柔克刚。每一个成大事的人，凡成大事者，都是借力的高手。一个成功的人，必定是一个敢借、能借、会借、善借的人。汉高祖刘邦，带兵打仗，不如韩信；运筹帷幄、决胜千里，不如张良；治国安邦，不如萧何。那他为什么能够取得天下呢？原因就在于他善于运用别人的力量，正如韩信所说："我会带兵，但高祖会领将。"

再讲一个国外的事例：英国有一个世界著名的大图书馆，里面的藏书非常丰富。有一次，图书馆要搬到新的地址，专业的搬家公司开出了几百万的搬运费，但图书馆根本就没有这么多钱。馆长无奈，向社会征求良策。一个年轻人找到馆长，告诉他如何如何，馆长听后大喜，给了年轻人丰厚的报酬。几天后，图书馆在报上登出广告：从即日开始，每个市民可以免费从大英图书馆借10本书。市民们听到消息，蜂拥而至，很快就把图书馆的书借光了。之后，看完书的市民们陆陆续续把书还到了新馆。就这样，图书馆借用市民的力量搬了一次家。

一位成功的商人这样说："利用别人赚钱的人，才能赚大钱。我佩服那些凭真刀真枪自己干出来的人，他们是充满血性的好汉。但我更佩服那些利用别人发展起来的人。因为这样更节约时间更有效率。"

人生成功的捷径，就是将别人的长处最大限度地变为己用。在现实生活中，很多有真才实学的人，最终成为别人的雇员，原因就在于他们精力都陷于自己的才学，没有合理利用自己身边的资源。

天生的激励者

杰瑞是乐观的美国人，在市中心经营着一家餐厅，无论生意兴隆与否，他的脸上都挂着笑容。当朋友或客人问他最近过得如何，他总能告诉他们各种好消息，最后还要总结说："假如我再过得好一些，我就比双胞胎还幸运啰！"

他的员工都打心眼里尊敬他，认为遇上这样的老板是他们修来的福气，因为杰瑞是个天生的激励者。例如，有一位员工运气不好遇到了故意刁难的客人，杰瑞适时地出现在他面前并告诉他："嗨，伙计，往好的方面想想吧！你连这种场面都见过了，还有什么应付不来呢？"

一个朋友看到这样的情境，十分好奇，私下里问杰瑞："我不懂，没有人能够总是那样地积极乐观，你是怎么办到的？"

杰瑞回答："每天早上起来我就告诉自己：我今天有两种选择，我可以选择好心情或者选择坏心情，我总是选择好心情。即使有不好的事发生，我也可以选择做个受害者或是选择从中学习，我总是选择从中学习。每当有人跑来跟我抱怨，我可以选择接受抱怨或者指出生命的光明面，我总是选择生命的光明面。"

朋友说："但并不是每件事都那么容易啊！"

"你说的没错。"杰瑞笑了笑说："选择，重要的就是选择。生命就是一连串的选择，每个状况都是一次选择。从我们生下来的那一天起，除了我们的父母不能选择之外，所有的一切都可以选择，你选择人们如何影响你的心情，你选择处于好心情或是坏心情，你选择如何过你的生活……"

数年后，杰瑞遇到了一件意外：有一天他忘记关上餐厅的后门，结果早上，

三个武装歹徒闯入抢劫，他们用枪威逼杰瑞打开保险箱。

从未有过这种经历的杰瑞打开保险箱时弄错了一个号码，保险箱发出了自动报警的声音。惊慌的劫匪开枪击中了杰瑞，夺门而逃。幸运的是，杰瑞很快地被赶来的邻居发现，紧急送到医院抢救。

经过十多小时的手术以及术后良好的照顾，杰瑞终于出院了。

事件发生六个月之后，那位朋友遇到杰瑞，再次问他最近怎么样。杰瑞哈哈笑着说："如果我再过得好一些，我就比双胞胎还幸运了。你要鉴赏下我的伤痕吗？"

朋友婉拒了，但又问他在抢匪闯入后的时间里，他都在想什么。

杰瑞答道："当他们击中我之后，我躺在地板上，还记得我有两个选择：'我可以选择生或选择死'，我选择了活下去"

朋友问："你心里不害怕吗？"

杰瑞耸耸肩，继续说："医护人员真了不起，他们一直告诉我：没事，放心。但是，当他们将我推入手术室的路上，我看到医生跟护士脸上忧虑的神情我真的被吓到了。他们看我的眼神似乎表明：他已经快要成为一具尸体了。我知道我必须采取行动。"

"那么你是怎么做的呢？"

杰瑞说："嗯……当时有个健壮的护士用吼叫的音量问我是否对什么东西过敏。我回答说'有'。所有的医生跟护士都停下来等待我的回答。我深深地吸了一口气，大喊：'子弹！'。他们都笑了。然后，我郑重地告诉他们，我选择活下去，请把我当作一个活生生的人来手术，而不是一个活死人。"

杰瑞能活下去当然和医生的精湛医术分不开，但他令人惊异的生活态度无疑也帮了他的大忙。

生命只有一次，每天早上睁开眼，我们都可以选择快乐地享受这一天或是痛苦地熬过这一天，这是除了死神谁也夺不走的权利。那么，为什么不快乐地过每一天呢？

一个积极乐观、能时刻激励自己和他人的人，往往能对社会、对人生、对世界上的万事万物保持正确的认识，能采取正确的态度、行为和反应，做到站得高、看得远，冷静稳妥地处理各种各样的问题。

真正的财富

罗伯特是一个鼎鼎大名的电脑高手，一生积累了大量财富。不幸的是，他的儿子迈克却是个十足的纨绔子弟，每天流连于酒吧和舞厅。

有一天，罗伯特被诊断出得了不治之症，把儿子叫到床前，交给他一份遗嘱说："我所留下的财富锁在保险箱里，而开启保险箱的密码则存放在电脑里，当你解开电脑程序的密码，就可以得到我的遗产。但是，假如你试图破坏保险箱，它就会开启自毁程序，里面的财富就会自动化为灰烬。"

之后，迈克一直想从父亲口中套出密码，却始终未能如愿。父亲去世后，迈克很伤心，但他庆幸父亲将所有的财富留给了自己。办完父亲的丧事，迈克请来父亲生前一位最信任的助手查理，希望他能帮自己解开电脑程序密码。然而查理告诉他，罗伯特是电脑奇才，自己无法解开密码。

迈克揣摩他是想得到一笔报酬，才以此作为托词而已，于是大方地说："你放心，我父亲留下的财富有上千万，只要解开密码，我可以拿出财富的十分之一酬谢你。"

查理想了想，同意试试看。当天，查理便开始破解密码，迈克则每天好吃好喝地招待他。半个月过去后，工作毫无进展。查理叹着气对迈克说："你父亲的设计太深奥了，我没有解开密码的能力和运气。"

迈克失望之余，鼓励查理和自己说："我想只要坚持下去，这密码是一定可以打开的。我们只能继续前进，不能后退。如果上帝要人后退的话，他就会让人脑后长着眼睛。只要希望在，胜利就不会远。亲爱的，你说对吗？"

查理点点头，继续工作了半个月，依然毫无收获，他只好对迈克说："我已经尽了最大的努力，看来你只好另请高明了！"

查理辞别后，无计可施的迈克整日沉溺在酒吧和舞厅。日子一天天过去，他口袋里的钱越来越少，他开始感到生存的压力，却只能借酒浇愁。一位朋友说："你父亲给你留下一大笔财富，你有什么可愁的呢？"

他对朋友说："解不开密码，纵然有一笔财富也是看得见摸不着啊！"

那位朋友神秘地贴着他的耳朵说："我可以给你介绍一位非常高明的电脑黑客，不过你必须将保险箱中财富的20%拿出来作为报酬。"

迈克忍痛答应了这个条件，和那个黑客签下了合同。

在金钱的诱惑下，黑客兴致勃勃地开始攻关。然而黑客忙活一个月时间，绞尽脑汁，同样无法打开密码。最后，黑客不辞而别，他走时留下一张纸条，迈克一看，上面写着："能拿到你父亲这笔财产的人只有一个人，那就是上帝！"

迈克又急又气，说："我父亲也是一个普通人不是神，我一定要亲手解开他设置的密码！"

从此，迈克再也不去酒吧和舞厅，转头开始钻研电脑知识：他从基本的电脑知识入手，啃下了一本又一本深奥的电脑书，然后他又去几家有名的大学，请教著名的电脑博士。经过五年的学习，他开始着手破解密码。

经过两年多的攻关，迈克就像远征的骑士一样，穿过遮天蔽日的原始森林，走过荒无人烟的沙漠，渡过波涛汹涌的江河，爬过布满乱石的山峦……终于摸到了"敌人"设置的堡垒下，但他却无法攻破它。

迈克又努力寻找了几天，终于在电脑屏幕上发现父亲留下的一张画。仔细一看，画的是一座巍峨壮观的大山，危崖高耸，云雾缭绕。迈克明白了父亲的寓意：再高的山也总会被登高者所征服。

迈克重新树立了信心，继续夜以继日、废寝忘食的研究，又经过长达一年的努力，他终于破解了父亲设置的程序，找到了密码。他激动地用密码打开了保险箱，然而保险箱除了一张纸条外什么也没有。

纸条上写着：孩子，恭喜你继承了我的最宝贵的财富。金钱不过是存单上一个数字而已，在知识经济时代它不能代表一个人真正的财富，只有知识才是。我有生之年所赚到的金钱，已悄悄捐献给了更需要他的人们。但是，我把最重要的

东西留给了你——不断学习、不怕挫折、永远开拓进去的精神，它将是你一生享用不尽的财富。

迈克看完后，终于明白了父亲的良苦用心。就这样，他凭借自己渊博的知识与永不言败的精神，成为了互联网浪潮中叱咤风云的弄潮儿。

柠檬水和响尾蛇罐头

伟大的心理学家阿佛瑞德·安德尔说过这样一句话，"把负变为正的力量"是人类最奇妙的特性之一。

无独有偶，有一次，芝加哥大学的校长罗勃·梅南·罗吉斯在谈到怎样获得快乐时说："已故的西尔斯公司董事长裘利亚斯·罗山渥曾告诉我一个忠告：'如果有个柠檬，就做柠檬水。'我一直试着遵照它处理生活中的问题。"

上帝为你关上一扇门的同时，不会忘记给你开一扇窗。一个聪明的、积极向上的人，当他拿到一个柠檬的时候，他就会说："从这件不幸的事情中，我可以学到什么呢？我怎样才能改善我的情况，怎样才能把这个柠檬做成一杯柠檬水呢？"反之，一个愚笨的、自暴自弃的人则会说："我完了。这就是我的命运，什么机会也没有了。"之后，他可能开始诅咒这个世界，整日自怨自艾。

曾经有一位快乐的农夫，他低价买下了一大片农场时，却感觉非常头疼。因为那块地既不能种水果，也不能养猪，只有白杨树和响尾蛇能生存。不过，他很快想到了一个好主意，他要利用那些响尾蛇来发财。他的做法出乎每个人的意料，他开始做响尾蛇肉罐头。不久，他就成了远近闻名的富翁。

在现实生活中，能给我们带来最大快乐的事情，不是那些安逸的享受，而是从逆境走向胜利的喜悦。这种喜悦来自于一种成就感，一种得意，也来自于我们能把柠檬做成柠檬水。

研究那些成功者的事业不难发现，他们之中的许多人之所以成功，是因为那些阻碍他们前进的缺陷促使他们加倍地努力，从而获得了丰厚的收获。无数事实

证明，缺陷并不能成为一个人成功的阻碍，否则，失明的弥尔顿就不可能继续写出惊世的诗篇，失聪的贝多芬也不可能谱出不朽的名曲。

有一次，世界上著名的小提琴家欧利·布尔在巴黎举行一次音乐会，他小提琴上的 A 弦突然断了。但是，欧利·布尔淡定地用另外的三根弦演奏完了那支曲子。如果把生活比作一首乐曲，那么我们每个人都是一个演奏家，如果我们的 A 弦断了，那么也应该用其他三根弦把演奏出生命的精彩。

再举一个耳熟能详的例子：古时候，有一个老人住在靠近边塞的地方。一次，他的马无缘无故跑到了胡人的住地。邻居担心他想不开，跑来宽慰他。他却说："这怎么就不可能是一种福气呢？"过了几个月，跑丢的那匹马跑了回来，并带回了许多胡人的良马。之后，他的儿子因骑马而不小心摔断了腿。邻居又赶来慰问他。他又说："这怎么就不可能变成一件好事呢？"一年后，胡人大举入侵，当地的年轻男人都不得不参军作战，死伤众多。而这个老人的儿子却因为腿瘸的缘故免于征战，父子俩相依到老。

如果我们能用肯定的思想替代否定的思想，就不会为那些已经过去和已经完成的事情而忧虑，并且会得到意想不到的收获。所以，当命运交给我们一个柠檬的时候，我们不妨试着去做一杯柠檬水。

进士和铁匠

　　战国时著名的思想家荀子在《劝学》中说："居必择乡，游必就士。"意思是，君子居住必定选择风俗醇美的地方，交游必须接近贤德的名士。在这里，荀子强调的是人的后天学习、改造的重要性。他认为环境对人有着重要的影响，选择良师益友和有利于学习的环境，可以使人远邪近正，修身立德。

　　西汉刘向的《列女传》中记载有"孟母三迁"的故事，说的是孟母为了给孟子提供一个健康有益的成长学习环境，不惜三次搬家的故事。这也告诉后人，良好的人文环境对人的成长及品格的养成至关重要。

　　那么，环境对一个人的影响究竟有多大呢？不妨来看下面的故事。

　　封建时代，有一位举人准备到京城参加科举考试，偏偏他的妻子怀有身孕已八个月，随时可能临盆。举人担心妻子一人在家无人照顾，便带着妻子同行。一路车马劳顿，动了胎气，妻子竟在半途肚子痛了起来，眼看就要生产了。

　　举人只好让车夫停下马车，就近找到一户人家。举人上前敲门并说明原委，恰好这户人家的女主人也正要生产，刚把接生婆请到家。于是举人连忙把妻子扶进房内，让接生婆顺道帮妻子接生。

　　这户人家以打铁为业，男主人是个铁匠。举人和铁匠攀谈不一会儿，屋内的两个女人各生下一个儿子。更巧的是，两个男婴竟然是同时落地的。

　　不久，举人高中进士，称得上是双喜临门。多年后，进士的儿子长大了，也继承父业，考上了进士。老进士激动之余，想起铁匠的儿子与自己的进士儿子的生辰八字相同，想来此时必定也是个进士了，随即准备了礼物，专程赶往铁匠家

少你的右手还在啊。"

保罗转过头，看着护士说："我是个左撇子，至少过去是。"

护士听到这句话，突然对自己很失望，觉得自己像个虚伪的大骗子，竟然无能为力。自己怎么能理所当然地认为每个人都用右手呢？看来，保罗和她都还需要学很多东西。

第二天早上，护士笑盈盈地拿着个橡皮圈走到保罗面前。仿佛为了回答保罗的疑惑，她把橡皮圈松散地缠在自己的手腕上然后对他说："你是个左撇子，而我习惯用右手。我现在用橡皮圈把右手绑在身后，每次我让你用右手做什么的时候，我都先用左手做一遍。并且，我向你保证绝不事先练习。好了，现在我们做点什么呢？"

保罗嘟囔道："我刚起床，现在要刷牙。"

护士拧开牙膏瓶盖，然后把保罗的牙刷放在床头柜上，笨拙地试图把牙膏挤在摇摆不稳的牙刷上，好几次都没成功。她越是费劲儿吃力，保罗就表现得越有兴趣。大约过了十分钟，在浪费了许多牙膏之后，她终于成功了。

保罗大叫："我能做得比你快！"果然，保罗做到了，嘴角露出胜利的微笑。这种微笑和每个正常人的一样，都是真实的、发自内心的。

接下来的半个月一晃就过去了。保罗和护士每天热情似火地处理各种事情，比如比赛一只手扣扣子或者把黄油涂在面包上等，两个人积极进取的精神感动了许多人。虽然两个人年龄相差悬殊，但他们都以一种平等的方式来进行着那些小游戏。

护士实习结束的时候，她和保罗已经成了非常要好的朋友，而保罗也准备出院了。分手那天，他们依依惜别，都留下了不舍的泪水。

出院后，保罗再次面对生活和外面的世界，表现得十分坚强、自信。之后的人生中，每当他遇到挫折和坎坷，每当有退缩的念头，每当他感到难过、委屈或失望的时候，他都会静静地走进盥洗室，再一次用仅剩的右手刷牙。而每一次，他都能从中获得无尽的勇气。

不要用想象给自己制造困难

很多困难，其实只存在于人们的想象中。

琼斯是一名新闻记者。她刚入行的时候，性格中还带着几分羞怯，特别害怕和生人交往。有一天，她的主管叫她去采访大法官布兰代斯。琼斯大吃一惊，心想："我怎能要求单独访问他？布兰代斯不知道我，他怎么愿意接见我？"

在场的一个同事看出了她的心事，立刻拿起电话打到布兰代斯的办公室，直接和大法官的秘书通话。他说："我是报社的记者琼斯，我奉命采访法官，不知道他今天能否抽出时间接见我几分钟？"过了几分钟，同事对着话筒说："谢谢你，下午1点15分，我一定准时。"同事放下电话，对琼斯说："你的采访时间定好了。"

即使过了很多年，琼斯对这件事仍念念不忘，她说道："从那时起，我学会了单刀直入的办事办法，并且受用终生。很多事情，只要你做第一次时克服掉心中的畏怯，下次就比较容易一点。"

那些具有积极心态的人，往往能正视困难，他们相信，只要去做，成功的机会总是有的；而不自信的人，常常把困难想象得无限大，最终被自己心中想象出来的困难所吓倒，从而与成功失之交臂。

1864年，美国南北战争后期，一位叫马维尔的记者采访当时的美国总统林肯。

马维尔问道："总统先生，据我所知，前两届总统都曾想过废除黑奴制，《解放黑奴宣言》的草案也早在他们那个时期就完成了，但是他们都没拿起笔签署它。请问，他们是不是想把这一伟业留下来，给您来成就伟业？"

林肯回答道："或许吧。不过，假如他们知道拿起笔需要的不过是一点勇气，

我想他们一定非常后悔。"

这段对话发生在林肯去帕特森的途中，可惜马维尔还没来得及问下去，林肯的马车就出发了。因此，林肯这句话的真正含义马维尔始终没弄明白。

1914 年，林肯去世 50 年后，马维尔在林肯致朋友的一封信中找到了困惑已久的答案。在信里，林肯谈到幼年的一段经历：

"我父亲在西雅图有一处农场，是以很低的价格买下来的，原因是上面有许多石头。有一天，母亲建议把上面的石头搬走。父亲说假如可以搬走的话，别人就不会卖给我们了，它们是一座座小山头，都与大山连着。"

"有一年，父亲到城里去买马，我们在母亲的带领下在农场劳动。母亲说，我们一起把这些碍事的东西搬走，好吗？于是我们开始挖一块块石头，不长时间，就把它们弄走了，因为它们并不是父亲想象的山头，而是一块块孤零零的石块，仅仅往下挖一英尺，就可以把它们晃动。"

在信的末尾，林肯总结说，有些人不去做某件事情的原因，只是他们认为不可能。其实，有许多不可能，只活在人的想象之中。

生活中，大多数人总是习惯于夸大困难，而不愿去尝试和努力，他们的一生也往往碌碌无为、平庸到老。而一小部分人，他们会认真地分析研究苦难，做出各种可行性的尝试和努力，最终摘到胜利的硕果。

坚信自己会创造奇迹

人的一生中，最难拥有的不是财富、名利，而是一颗坚韧的心。假如你有一颗坚韧的心，那么在你奋斗的征程中，无论遇到多少坎坷，你都可以坐到游刃有余。

1965 年，一个女孩出生美国伊利诺伊州莫顿格罗夫市，她叫玛丽·玛特琳。

出生后 18 个月时，她因一次高烧而失去了听觉，成为了一名聋哑人。但是，如此悲惨的命运并没有击垮这个对生活充满激情的女孩。

小时候，玛丽·玛特琳就表现出对表演的热爱。8 岁时，她加入了绿野仙踪儿童剧目公司，并且在一部戏剧中饰演了多萝西这个角色。

1985 年，玛丽·玛特琳参演了舞台剧《失宠于上帝的孩子》，在里面饰演一个并不重要的角色。不久之后，导演兰达·海恩斯决定将这部舞台剧拍成电影搬上大银幕。

为了寻找饰演女主角萨拉的人选，兰达·海恩斯导演花了半年的时间先后来到美国、英国、加拿大和瑞典，找了许多女演员，却始终未能找到适合出演这个角色的人。心情失落的兰达·海恩斯回到美国，再次观看舞台剧《失宠于上帝的孩子》的录像，意外地发现了演技高超的玛丽·玛特琳，立即拍板决定由她来饰演萨拉一角。

玛丽·玛特琳在这部电影中没有一句台词，但她对这次来之不易的机会十分珍惜。无论哪一个镜头，她都格外重视。剧中人萨拉内心深处的自卑与不屈、喜悦与懊丧、孤独与多情、消沉与奋进，被她那丰富而传神的眼神、表情和动作表现得淋漓尽致。由此，玛丽·玛特琳正式走上大银幕，实现了自己人生的飞跃，

更令人意外的是，她因此成为美国电影史上第一个聋哑人影后。

1987年3月30日夜晚，洛杉矶音乐中心的钱德勒大厅隆重举行了第59届奥斯卡金像奖的颁奖仪式。这天，灯火辉煌的钱德勒大厅座无虚席，所有人都在热切期盼着一个个大奖的颁发。终于，主持人向全场观众宣布："最佳女主角奖由在《失宠于上帝的孩子》中表现出色的玛丽·玛特琳获得。"一时间掌声雷动。玛丽·玛特琳在众人的祝贺中轻盈地走上舞台，从上一届奥斯卡金像奖最佳男主角的获得者威廉·赫特的手中接过了象征着崇高荣誉的奥斯卡金像。

玛丽·玛特琳激动不已，她向观众们打手语说道："其实，我并没有准备发言，此时此刻，我要感谢电影艺术科学院、感谢这个剧组的全体同事……"

玛丽·玛特琳之所以能获得如此大的成就，是因为她始终坚信自己会创造奇迹，始终坚韧地面对挫折，她的身上不仅体现着一个人的勇气，更体现着一个人的品质。

从心理学角度来讲，我们每个人都是世界的中心。世界上的所有人与事，都以我们自己为中心在旋转。内心决定着我们对世界的评判，决定着我们的行为方式，也决定着我们最终所能取得的成就。当你为前途而迷惘的时候，不妨沉下心来，听听自己内心的声音：你是否是一个坚强的人，是否是一个自信的人，是否是一个勇于改变自己的人，是否真正地付出了努力……

心有多大，舞台就有多大，世界就有多大。在成功的路上，我们会遇到各种各样的诱惑和陷阱，必须时刻坚守自己的一颗心，不为外物所动；时刻提醒自己心怀理想，不轻易被困难打倒；时刻坚信自己的选择，坚信这个世界上唯一能给你带来奇迹的，就是你自己。

绝不轻易放弃

卢斯是一个著名的画家。

一次个人画展中，有一个绘画爱好者向他提问："作为一名绘画界的成功人士，您认为天赋和后天努力哪个更重要？"

卢斯沉默了片刻。

那人又问："这个问题很难回答吗？"

卢斯摇摇头说："不，我只是想起了我的祖母……"

原来，卢斯很小就没了父母，他和祖母相依为命。他很喜欢画画，想成为一名出色的画家。

一天，著名画家乔治到他所在的城市举办画展。卢斯兴奋地告诉祖母："我要带上自己的作品，求乔治帮忙指点。"

晚上，卢斯一脸沮丧地走进家门，一把将自己的画撕得粉碎，伤心地说："乔治看完我的画说我根本不是画画的料，没有天赋，劝我放弃。所以我决定往后再不碰画笔了。"

祖母沉默了一会儿，对卢斯说："孩子，我有一幅收藏了几十年的画，可一直不知道它的价值。既然乔治是著名画家，我想让他帮我鉴定一下。"

卢斯期待地看着祖母从箱底取出一幅画，那是一副没有点题、没有署名、没有风格的画，看起来画得十分粗糙。

卢斯的内心很失望，但出于对祖母的尊重，他还是扶着祖母找到了乔治。乔治看完祖母收藏的画，摇摇头，笑道："老人家，这画画风简单，用笔稚嫩、粗糙，

没有明确的立意……不是名家所画，毫无价值。"

　　祖母仿佛意料之中，又问："你看画这幅画的人，如果继续画下去，能成功吗？"

　　乔治肯定地说："老人家，恕我直言，他画一辈子也成不了气候。"

　　祖母点点头，说："几十年前，我在一所幼儿园当老师，画是我的一个学生画的。当年那个学生是全班画画最差的，交作业时，没有勇气把自己的名字写在正面，而是写在了背面。我没有批评那个学生，反而鼓励他说：'你画得很不错，继续努力，我相信你将来一定能成为一名出色的画家。'这么多年过去了，那个学生只怕都不记得他画过这幅画了！"

　　乔治目瞪口呆，颤抖着双手把画翻到背面，上面赫然写着自己的名字。乔治喃喃地说："您……您是玛雅老师？"

　　祖母笑着点点头，说："几十年过去了，但我一眼就认出了你。"停了一下，祖母又说："或许我不懂艺术，但我知道该怎样去教孩子。"

　　乔治面红耳赤，羞愧地低下了头，说："对不起，老师，我错了……谢谢你的教诲！"

　　祖母把目光转向卢斯，卢斯终于明白祖母为什么要带自己来鉴画，从那以后，他潜心学画，从不轻言放弃，最终走到了今天。

　　回忆完过去，卢斯笑着对那位绘画爱好者说："天赋固然重要，但更重要的是你日复一日的努力和坚持。我之所以有今天，就是因为我绝不轻易放弃。"

头等舱船票

有这样一对老夫妻，他们含辛茹苦、省吃俭用地养大了四个子女，且个个事业有成、生活美满。

时光如梭，很快他们就要迎来结婚 50 周年的纪念日。为了表达对父母的爱戴和谢意，四个子女决定送给父母一份别致的金婚礼物。

由于老夫妻喜欢手拉着手到海边观赏风景，并无数次想象过徜徉在大海上的感觉，所以几个子女商量后决定送给父母一次豪华的海上旅游，让夫妻俩尽情地观赏大海的旖旎风情。为此，子女们特地订了一张豪华游轮头等舱的船票。

到了出发的日子，老先生带着妻子登上了豪华游轮。乍看到可以容纳数千人的大船，他们赞叹不已。船上的游泳池、豪华夜总会、电影院等娱乐设施，更令他们感到眼界大开。

当然，那些豪华设备的费用都十分昂贵。老夫妻过惯了节俭的生活，加上所带的路费也不多，所以不舍得轻易去消费。因此，他们只是在头等舱中安享五星级的套房设备，或流连在甲板上欣赏海面的风光。

幸运的是，他们怕船上的伙食不合胃口，随身带着一箱方便面，平时以方便面充饥，偶尔想变换口味吃吃西餐，便到船上的商店买些西点面包和牛奶。至于船上豪华餐厅里的精致餐饮，他们只在睡梦中享受。

到了航程的最后一夜，也是他们金婚纪念日的日子，老先生心想：等回到家后，亲朋好友问起船上的餐饮口味，自己却答不上来，岂不是太没面子？于是，老先生和妻子商量了一下，决定在晚餐时间到船上餐厅用餐，反正是最后一餐，

明天就是航程的终点，奢侈一次就奢侈一次吧。

在音乐及烛光的烘托之下，欢度金婚纪念的老夫妻好像回到了热恋的时光，频频举杯畅饮，充满欢声笑语。快乐的时光总是短暂的，用餐完毕后，老先生意犹未尽地招来服务生结账。

服务生很有礼貌地请问老先生："能不能让我看一看你的船票？"

老先生生气地说："我又不是偷渡上船的，吃顿饭还得看船票？"说着，他不情愿地拿出自己的船票。

服务生接过船票，拿出笔来，在船票背面的许多空格中划去一格。同时惊讶地问："老先生，你上船以后，从未消费过吗？"

老先生更是生气，"我消不消费，和你有什么关系？"

服务生耐心地交回船票，解释道："这是头等舱的船票，航程中船上所有的消费项目，包括餐饮、夜总会以及其他活动，都已经包括在船票内。您每次消费后只需要出示船票，让我们在背后空格注销就可以了。"

老夫妻回想起航程中每天所吃的方便面，而明天即将下船，都陷入了沉默。

猗顿的成功之路

春秋末期，有一位著名的大手工业者、商人，他为当时山西地区手工业和商业的发展起了很大的推动作用。他的名字叫猗顿。

猗顿原籍鲁国，是一个穷困潦倒的年轻人。当时，普通的劳动者只要勤勉做工，即便生活不富裕，起码不至于饿肚子。可他却与常人不同，"耕则常饥，桑则常寒"，无论怎么辛苦奔波，还是过着饥寒交迫的日子。

尽管条件窘迫，猗顿依然有一个远大的理想，希望自己有朝一日能摆脱贫穷，成为一个超级巨富。在他人看来，这简直是幻想、白日做梦，但猗顿却并未放弃过这个理想。

当时，越国的谋臣范蠡弃官经商后，很快暴富，成为富甲一方的陶朱公。猗顿羡慕不已，决定向陶朱公请教。他带着干粮，跋山涉水找到陶朱公隐居的地方，在对方家门外虔诚地等了好几天。陶朱公被他的诚信所感动，决定指点他一二。

鉴于猗顿一穷二白的现状，陶朱公告诉他，你就养母牛吧，先买一头总能做到吧？过几年，牛生牛，一直繁衍，财富也就越聚越多了。

这对于猗顿来说，确是一个切合实际的致富办法。他如获至宝，砸锅卖铁凑够了买母牛的钱，还把家搬到了水草丰美、适合放牧的猗氏县。

就这样，猗顿的致富路开始了。他老老实实养着他的母牛，凭着母牛的生殖能力，他没过几年就有了一个规模相当不错的牛群。之后，他把公牛卖掉，再买回一些母羊，羊生羊，很快又有了一个浩浩荡荡的羊群。

由于猗顿辛勤经营，他的畜牧规模日渐扩大，"十年之间，其息不可计，赀

拟王公，驰名天下"。致富后的猗顿，特别感谢陶朱公的指点，也特别感谢发家地猗氏，于是，不仅用了猗这个姓，还建了个陶朱公庙，经常前去膜拜一番。

有了一定成就后的猗顿，不仅没有贪图享受，反而有了更远大的理想。他发现自己住的地方是一块风水宝地，不但水草鲜美，而且有大片的池盐，他每次贩卖牛羊时，都会顺道驮一些去卖。这个过程中，猗顿发现池盐利润很大，比养殖更赚钱。于是，他在靠畜牧积累了雄厚的资本后，便着意开发池盐，从事池盐生产和贸易，成为了一个贩盐的商人。

在商场上摸爬滚打一段时间后，猗顿摸索出了许多经验，也看到了很多不足，为了提高生产效率，他试着改变驴驮车运这种落后的运输方式，改用船只，据说他为此还专门开凿了一条人工运河。尽管投资很大，但回报也很惊人，拉盐的船源源不断地走向四面八方，他的财富也渐渐水涨船高。

有钱人一般都喜欢买珠宝，猗顿也不例外。而且，猗顿对珠宝有着相当高的鉴赏能力，可以与伯乐相马相提并论。顺理成章地，他又开始做珠宝生意。

经过多方经营，猗顿终于成了一个富可敌国的巨富，在当时的社会影响非常大。他穷则思变、辛勤开拓的精神，更是后人学习的榜样。

纵观猗顿的致富之路，秘诀只有一个，就是踏踏实实、一步一个脚印地往前走，无论在别人看来是愚笨还是冒险的道路，只要自己看准了，他就坚定地往前走。

在现实生活中，一个人即便再穷困潦倒，只要肯一步一个脚印地努力往前走，总有一天，他能够走到自己想去的地方。

错误的路也是成功的必经之路

　　大山深处有一个小村庄，有三个年纪相仿的年轻人，一个叫听天，一个叫由命，另一个叫无悔。

　　三个人长到 18 岁的时候，相约到大城市去见见世面。三个人结伴而行，一路上风餐露宿，翻过多座高山，趟过多条大河，终于来到了一座繁华热闹的集镇。这里有三条大路，其中只有一条能够通往城市，但谁也不知道哪一条是正确的道路。

　　听天说："我爸爸一辈子教我的只有一句话，'凡事天注定'，我就闭上眼睛选一条，碰碰运气好了。"他随便中间一条，大步走了。

　　由命说："谁叫咱生在穷山僻壤呢，我也没读过书，看不出走哪条路最有可能，我就走听天旁边那条大路吧。"由命抬脚也走了。

　　剩下的是一条小路，无悔拿不定主意。他想了又想，转身到镇子里去询问长者。长者听说了他的来意，摇了摇头，"没人到过城市，因为它太远了。而且我们这里的生活也不错，你如果愿意可以留下来。不过，孩子，如果你执意往前走，我可以把我祖父的话告诉你——走错的路也是路。"

　　无悔带着长者的诚挚教诲，走上了那条小路，继续寻找他的城市之梦。他经历了无与伦比的痛苦与挫折，但是，什么样的困难和失败都没有打倒他。当他面临绝境时，总是想起长者对自己说的那句话——"走错的路也是路"，于是他咬咬牙，又挺了过去。十年后，他终于走到了朝思暮想的城市。之后，他凭借自己坚韧不拔的精神，从一点一滴做起，日积月累，最终成了一个亿万富翁。

　　30 年后，年迈的无悔把事业交给了儿子打理，只身回乡寻找当年同行的伙伴。小山村依然是那么贫困，但听天和由命却都已经老了，他们已经习惯了日出而做、日落而息的生活。三个人各自讲述了自己的故事：听天沿着大路走了五个月，路越来越窄，野兽出没，一天黄昏，他差点落入野兽的口中，只好灰溜溜地回来了；由命选的那条路和听天并无区别，不过比听天多走了一个月。

　　无悔叹息了口气，说："我走的路和你们一模一样，唯一不同的是我决定了就决不回头。"

　　智者说："人生在世，路可以回头看，但绝不可以回头走。凡事不求尽如人意，但求无愧于心。"人生的旅途中，走上一条错误的路并不可怕，可怕的是失去了走下去的勇气。